"왠지는 모르겠지만,
엄청…… 맛있어……."
리나리아
마술학원의 우등생.
차분하게 공부할 수 있는 장소를
찾다가 유우의 카페에 이르게
되었다. 커피는 아직 잘 마시지
못한다.
Halcyon's Light meal
온천계란을 곁들인
생(生)햄과 치즈
핫 샌드위치
방과 후,
이세계
카페에서
커피를
Have a cup of coffee at the Cafe in Fantasy World, after school.

Halcyon's Drink
우유를 듬뿍 넣은 카페오레
"……유우는, 멋대로 어디론가 가버리면…… 안 돼……."
노르토리
마술학원의 땡땡이 상습범이자 카페의 단골. 왠지 인생에 지친 것 같은 분위기이지만, 카페오레는 무척 좋아한다.

"늦어요, 소시민 씨.
꽤 오래 기다렸어요.
Halcyon's Lunch Box
특제 미트볼 도시락
그런데, 리나리아 씨 것과 똑같은
도시락을 먹고 싶은데
부탁할 수 있을까요?"
아이나레라
리나리아의 동급생.
리나리아가 다니기 시작한
이 가게를 수상히 여겨 찾아온
귀족 출신의 영애.

아르벨
미궁도시의 모험가.
이 세계에서는 보기 드문
커피광.
"이렇게 부드럽고 맛이 진하면서
맛있는 고기는 처음이야.
그리고, 역시 마스터의
커피가 최고야."
Halcyon's Main Dish
토마토와
각종 버섯을 넣고 푹 찐
햄버그 스테이크

방과 후, 이세계 카페에서 커피를

Have a cup of coffee at the Cafe in Fantasy World, after school.

카자미도리 지음

u스케 일러스트

이진주 옮김

목차

프롤로그

인생에는 평온함이 필요하다.

평온함이란 말하자면 누구에게도 사양하지 않고, 누구에게도 방해받지 않으며 만족스러움을 얻는 시간이다.

예를 들어, 내게 마음의 평온함이란 이렇게 잔을 닦는 일이다.

갓 씻어낸 잔에는 물방울이 묻어 있다. 나는 청결한 행주로 잔을 집어 들고 그 물방울을 닦아낸다. 잔의 가장자리, 손님의 입술이 닿는 부분은 특히 공을 들여 닦는다. 마지막으로 마무리를 하듯이 전체를 닦으면 지문도, 더러움도 찾아볼 수 없는 예술품이 탄생한다.

나는 그것을 빛에 비춰보았다. 정말이지 홀딱 반할 것 같았다. 이것이야말로 평온함이었다.

행주질을 끝낸 잔들은 등 뒤의 식기찬장에 늘어놓았다. 하나하나 정성스럽게, 줄을 세우듯이. 마지막 하나까지 빈틈없이 늘어놓았을 무렵, 내 의식은 이미 다음 일로 향해 있었다.

나는 카운터 위에 개어 놓았던 검은 앞치마를 집어 허리에 두르고 끈을 꽉 묶었다. 개점 준비는 이미 끝나 있었다.

카운터를 나와 다시 한 번 가게 안을 둘러보았다. 쓰레기가 떨어져 있지는 않은지, 의자는 가지런히 놓여 있는지, 테이블이 더럽지는 않은지 확인했다.

원래는 주점이었기 때문에 가게 안은 꽤 넓었다. 카운터석이 열 석에 4인용 테이블이 네 개, 거기에 2인용 테이블이 세 개 더 있었다. 그러고도 공간이 남았다. 종업원은 나 혼자였다. 그래서 영업이 되느냐고 묻는다면, 영업이 되었다. 왜냐하면, 손님이 그렇게 많이 오지 않으니까.

가게 안을 다 둘러본 뒤, 나는 그대로 밖으로 나왔다.

놀랄 정도로 맑게 갠 하늘에는 구름이 점점이 떠 있었다. 이 가게는 큰길에서 한 골목 더 들어온 곳에 위치했다. 그래도 가게 앞에는 많은 사람들이 오갔고, 큰길의 떠들썩함도 이곳까지 전달되었다.

칙칙한 은색 갑옷을 걸친, 곰의 얼굴을 한 사람이 지나갔다. 그 뒤에는 깜짝 놀랄 만한 미인과 귀를 길게 늘어뜨린 사람이 걷고 있었다. 또한 새카만 로브를 땅에 질질 끌면서 걷는 소인도 있었다. 거리에는 그런 사람들이 너무 많아서 다 셀 수 없을 정도로 흘러넘쳤다.

이제 익숙해졌다고는 하지만, 역시나 나는 아직도 이게 정말 꿈이 아닌 건가, 하고 생각할 때가 있다.

그야말로 픽션.

이곳이 이세계(異世界)이기 때문이라고 한다면 설명은 간단하지만, 그것으로 납득할 수 있느냐 하면 그건 아니다. 이곳은 어디냐고 묻고 싶었고, 돌아가는 길은 어디냐고 외치고 싶었다. 그러나 진지하게 상대해주는 사람이 있을 리 없었다. 내가 보기에는 아무리 판타지라도, 이 세계의 사람에게는 현실인 것이다. 그리고 그 현실을 기준으로 해도 「나는 다른 세계에서 왔습니다」라고 말하는 사람은 정상이 아니었다.

나는 허리에 손을 얹고 크게 숨을 내쉬었다.

오늘은 날씨가 매우 좋았다. 하지만, 날씨가 좋기 때문에 기분이 우울해지는 날도 있었다.

"하아……."

"하아……."

어라? 나는 고개를 갸우뚱했다.

분명히 한숨을 쉬긴 했지만 그것과 겹쳐지듯이 한숨 소리가 또 하나 들려왔다. 내가 아닌 다른 누군가가 내쉰 한숨이었다.

나는 소리가 들린 쪽을 힐끗 쳐다보았다. 그러자 길 끝에 설치된 벤치에 앉아있던 소녀와 눈이 마주쳤다.

나와 비슷한 또래일까. 전체적으로 검은색을 바탕으로 한 복장을 하고 있었는데, 인장이 새겨진 소매가 인상적이었다. 그것이 마을의 중앙구에 있는 에이리얼 마술학원의 교복이라는 것은 나도 알고 있었다.

나를 바라보는 눈동자는 감청색의 하늘처럼 선명한 색을

띠고 있었다. 뒤통수에 높게 하나로 올려 묶은 머리카락은 석양처럼 붉었다.

일면식도 없는 두 사람이 동시에 한숨을 내쉬고 서로를 쳐다보는 상황에 나는 어떻게 대처해야 좋을지 당황스러웠다. 그래서 일단 접객업으로 기른, 내가 가장 자신 있는 미소를 지어 보였다. 생긋.

소녀는 움찔 하고 눈썹을 떨더니 내게 고개를 까딱여 보였다. 수상한 녀석이라고 생각한 것이 틀림없었다.

아침부터 일을 저질렀구나. 나는 하늘을 우러러 보며 고개를 흔들었다.

아니, 괜찮아. 어쩔 수 없지. 오늘도 기운차게 힘을 내자.

나는 가게 앞에 쓰레기가 떨어져 있지는 않은지 가볍게 살펴본 뒤, 문 옆에 걸린 나무 팻말을 떼었다. 이 세계의 문자로 쓰여 있긴 하지만, 뭐라고 쓰여 있는지는 판별할 수 있었다. 한쪽 면은 『금일 폐점』이었고, 다른 한쪽 면은 『금일 영업 중』이었다.

나는 『금일 영업 중』이라고 쓰인 면을 앞으로 해서 팻말을 다시 걸려고 했다. 그러다 그때, 옆에서 들려오는 갑작스런 목소리에 깜짝 놀랐다.

“여기, 가게야?”

벤치에 앉아있던 소녀가 어느샌가 내 옆에 서 있었다. 나는 깜짝 놀란 것을 웃음으로 얼버무리며 소녀 쪽으로 돌아섰다.

"물론이죠. 하지만 보통 가게가 아니에요."

어리둥절한 표정을 짓는 그녀에게 나는 가슴을 펴면서 말했다.

"이 세계에서 단 한 곳뿐인 카페랍니다."

"카페?"

그렇다. 이 세계에는 카페라는 개념이 없었다. 말 그대로, 이 세계에 카페는 내 가게밖에 존재하지 않았다.

"가벼운 식사나 음료를 제공하는 가게, 랄까요. 그리고 커피가 대표 메뉴입니다."

"커피?"

소녀의 미간에 주름이 새겨졌다. 들어본 적이 없다는 표정이었다.

"커피를 모르시나요? 그거 안 되겠군요. 요즘 대유행인 커피를 모르시다니. 오셔서 꼭 마셔보세요."

"대유행이야?"

"그렇고말고요."

거짓말이지만.

"그거, 맛있어?"

"어른의 맛이랍니다."

"흐음?"

소녀는 크게 흥미가 있어 보이지는 않았다. 그녀는 붉은 머리카락을 흔들면서 내 가게를 올려다보더니, 길가 쪽으로 난 큰 창문을 통해 가게 안의 모습을 살폈다.

"저기, 여기, 테이블 있지?"

소녀가 갑자기 무척 친밀한 어조로 물었다. 그 말에 나는 고개를 끄덕였다.

"있는데……."

"의자는, 편해?"

"그야 물론이지. 각별히 신경을 썼으니까."

카페에서 의자는 중요한 요소였다. 푹신푹신하고 안락하며, 너무 부드럽지도 않으면서 딱딱하지도 않아야 했다.

그건 그렇고, 참 희한한 걸 묻는 아이인걸. 그렇게 생각하고 있는데, 소녀가 눈썹 끝을 늘어뜨리며 미소를 지었다. 감청색의 눈동자가 태양빛을 받아 밝게 빛났다.

"여기서 공부를 해도 될까?"

나는 말없이 고개만 위아래로 끄덕였다. 이렇게 선명한 색을 띤 눈동자를 나는 본 적이 없었다.

"그럼 나중에 또 올게."

소녀는 시원스레 그런 말을 남기고는 그 자리를 떠났다. 나는 그 뒷모습을 멍하니 지켜보았다.

아침부터 근사한 것을 본 기분이었다. 나도 모르게 하아, 하고 크게 숨을 내쉬었다. 한숨은 아니었다. 오늘 하루도 기운을 낼 수 있을 것 같은 느낌이 들었다.

나는 허리에 손을 올리고 하늘을 올려다보았다.

남자란 단순한 생물이라는 것을 통감했다. 귀여운 여자아이에게 무척 약했다.

길가에 멍청히 서 있던 탓에 길을 지나던 사람과 충돌할 뻔 했다. 사람의 왕래는 점점 늘어나고 있었다. 광주리 한가득 사과와 비슷한 빨간 과일을 담은 사람. 머리에 새카만 천을 두르고, 그 위에 작은 용 같은 생물을 태운 사람. 손을 잡고 걷는, 커다란 뿔을 가진 소녀와 말 같은 얼굴을 한 남자.

다종다양이라는 말로도 전부 표현할 수 없었다. 이 도시에는 종족부터가 다른 사람들이 같이 어울려 살고 있었다. 그러나, 설령 이곳이 판타지 같은 이세계라 할지라도, 끝이 없는 미궁이 존재하는 도시라 할지라도, 마법이나 아인(亞人)이 일반적이고 영문을 알 수 없을 정도로 신기한 사람들이 오간다 할지라도 변하지 않는 것이 한 가지 있었다.

일하지 않는 자, 먹지도 말라.

살아가기 위해서는 일을 해야만 한다는 것이었다.

그렇기에 나는 이곳에서 카페를 운영하고 있다. 우리 집안은 할아버지 대부터 대대로 카페를 운영하고 있었다. 그래서 내게 가장 친숙하고, 방식을 잘 아는 것이 이 일이었다.

내가 할 수 있는 것이 이 일뿐이고, 기분이 우울해질 때도 많지만, 그래도 이런 것도 나쁘지는 않다고, 그렇게 생각하는 일도 많다.

귀여운 여자아이와 얘기도 할 수 있었고 말이지.

나는 손에 들고 있던 팻말을 손 안에서 몇 번 빙글빙글 돌리다가, 다시 벽에 걸었다.

『금일 영업 중』.

1. 온천계란을 곁들인 생햄과 치즈 핫 샌드위치

"이보아라, 유우여, 나는 이제 일하고 싶지 않느니라."

민머리에 하얀 수염을 길게 기른 할아버지가 카운터석에 앉기 무섭게 그렇게 말했다. 팔짱 낀 할아버지의 눈빛은 날카로웠고, 표정은 진지했다. 할아버지는 시선을 창문 밖으로 향했다. 길가 쪽에 난 창문으로는 오가는 사람들의 모습이 보였다. 하늘은 어느새 노을빛으로 물들었다.

"이제 일하고 싶지 않으이……."

노인은 통절하게 그 말을 반복했다.

나는 가만히 한숨을 내쉬었다. 이 노인은 매일 이랬다. 밤낮 시간을 가리지 않고 훌쩍 찾아와서는, 자리에 버티고 앉아 영문 모를 소리를 늘어놓다가 돌아가곤 했다.

나는 이 노인을 고르 할아버지라고 불렀다. 무슨 일을 하는지는 모르지만, 늘 입고 있는 옷이 만듦새가 뛰어난 것을 보아 뭔가 높은 자리에 있을 것 같았다.

"또 도망쳐 온 건가요?"

나는 닦고 있던 접시를 내려놓고 물었다. 그러자 고르 할아버지는 고개를 돌려 나를 쳐다보았다.

"도망친 것이 아니다. 잠시 한숨 돌리러 온 것뿐이니라."

"벌써 두 시간 가까이 지났는데요."

"흠. 무슨 말인지 모르겠구나. 이 나이가 되면 건망증이 심해져서 말이다……."

"자기 좋을 때에만 치매 노인이 되지 말아 주실래요?"

"훗훗훗~."

기묘한 웃음소리를 내면서 고르 할아버지는 카운터에 팔꿈치를 세우고 턱을 괴었다. 완전히 느긋하게 쉬는 자세였다.

잠시 휴식을 취하러 와서는 시간 가는 줄도 모르고 느긋하게 지낸다. 카페란 그런 곳이었으므로 나 역시 아무 말도 하지 않았다. 우리 가게를 휴식장소로 삼아 주는 일은 기쁘기도 했다. 그만큼 분위기가 편안하다는 뜻이니 말이다.

"변함없이 손님이 없구나."

고르 할아버지가 가게 안을 둘러보고 말했다.

가게 안에는 카운터석에 앉은 고르 할아버지 외에 창가 자리에 앉아 책을 읽는 엘프 누님밖에 없었다. 한가한 시간대이니까요. 그런 변명을 할 수 있으면 좋겠지만, 공교롭게도 우리 가게의 손님은 늘 이런 느낌이었다.

"역시 이 커피라는 것이 좋지 않다고 생각한다만, 유우여."

고르 할아버지는 눈앞에 놓인 커피잔에 담긴 커피를 한 모금 마시고는 얼굴을 찌푸렸다.

"변함없이 에는 것 같은 맛이로고."

"잘 음미해 주세요. 감칠맛이라든가 신맛을요."

"향은 좋지만 말이다. 맛이 너무 쓰다. 나는 단것을 좋아하느니라."

그렇게 말한 고르 할아버지는 카운터에 놓인 자그마한 하얀 단지를 끌어당겨 그 안에 든 갈색 가루를 커피에 듬뿍 넣었다. 그 가루는 물론 설탕이었다.

손님에게 제공하는 이상, 손님이 커피를 맛있게 마셔 준다면 그것이 가장 좋은 일이었다. 하지만, 마치 설탕으로 다 메우기라도 하려는 듯이 설탕을 잔뜩 투입하는 것을 보면 한숨도 나왔다.

이 세계에 와서 놀란 일은 산더미처럼 많았지만, 그중 하나가 커피를 즐기는 문화가 존재하지 않는다는 점이었다. 커피콩 자체는 존재했지만, 그것은 기호품으로서가 아니라 잠을 쫓거나 실신한 사람을 깨우는 용도의 약용 열매로 분류돼 있었다.

이 카페를 시작했을 때, 나는 커피라는 새로운 음료의 매력으로 큰 인기를 끌게 될 것이 틀림없다고 생각했다. 하지만 그 발상은 설탕의 산보다도 안이했다. 검고 쓴, 낯선 음료인 커피의 평판은 한결같이 좋지 않았다. 애초에 이 세계 사람들에게 쓴 음식은 몸에 좋지 않은 독약 종류라는 인식이 있는 듯, 커피의 매력을 이해해 주는 사람은 거의 없었다.

그렇게 되자, 이제 커피라는 시커멓고 쓰디 쓴 뜨거운 물을 내놓는, 카페라는 영문을 알 수 없는 가게라는 평판이

나는 것도 당연한 일이었다.

"아아, 한가하구나."

천장에서 길게 늘어뜨린 등을 올려다보며 고르 할아버지가 통절하게 말했다.

"한가하다면 일을 하시면 된다고 생각하는데요."

"무슨 말을 하는 게냐. 나는 지금 한가한 것을 즐기고 있느니라."

"한가하니까 재미있는 일이 일어났으면 좋겠다라든가, 그런 건 아니겠죠?"

내가 그렇게 말하자, 고르 할아버지는 내게 웃어 보였다.

"그런 때에는 스스로 즐거움을 찾기로 했다. 기다리는 것보다 찾는 편이 빠르니까."

그건 그렇군. 나는 고개를 끄덕였다. 그러나 그것을 실행할 수 있는 행동력을 가진 사람은 좀처럼 없었다.

고르 할아버지는 리드미컬하게 「한가하구나」를 몇 번 반복했다. 한참 그러고 있으려니, 문득 딸랑딸랑하고 새된 음색이 울렸다. 손님이 온 것을 쉽게 알 수 있도록 문에 달아 놓은 종소리였다.

문으로 시선을 돌리자, 머뭇머뭇 얼굴만 내밀고 안을 들여다보는 한 소녀가 있었다. 붉은 머리카락이 어깨에서 흘러내리고, 가게 안을 둘러보는 눈동자는 감청색을 띠고 있었다. 오늘 아침, 개점 전에 대화를 나누었던 그 소녀였다. 또

오겠다고 말한 것은 겉치레가 아니었던 모양이었다. 설마, 말을 꺼낸 그날 저녁에 바로 와 주리라고는 생각도 하지 못했다.

"어서 오세요."

나는 미소를 지으며 그녀에게 말을 걸었다.

"아, 응. 지금 들어가도 괜찮아?"

소녀가 소극적인 태도로 물었다. 나는 고개를 끄덕이며 들어오라고 손짓을 했다.

"얼마든지 괜찮아. 보다시피 오늘은 비었으니까."

"어제도 그제도 텅텅 비었었다만."

나는 쓸데없는 말을 하는 고르 할아버지를 노려보았다. 하지만 노인은 뉘 집 개가 짓느냐는 듯, 휘파람까지 불었다.

소녀는 안전한지 확인하듯이 천천히 가게 안으로 들어왔다. 그녀는 아침과 똑같이 학원의 교복을 입고 있었다. 긴 붉은 머리카락은 뒤통수에서 하나로 묶었고, 손에는 큼직한 가방을 들고 있었다.

소녀는 테이블로 향하지 않고 카운터로 걸어왔다.

"손님이 적어서 벌써 문을 닫은 줄 알았어."

"아픈 곳을 찌르는구나."

확실히 가게 안은 휑했다. 처음 찾아올 때 들어오는 것을 망설이게 되는 분위기일지도 모른다.

"주점이 아니라, 카페, 였지?"

"그래, 카페이니라, 아가씨. 커피가 자랑거리인 카페이지."

고르 할아버지가 커피잔을 들고 찡긋 윙크를 했다. 소녀는 초면부터 허물없이 대하는 고르 할아버지의 태도에 당황하면서도 꾸벅 인사를 했다.

"카페라는 말도, 커피라는 말도 처음 들었습니다."

"그래, 그랬을 게지. 나도 이 가게에서 처음 알게 됐느니라. 자자, 우선 앉거라."

"아뇨. 그게……."

"자자, 괜찮으니까. 잠깐만, 잠깐만 앉았다 가도록 해."

"예……."

소녀는 고르 할아버지의 페이스에 휘말려 그 옆자리에 앉고 말았다. 나는 그녀를 도와줘야 할지 고민했지만, 결국 조금 더 상황을 살펴보기로 했다.

나는 그녀의 앞에 물수건과 찬물을 내놓았다. 그러자, 곧바로 고르 할아버지가 내게 말했다.

"유우여, 이 아이에게 커피를 한 잔 대접하거라."

"아, 아뇨. 전……."

"물론 돈은 내가 낼 터이니 걱정하지 않아도 된다. 대신, 이름을 가르쳐 주지 않겠느냐? 나는 사람들이 고르 할아버지라 부른다."

"어, 그러니까, 리나리아입니다."

"리나리아인가! 칸피우스 설원 벽지에 피는, 봄의 도래와

희망을 관장하는 꽃이로구나. 좋은 이름이로고. 그쪽 출신인 게냐?"

그렇게 고르 할아버지는 기가 막힐 정도로 솜씨 좋게 리나리아라 이름을 댄 소녀와 이야기에 열중했다. 정말이지 행동력과 말주변이 뛰어났다.

나는 카운터 안에 쪼그리고 앉아 찬장 안에서 하얀색의 작은 단지를 꺼냈다. 이 안에는 커피콩이 들어 있었다. 커피콩 한 줌을 꺼내 커피밀[#1]에 넣고, 밀에 손잡이를 끼워 넣은 뒤 천천히 돌렸다.

버걱버걱. 으드득으드득.

커피콩이 분쇄되는 소리가 가게 안에 울려 퍼졌다.

나는 커피밀이 좋다. 커피콩을 가는 이 시간이 더없이 행복하다. 모든 것을 잊을 수 있게 해준다.

한 잔 분의 더없는 행복을 맛본 뒤, 나는 사이폰[#2]을 준비했다.

전용 받침대에 고정해 둔 구형의 플라스크는 투명한 유리로 되어 있고, 그 밑에는 가열하기 위한 램프를 놓을 수 있게 되어 있다. 플라스크의 위에는 플라스크에 꽂을 수 있도록 비커 바닥에서 가느다란 관이 뻗어 나온 것 같은 형태를 한 로트가 있다. 이것 역시 유리로 만들어졌다.

#1 커피밀 커피콩을 갈아 커피 가루를 만드는 기구.
#2 사이폰 증기압을 이용해 커피를 추출하는 기구.

이 도구는 원래 이 세계의 약제사나 연구자들이 사용하는 것을 커피추출용으로 개조한 특별주문품이었다. 그렇기 때문에 커피를 끓이는 것치고는 위엄이 있어서 박력이 느껴진다.

나는 은색 주전자로 플라스크에 뜨거운 물을 부었다. 이 은주전자는 마법기술이 응용된 제품으로, 주전자에 부착된 마석에서 마력이 사라지지 않는 한 내부의 물이 늘 뜨겁게 끓여놓은 상태로 유지되는 아주 멋진 아이템이었다.

뜨거운 물을 부은 뒤, 나는 플라스크 주위를 마른 천으로 정성스럽게 닦았다. 플라스크에 물방울이 묻은 채 가열하면 플라스크가 깨지는 경우가 있었다. 유리제품은 고가였기 때문에 취급에 신중해야만 했다.

나는 뜨거운 물을 넣은 플라스크 밑에 가열용 마법램프를 설치하고 불을 붙였다. 이 램프 안에 불의 마법이 봉해져 있는 것인지, 그렇지 않으면 열을 내뿜는 돌이라도 들어 있는 것인지 알 수 없지만, 손잡이를 돌리면 램프의 중심이 붉게 빛나면서 그곳에 열이 생겨났다.

마법이라는 문화가 존재하는 판타지 세계였지만, 편리성을 추구한 결과로서 태어난 제품들은 내가 있던 세계와 크게 다르지 않았다. 나는 그 점이 신기하면서도 재미있었다. 무엇을 연료로 삼는지, 어떤 기술로 만들어졌는지에 관계없이 결국 『뜨거운 물을 끓인다』, 『불을 붙인다』라는 목적은 동일했던 것이다.

나는 로트 안에 천으로 된 필터를 끼운 뒤, 커피밀로 간 커피콩 분말을 넣었다. 그리고 뜨거운 물이 끓는 것을 기다렸다가, 플라스크의 주둥이에 로트에서 뻗어 나온 관을 꾹 끼워 넣었다.

"와아……."

리나리아가 작게 탄성을 터트렸다.

플라스크 안에 있던 뜨거운 물이 저절로 위로 밀려올라갔기 때문이었다. 그것은 플라스크에 꽂힌 관을 통해 한층 더 상승해 끝내는 로트 안으로 이동했다.

"뭐야, 이거? 마술이야?"

리나리아가 어리둥절한 얼굴로 그렇게 묻자, 나는 그만 웃고 말았다.

"잠깐. 웃지 말아 줘. 마술이 아니야?"

"아니야."

로트 안으로 들어간 뜨거운 물은 커피 분말이 떠오를 정도로까지 차올랐다. 커피 분말이 완전히 다 떠오르기 전에, 나는 로트 안의 물을 작은 나무 주걱으로 휘휘 원을 그리듯이 몇 번 저어주었다. 물과 커피분말을 잘 섞기 위해서였다.

로트 안에 거품과 떠오른 커피 분말, 그리고 추출된 커피가 세 겹으로 층을 이루었다. 그리고 수증기와 함께 커피의 풍부한 향기가 피어올랐다. 추출하는 그 순간에만 즐길 수 있는 평온하고 느긋한 시간이었다.

뜨거운 물이 제대로 로트로 이동한 것을 확인한 뒤, 나는 램프의 불을 줄였다. 플라스크의 바닥에 남은 약간의 물이 보글보글 하고 거품을 만들어냈다.

그때, 퍼뜩 정신을 차리고 보니, 고르 할아버지와 리나리아가 대화를 멈추고 물끄러미 사이폰을 바라보고 있었다. 두 사람 모두 진지한 얼굴을 하고 있었기 때문에 나는 무심코 웃고 말았다.

리나리아가 찌릿 나를 노려보았다.

"미안, 미안. 열심히 보고 있는 게 좀 재미있어서."

나는 그렇게 사과를 했다. 그러자 리나리아는 입술을 삐죽거렸다.

"어쩔 수 없잖아. 이런 건 처음 보는걸. 마술이 아니라면, 왜 물이 위로 올라가는 거야?"

"어, 그러니까, 가열된 뜨거운 물 때문에 압력이 변화해서……였던가?"

"압력? 그게 뭐야?"

나는 팔짱을 끼고 천장을 올려다보았다.

"뜨거운 물을 끓이면 플라스크 안의 수증기가 팽창해. 그럼 뜨거운 물은 플라스크 안에서 갈 곳이 없어지니까 위로 밀려올라가는 거야."

나는 로트 안의 상황을 보면서 완전히 불을 껐다. 그리고 다시 한 번 나무주걱으로 로트 안을 잘 저어주었다.

"그러다가 이렇게 램프를 끄면 팽창한 수증기가 줄어들지. 그럼—."

약간의 시간을 두고 로트에서 추출된 커피가 관을 타고 천천히 플라스크로 흘러 내려왔다.

"와, 와~!"

처음에는 뜨거운 물이었던 것이 짙은 호박색의 액체가 되어 또다시 플라스크를 채워갔다. 고르 할아버지는 온화한 미소를 지으며 리나리아를 지켜보고 있었다. 마치 손녀라도 보고 있는 기분이리라.

이윽고, 로트에는 뜨거운 물과 공기를 빨아들여 볼록 하고 부풀어 오른 커피분말만이 남았다. 이것이야말로 커피가 잘 추출됐음을 알리는 증거였다.

나는 플라스크에서 로트를 분리한 뒤, 받침대에 달린 손잡이를 잡고 플라스크를 기울여 잔에 커피를 따랐다. 잔에서 피어오른 수증기와 코에서부터 머리끝까지 빠져나가는 것 같은 풍부한 커피의 향이 가게 안을 가득 채웠다. 이 향기 또한 더없는 행복이었다. 커피를 끓이는 공정에는 더없는 행복이 가득 넘쳐났다.

"냄새 좋다."

리나리아가 황홀하다는 듯이 그렇게 말했다. 향기에 도취된 것 같은 그 목소리에 무심코 미소를 지으며, 컵받침에 잔을 받쳐 리나리아 앞에 내려놓았다.

"자, 이게 커피야. 내 오리지널 블렌드지."

리나리아는 두 손으로 잔을 들어 올린 뒤, 새카맣게 빛나는 보석을 눈앞에 둔 사람들이 으레 그러듯이 커피의 표면을 물끄러미 바라보았다.

"잘 마시겠습니다."

그리고 한 모금, 리나리아는 커피를 입에 머금었다. 다음 순간, 리나리아가 눈썹을 치켜세우며 눈을 크게 뜨고는 나를 쳐다보았다. 입에서 잔을 떼고 어리둥절한 표정을 짓는 그 얼굴은 마치 어린아이 같았다.

"……엄청, 맛없어."

그 반응에 고르 할아버지가 소리 내며 웃었고, 나는 어깨를 축 늘어뜨렸다.

두 사람은 내가 생각했던 것 이상으로 친해졌는지, 꽤나 대화에 꽃을 피웠다. 그렇다고는 해도 고르 할아버지가 이런 저런 말을 걸고, 리나리아가 그것에 대답하는 것뿐이었지만.

덕분에 나도 리나리아에 대해 여러모로 알게 되었다.

학원에서는 성적이 우수해서 작년에는 학년수석을 했다는 것. 덕분에 귀족 출신 동급생에게 주목을 받게 되어 거

북한 생활을 하고 있다는 것. 마술사 학과에서 머지않아 미궁에서의 실습을 실시한다는 것. 조금 미지근한 홍차를 좋아한다는 것.

때때로 나도 그 대화에 끼었지만, 거의 대부분은 듣고 있을 뿐이었다.

어느덧 창문으로 보이는 주변경치가 어두워지기 시작하자, 나는 가게 간판의 불을 켜기 위해 밖으로 나왔다. 그리고 그때, 가게 밖 구석에 한 사람이 서 있다는 것을 알아차렸다. 그 여성은 내게 고개를 꾸벅 숙였다.

"항상 신세를 지고 있습니다."

"어, 저기, 얼마나 거기 계셨죠?"

나는 당황해서 여성에게 그렇게 물었다. 그러자 그녀는 품속에서 회중시계를 꺼내 시간을 확인했다. 은색 머리카락이 목 근처에서 부드럽게 흔들렸다.

"한 시간 정도일까요."

예상보다 긴 시간이었기 때문에 나는 할 말을 잃고 말았다. 안에서 기다리면 좋았을 텐데. 그런 내 표정을 보고 여성은 작게 웃었다.

"꽤나 즐기고 계신 것 같아서 말이죠."

하얀 셔츠에 차분한 색깔의 바지정장 같은 차림을 한 이 여성은 놀랍게도 고르 할아버지의 비서였다. 일을 팽개치고 이곳에 오는 고르 할아버지를 이렇게 늘 데리러 오곤 했다.

"확실히 즐기고 있긴 하지만, 괜찮은가요? 시간이……."

"그러네요. 이제 슬슬 돌아가 주셨으면 하긴 합니다."

"또 도중에 빠져나온 건가요?"

"예. 그것도 완전히 도중에 말이죠. 지금부터 착실하게 일을 해 주셔야 한답니다."

내가 무심결에 목소리를 낮춰 조용히 물어보자, 비서 씨도 목소리를 낮춰 대답해 주었다. 겉보기로는 차가운 미모를 가진 성인 여성이었지만, 의외로 분위기를 잘 맞춰주는 좋은 사람이었다.

"용케 한 시간이나 기다리셨네요."

"오늘은 저녁시간이 비어 있었으니까요. 저분은 적절히 휴식을 취해주지 않으면 어느 날 갑자기 진짜로 도망치셔서 말입니다. 이것도 업무의 일환이랍니다."

역시 비서 씨였다. 고르 할아버지를 다루는 법을 잘 체득하고 있었다. 나는 크게 감탄했다.

"그럼, 고르 할아버지를 불러 올게요."

"수고를 끼쳐 죄송하지만, 부탁드립니다."

비서 씨가 엄청 정중하게 고개를 숙이는 바람에 내 쪽이 다 황송해질 지경이었다. 어쨌든 비서 씨는 미인에 연상이었으니까. 나는 비서 씨와 대화를 나눌 때마다 심장이 두근거렸다. 또, 좋은 냄새도 났다.

역시 미인 누님은 좋구나. 진지하게 그런 생각을 하며 나는 가게 안으로 돌아왔다. 카운터석에서는 고르 할아버지가 카운터 위에 엎어져서, 실로 일부러 그러는 것처럼 기침을 하고 있었다. 리나리아가 내게 파닥파닥 손을 흔들어 보였다.

"저, 저기, 그게, 이 할아버지가……!"

"콜록콜록…… 아니, 걱정할 필요 없다. 옛날 상처가 조금……."

무슨 옛날 상처 말인가요.

"괘, 괜찮으신가요?"

리나리아가 걱정스러운 표정을 지었다. 그것을 보고 고르 할아버지는 더욱 거세게 기침을 했다.

"미안하다만, 등을 쓸어주지 않으련…… 되도록 부드럽게……."

"등이요? 등을 쓸어드리면 되는 건가요?"

어찌할 바를 몰라 하는 리나리아가 정말로 고르 할아버지의 등에 손을 뻗으려고 했기 때문에 나는 즉각 탁 하고 노인의 뒤통수를 때렸다. 머리카락이라는 완충장치가 없었기 때문에 상쾌한 소리가 울렸다.

"아얏!"

"자, 자, 고르 할아버지도 싸구려 연극은 적당히 해 주세요."

당황한 리나리아가 나와 고르 할아버지를 번갈아 쳐다봤다. 고르 할아버지는 토라져서 머리를 문지르며 칫 하고 입술을 삐죽거렸다.

"여생도 얼마 남지 않았으니 조금은 좋은 경험을 해도 벌을 받지는 않을 게야."

"우리 가게에서는 삼가주세요. 그렇지 않으면 길지 않은 여생을 한층 더 단축시켜드릴 겁니다."

"으엥? 혹시 나, 협박당하고 있는 게냐?"

"기분 탓이에요. 그리고, 가게 앞에 비서님이 기다리고 있어요."

내가 그렇게 말하자, 고르 할아버지는 말로는 표현할 수 없을 정도로 복잡한 얼굴을 해 보였다.

"그런 얼굴 해도 안 돼요. 빨리 가서 일해 주세요."

"싫다…… 나는 좀 더 여기 있을 게다……. 리나리아 양하고 놀 게다……."

고르 할아버지가 싫다, 싫다 하며 카운터를 찰싹찰싹 때렸다. 그래서 나는 주방에 놔두었던 정육용 칼을 가만히 손에 들었다. 이게 가장 크고, 도신이 두꺼웠다.

"오오! 왠지 엄청나게 일이 하고 싶어졌구나! 이런 파리 날리는 가게에서 어영부영 시간을 보낼 때가 아니었다!"

고르 할아버지의 태도 전환은 그야말로 눈이 동그래질 정도로 빨라서, 할아버지는 바로 자리에서 일어나더니 흐트러진 옷매무새를 고쳤다. 그런 뒤, 옆에 앉은 리나리아에게 돌아섰다.

"오늘은 고마웠다, 리나리아 양이여. 이 늙은이의 심심풀이에 어울려 준 덕분에 즐거웠느니라. 그 보답으로 여기 계산은 내가 할 터이니 먹고 싶은 것을 먹도록 하거라. 뭐, 대단한 것도 없지만 말이다."

"그런 말, 용케 제 앞에서 하시네요."

나는 정육용 칼을 불빛에 비추며 위협을 했다.

"오오, 무서워라! 무덤에 처박히기 전에 그만 가보도록 할까. 그럼, 유우여. 계산은 달아 놓거라."

시종 멍한 얼굴로 나와 고르 할아버지의 대화를 지켜보던 리나리아를 남기고, 고르 할아버지는 재빨리 돌아가 버렸다.

나는 칼을 원래 있던 장소에 되돌려놓고, 고르 할아버지가 사용한 식기를 정리하기 시작했다. 그러고 있으려니, 리나리아가 머뭇머뭇 내게 물었다.

"저 사람, 늘 저런 식이야?"

"늘 저런 식이야. 원래 이상한 사람이니까 깊이 생각하지 않는 편이 좋아."

내 대답에 리나리아는 고개를 끄덕이고는 잠시 동안 고르 할아버지가 나간 문을 바라보았다.

그리고 내가 설거지를 하는 동안, 제정신을 차린 리나리아는 본래 목적을 기억해 냈는지 의자에 고쳐 앉더니 가방에서 두꺼운 책을 꺼내 읽기 시작했다. 책 표지는 고풍스런 갈색으로, 가죽 재질인 것 같았다. 그 안쪽에는 나로서는 읽을 수 없는 신기한 문자들이 나열돼 있었고, 마방진이라고 부르는 편이 확 와 닿는 도형이 그려져 있었다. 정말이지 마법서 같은 그 모습에 나는 완전히 감동했다.

고르 할아버지 때문에 완전히 잊어버리고 있었지만, 이 아이는 애초에 공부할 수 있는 장소를 찾아 이 카페에 온 것이었다.

고르 할아버지가 없어지자, 가게 안은 꽤나 조용해졌다. 멀리서 큰길의 소음이 들려왔다.

문득, 어릴 적의 여름축제날이 떠올랐다.

부모님이 바쁘신 것을 알던 나는 축제에 가고 싶다고 떼를 쓰지 못했다. 그래서 방에 있는데, 창밖에서 큰북을 두드리는 소리가 들려왔다. 그 외에 끊임없이 사람들이 떠드는 소리와 이윽고 불꽃이 터지는 소리도. 그리고 그것들을 구경하고자 이웃들이 집을 나와 걸어갈 때의 대화소리도 들렸다.

나는 창가에 주저앉아 귀를 기울이면서 축제와 그곳을 오가는 사람들을 상상했다. 그것이 나의 여름축제였다.

이 세계에서는 매일매일이 축제와도 같았다.

미궁을 중심으로 성립된 이 도시는 어쨌거나 사람이 많았다. 미궁에서 일확천금을 노리려는 모험가에, 미궁을 한번 보려고 여기저기서 모여드는 관광객들. 그리고 관광객들을 상대하려고 모여든 상인들. 그렇게 다양한 사람들이 이 도시를 찾았다.

때문에 큰길은 언제나 포장마차와 노점이 늘어서 있었고, 밤새도록 환했다. 사람들도 끊이지 않았다. 너무 시끄러워서 큰길가에 있는 숙소에서는 느긋하게 쉴 수도 없을 정도였다.

하지만 우리 가게는 이렇게 조용했다.

장사를 하는 몸으로서는 웃을 일이 아니었지만, 그래도 웃음만 나온다. 고르 할아버지가 기대 이상으로 돈을 써 주고 있기 때문에 가게를 유지하고 있지만, 그렇지 않았더라면 일찌감치 장사를 접었을 것이다.

테이블석에서는 엘프 누님이 책을 펼친 채 멍하니 창밖을 바라보고 있었다. 가게 밖은 완전히 어두워져서, 창문에 누님의 얼굴이 비치고 있었다. 마치 인형과도 같다, 라는 표현은 진부하지만, 그런 말이 나올 정도로 이목구비가 단정했다.

카운터석에서는 리나리아가 진지한 얼굴로 책을 읽고 있었다. 어느샌가 작은 두루마리까지 펼치고 때때로 만년필 같은 것으로 뭔가를 적었다.

식기 정리를 끝낸 뒤 벽시계를 바라봤다. 저녁을 먹기에 딱 좋은 시간이었다.

리나리아에게 말을 거는 것도 망설여져서, 내 멋대로 저녁 식사를 준비하기로 했다.

마법 화로에 불을 붙이고, 작은 냄비에 주전자의 뜨거운 물을 담아 불 위에 올려놓았다. 그리고 찬장에 넣어두었던 빵을 꺼냈다. 크기가 내 얼굴만 할 정도로 큰 둥근 빵이었다. 전체적으로 거무스름한 색깔에 식감이 바삭바삭하고 약간 신맛이 나는 것이 특징이었다. 이것을 약간 두툼하게 두 조각 잘라냈다.

그런 다음, 이번에는 벽돌처럼 생긴 체다치즈 덩어리를 꺼내 얇게 두 장을 저몄다.

그 뒤, 생햄을 준비했다. 프로슈토라고도 불리는 이 생햄은 돼지 뒷다리를 소금만 뿌려 숙성시킨 것이다. 공정도 재료도 매우 간단해서, 건조시킨 뒤에 훈제만 할뿐이었다. 오죽했으면 필요한 것은 돼지와 소금과 시간, 그리고 공기라는 말까지 있을 정도였다.

자, 여기서 작은 의문이 생긴다. 이 세계에 돼지가 있는지 없는지, 나는 알지 못한다. 어디선가 가축으로 키우고 있는 것인가, 아니면 미궁 안에서 잡은 멧돼지 같은 것인가. 혹은 실제로는 전혀 다르지만, 고기는 돼지와 같은 맛이 나는 생물이 있을지도 모른다.

이 생햄은 붉은색이 짙고, 살의 주변에는 지방이 빈틈없이 붙어 있다. 맛은 놀랄 정도로 농후하지만, 잡내는 강하지 않다. 돼지고기보다는 조금 더 단단한 것 같으므로, 분류하자면 멧돼지 고기가 가까우려나?

냄비의 물이 끓자 불을 끄고 찬물을 조금 부어 온도를 조절했다. 그리고 계란 하나를 천천히 냄비에 넣었다.

거기까지 한 다음, 이번에는 그 옆에 있는 화로에 평평한 철제 프라이팬을 올려놓고 불을 붙였다. 프라이팬이 전체적으로 따뜻해지자 버터를 녹이고, 썰어놓은 빵을 올려놓았다. 빵이 노릇노릇하게 구워지자 빵 두 조각 중 하나를 뒤집어서 치즈와 생햄을 얹고, 나머지 빵으로 그 위를 덮었다.

생햄은 그 자체로 충분한 소금기를 갖고 있었고, 치즈도 농후한 풍미를 자랑했다. 달리 조미료는 필요 없었다. 필요한 것은 생햄과 치즈, 시간, 그리고 공기였다.

나는 깨끗한 천으로 빵을 덮고 작은 냄비를 꺼내 그 바닥으로 빵을 꾸욱 눌렀다. 프라이팬에 눌린 빵 밑면이 치익치익 하고 위를 자극하는 소리를 냈다.

그대로 가만히 기다리고 있자, 생햄의 향이 코를 간지럽혔다. 그것이 빵을 뒤집으라는 신호였다.

나는 빵을 누르고 있던 냄비를 떼고 천을 걷어냈다. 그러자 갇혀 있던 냄새가 단숨에 주변으로 퍼졌다. 빵은 평평하게 펴져 있었고, 빵 사이에서는 노란색 치즈가 걸쭉하게 살짝 녹아 있었다.

나무주걱으로 빵을 뒤집자 빵 밑면이 노릇노릇하게 구워져 있었다. 그것은 액자에 넣어 장식해 두고 싶을 정도로 예뻤다.

그렇게 다른 한쪽 면도 똑같이 구워주면 핫 샌드위치 완성이었다.

나는 완성된 샌드위치를 접시에 옮겨 담고, 마무리로 뜨거운 물에서 건져 올린 계란을 깨서 그 위에 올렸다. 껍질 속에서 살짝 익은 온천계란이 얼굴을 내밀더니 노릇노릇하게 구워진 침대 위에 드러누웠다. 완벽했다. 나 스스로도 반할 것 같았다.

나는 자신 있게 음식을 갖고 리나리아에게로 향했다. 공부에 집중하고 있을 거라 생각했는데, 그녀는 어느샌가 내 쪽을 바라보고 있었다. 아무래도 요리하는 모습을 관찰당하고 있었나 보다.

"마침 잘 됐다. 이거, 괜찮으면 먹도록 해."

"나 주는 거야? 그래도 돼?"

"물론이지. 먹어주지 않으면 오히려 곤란해. 막 만들었을 때가 가장 맛있어."

나는 리나리아 앞에 접시를 내려놓고 나이프와 포크를 곁들였다.

"계산은 고르 할아버지가 할 테니까, 더 먹고 싶으면 마음껏 추가 주문해도 돼."

"고마워. 마침 배가 고팠어. 그런데 이건…… 뭐야?"

리나리아가 고개를 갸우뚱했다.

"온천계란을 곁들인 생햄과 치즈 핫 샌드위치."

"핫 샌드위치?"

"먹어보면 알아."

그렇게 말한 뒤, 나는 조리 도구를 정리하러 돌아왔다. 가능하면 눈앞에서 먹는 모습을 지켜보고 맛의 감상이나 개선점을 자세히 묻고 싶었지만, 당연히 그런 것은 하지 않았다. 곁눈으로 힐끔힐끔 관찰하는 정도였다.

나이프와 포크를 쥔 리나리아는 처음 봤을 터인 핫 샌드위치를 앞에 두고 그 먹는 방법에 대해 고민하고 있는 것 같았다. 그녀는 쭈뼛쭈뼛 손을 움직이더니 이내 눈을 반짝였다. 핫 샌드위치에 나이프를 찔러 넣은 순간, 열 때문에 부드럽게 녹은 치즈가 마그마처럼 흘러나온 것이리라. 걸쭉하게 녹아 길게 늘어지는 치즈는 사람의 마음을 행복하게 해 주는 존재였다.

작게 자른 핫 샌드위치를 포크로 찍어 한 입 먹기가 무섭게, 리나리아의 얼굴에 미소가 떠올랐다. 나는 그것만으로도 충분히 기분이 좋았다.

나는 콧노래를 부르면서 조리 기구를 정리했다. 그런데 그때, 테이블석에 앉아있던 엘프 누님이 내게 손짓을 했다.

카운터에서 나와 그쪽으로 향하자, 엘프 누님은 어딘가 멍한 표정으로 나를 쳐다보았다. 귀에 걸린 긴 머리카락이 묘하게 요염했다.

"저거."

누님은 리나리아를 가리키며 말했다. 이 사람의 목소리는 처음 들었는데, 너무나도 맑은 그 목소리에 깜짝 놀랐다. 정말로 요정이라든가, 그런 존재일지도 몰랐다.

"아아, 핫 샌드위치 말씀이신가요? 만들어 드릴까요?"

"혹시 고기가 들어가?"

"예. 생햄이 들어갑니다."

엘프 누님은 천천히 고개를 저었다.

"고기는, 못 먹어."

표정은 거의 변하지 않았지만, 눈동자만큼은 슬퍼 보이는 색을 띠었다. 그것을 본 나는 심장이 꽉 조이는 것 같았다. 이렇게 아름다운 누님에게 이런 슬픈 얼굴을 하게 하다니!

"계란이나 치즈는 괜찮으신가요?"

나는 힘차게 물었다. 엘프 누님은 고개를 끄덕였다.

"그럼, 햄은 빼고 만들죠."

"응."

엘프 누님은 다시 한 번 고개를 확실하게 끄덕였다. 어린 아이와도 같은 그 모습에 나는 무심코 웃음을 터뜨리고 말았다.

핫 샌드위치를 하나 더 추가한 뒤에야 식사를 마친 리나리아는 그 뒤로도 조금 더 공부를 계속했다.

특제 계란프라이 핫 샌드위치를 깨끗하게 다 먹어치운 엘프 누님도 이미 돌아가서, 가게에는 우리 둘 뿐이었다.

"기숙사 통금 시간이 있어서, 슬슬 가볼게."

설거지한 식기의 물기를 행주로 닦고 있으려니, 짐을 정리한 리나리아가 자리에서 일어났다.

"그래? 고생했어."

리나리아는 고개를 끄덕인 뒤, 곧바로 자리를 뜨지 않고 그대로 잠시 그 자리에 서 있었다. 뭔가를 말하고 싶은 것 같았다. 나는 아무 말도 하지 않고 느긋하게 기다렸다.

"저기."

눈을 살짝 내리깐 채 리나리아가 입을 열었다. 가게 안의 조명에 깊은 푸른색의 눈동자가 한층 더 또렷하게 보였다.

"이 가게, 모든 메뉴가 다 비싸?"

모든, 이라는 것은 분명 커피의 가격을 기준으로 한 것이리라.

"커피는 비싸지만, 평범한 메뉴도 있어."

내 대답에 리나리아는 안도한 표정을 지었다.

"또 와도 될까? 그게, 돈은, 별로 없지만."

"물론 대환영이야."

나는 두 팔을 벌려 가게 안을 가리켰다.

"보다시피, 언제나 손님을 기다리고 있어."

"그래? 그럼, 다행이다."

리나리아가 작게 웃었다. 그래서 나도 같이 미소를 지어 보였다.

"언제든지 와서 몇 시간이든 앉아 있어도 돼. 뭣하면 아무것도 주문하지 않아도 돼."

"제대로 주문할 거야. 방금 전의 그 요리도 또 먹고 싶으니까."

리나리아는 그렇게 말하면서 가방을 들었다.

"아직 자기소개를 제대로 안 했네. 나는 리나리아. 리나리아 리폰트라고 해. 이름을 물어도 될까?"

"유우야. 유우 쿠로사와. 잘 부탁해."

"응. 나도 잘 부탁해."

그럼, 나중에 또 봐. 그런 말을 남기고 리나리아는 문 저편으로 사라졌다. 도어벨이 울리고, 이윽고 그 소리도 잠잠해지자 가게 안은 썰렁해졌다.

아무도 없는 가게 안은 어딘가 냉랭했다.

나는 의미도 없이 콧노래를 부르며 폐점 준비를 시작했다.

2. 악마의 열매 스파게티

아침에 커피콩을 볶는 일은 내게 중요한 일 중 하나이다.

막 구입한 커피콩은 아직 생콩이라, 그대로는 커피에 쓸 수가 없다. 맛있는 커피로 만들기 위해서는 생콩을 볶는『로스팅』이라는 작업이 필요하다.

뚜껑이 달린 수망로스터에 생콩을 넣고 불에 올린다. 얼룩덜룩하지 않고 전체적으로 골고루 볶아지도록 손목을 이용해 계속 흔든다. 시간은 오래 걸리지, 로스터는 무겁지, 사실 이 작업은 중노동이었다. 얼마나 볶느냐에 따라 커피의 맛이 바뀌기 때문에 아무 생각 없이 눈을 뗄 수도 없었다.

그렇게 잠시 볶다 보면, 커피콩이 점차 갈색으로 바뀌면서 익기 시작한 콩이 딱딱 하고 여물어서 터지는 소리를 낸다. 그 뒤로 5분만 더 있으면 희미한 연기와 함께 커피다운 냄새가 나기 시작한다.

지지직거리는 소리가 들려오면 강중배전[#3] 상태라는 뜻이다. 내 취향에 따라 좀 더 강하게 볶은 뒤 콩을 불에서 내리고 부채질을 한다. 빠르게 식히지 않으면 콩 자체가 품은 열기로 로스팅이 계속 진행되기 때문이다. 필사적으로 부채

#3 강중배전 강도에 따라 분류되는 로스팅 단계 중 하나. 중간(medium)이라는 뜻.

질을 해서 잔열이 식으면, 겨우 내 일은 일단락된다.

콩이 자연적으로 식는 것을 기다리는 사이, 나는 가게 안을 싹 청소했다. 바닥을 쓸고, 테이블과 창문을 닦고……. 매일 반복되는 작업에도 어느새가 익숙해졌다.

마지막으로 탁자와 의자를 정돈해서 개점 준비를 마치고, 나는 가게 문을 열었다. 그리고 문 옆에 걸어둔 팻말을『금일 영업 중』으로 바꾸고, 다시 가게로 돌아왔다.

영업 개시라고 해도 곧바로 손님이 오는 일은 없었다. 유명하고 인기 있는 가게인 것도 아니니, 개점을 기다리는 행렬 같은 것도 있을 리 없었다.

그렇게 긴장을 늦추고 있는데 갑자기 도어벨이 울렸다. 나는 그 소리에 움찔 하고 어깨를 떨었다.

"어서 오세요."

나는 허둥지둥 문 쪽을 돌아보았다. 그러자 최근 익숙해진 얼굴이 가게 안을 들여다보고 있었다.

"안녕. 이제 들어가도 돼?"

"아아, 안녕. 리나리아. 그래, 벌써 열었어."

내 대답에 리나리아는 희미한 미소를 지으며 가게 안으로 들어왔다.

아침햇살에 빛나는 붉은 머리카락이 눈부신 이 소녀는 이미 이 가게의 단골이 되어 가고 있었다. 이렇게, 아직 이른 아침인 개점 시간에 오는 일도 많았다.

"오늘도 빨리 왔구나."

나는 카운터석에 앉은 리나리아에게 그렇게 말을 건넸다. 그러자 소녀는 어리둥절한 표정으로 나를 마주 바라보았다.

"그래? 보통이라고 생각하는데."

"아침 해가 뜨고 시간이 얼마 지나지도 않았는데, 그게 보통이라고?"

"보통이잖아?"

이 세계에서는 일반적으로 아침이 빨랐다. 밤에는 빨리 잠자리에 들고, 아침에는 해가 뜨는 것과 함께 활동을 시작하는 것이 일반적이었다.

이 세계에는 오락이 많지 않았다. 텔레비전도, 게임도 없을 뿐더러, 손쉽게 인터넷에 접속할 수 있는 컴퓨터도, 친구와 가볍게 대화를 즐길 수 있는 스마트폰도 존재하지 않았다.

그래서 밤에는 얼른 자게 되고, 일찍 자다보니 일찍 일어나게 되는 것이 당연했다.

하지만, 그래도 내가 개점 준비를 마칠 무렵에 찾아오는 것은 꽤 이르다고 할 수 있지 않을까.

리나리아의 머리카락은 길었다. 아침에 잠자리에서 일어나 정리하는 것만 해도 시간이 걸릴 것 같았다. 게다가 여자아이의 준비가 설마 그것만일 리는 없었다. 더욱이, 학원 안에 있다는 기숙사에서 이 카페까지의 거리도 결코 가깝다고 할 수는 없었다.

멍하니 그런 것을 생각하다가, 역시 『리나리아의 아침은 빠르다』라는 결론을 도출했다. 아직 이른 아침이라 잘 돌아가지 않는 머리로 그런 생각을 하는 사이, 주전자는 빈틈없이 찬물을 뜨거운 물로 만들어 주었다.

나는 찬장에서 커피콩이 든 단지를 꺼내고 사이폰을 준비했다. 커피밀로 버걱버걱 커피콩을 갈고 있으려니, 리나리아가 턱을 괸 채로 나를 쳐다보고 있었다.

"있지."

버걱버걱.

"응? 왜?"

버걱버걱.

"엄청 좋은 냄새가 나는데."

버걱버걱.

"아아. 커피콩을 볶았어."

버걱버걱.

리나리아는 고개를 갸우뚱했다. 매끄러운 머리카락이 어깨에서 사르륵 흘러내렸다. 창문으로 쏟아져 들어오는 아침 햇살이 머리카락에 반짝반짝 반사되었다.

"그럼, 왜 오래된 콩을 쓰는 거야? 갓 볶은 콩이 더 맛있잖아?"

버걱…….

"손을 멈추고 이쪽을 빤히 쳐다보지 말아줄래?"

"아, 미안."

나는 다시 커피콩을 버걱버걱 갈기 시작했다.

"확실히, 기본적으로는 갓 만든 것들이 더 맛있는 게 보통이야. 하지만, 커피콩은 그렇지 않아. 신선하다고 좋다고는 할 수 없어."

"그래?"

이런 얘기, 흥미 없지 않을까? 그런 생각에 나는 리나리아를 쳐다보았다. 그러자, 소녀는 나를 똑바로 쳐다보고 있었다. 아무래도 이야기를 들어 줄 생각인 모양이었다. 나는 신이 나서 입을 열었다.

"갓 볶은 커피콩에는 가스 같은 것이 차 있어. 신선하다는 증거이기도 하지만, 이 가스는 커피를 추출할 때에는 별로 좋지 않아. 가스가 뜨거운 물과 콩의 성분이 섞이는 것을 방해하거든. 그런 콩을 써서 커피를 끓이면 왠지 차분함이 없는 들뜬 것 같은 맛이 돼 버려."

"……흐응?"

접객업에 종사하고 있기에, 나는 사람의 표정에서 기분을 읽어내는 기술을 익혔다. 그것에 따르면, 지금의 리나리아는 전혀 흥미가 없다는 얼굴을 하고 있었다. 사이폰 준비를 하면서, 나는 얼버무리듯이 웃어 보였다.

"요컨대, 방금 볶은 것보다 며칠 정도 놔두는 편이 더 맛있게 된다는 거야. 그러니까, 오늘 볶은 커피콩을 쓰는 건 좀 더 나중의 일이라는 거지."

"꽤 성가신 일이구나, 커피를 마신다는 건."

"그게 즐거운 거지만 말이지."

하지만, 아무래도 리나리아는 알아주지 못할 것 같았다. 어처구니가 없다는 얼굴을 하고 나를 쳐다보고 있으니까 말이다. 어쩔 수 없는 일이었다. 여자가 남자의 취미를 이해하지 못하는 건 어느 시대나 마찬가지였다.

플라스크 안에서는 뜨거운 물이 끓고 있었다. 로트를 꽂아 넣자, 뜨거운 물이 쑥쑥쑥 상승해서 커피분말과 섞여 갔다. 나는 그것을 주걱으로 재빨리 저었다.

이른 아침에는 시간의 흐름이 느릿하게 느껴졌다. 내가 이렇게 일찍 일어나는 날이 올 줄은 옛날에는 생각조차 하지 못했다. 아침 일찍 일어나고자 생각한 적도 없을뿐더러, 아침햇살은 거북했다. 하지만 이렇게 일찍 일어나는 것이 습관이 되자, 이것도 나쁘지 않았다.

이른 아침의 공기는 조금 싸늘하고 불순물이 없을 정도로 맑았다. 나도 모르게 심호흡을 하고 싶어질 정도였다. 시간의 흐름은 완만해서 그곳에 흐르는 시간의 모래를 손으로 퍼 올려 들여다볼 수 있을 것 같았다.

나는 창문으로 바깥을 보았다.

아침햇살에 그림자를 만들면서 길을 걷는 사람들이 있었다. 모험을 하러 미궁에 가는 것일까, 아니면 뭔가를 사러 가는 것일까. 그것도 아니면 팔러 가는 것일까. 이제는 완전히 눈에 익어버린 일상의 풍경이었다.

하늘은 완전히 군청색으로 변해 있었지만, 그 한쪽 끝은 떠오르는 햇살과 하나로 뒤섞여 아침놀이 눈부셨다. 덩그러니 떠 있는 구름의 끄트머리가 햇살을 받아 날카롭게 빛나면서 하얀 빛의 띠를 늘어뜨리고 있었다.

추출이 끝난 것을 확인하고 램프를 껐다. 상승해 있던 뜨거운 물이 열기가 식음에 따라 플라스크로 되돌아갔다. 로트를 분리하자, 갓 끓인 커피만이 갖는 향기로운 냄새가 코를 뚫고 지나갔다.

아아, 근사해라. 이 얼마나 우아한 시간인가. 정말 분에 넘치는 호사였다.

"그러고 보니."

그때, 내가 커피를 끓이는 움직임을 멍하니 바라보던 리나리아가 문득 생각이 났다는 듯이 입을 열었다.

"새로운 과일을 발견했다는 얘기, 들었어?"

"새로운 과일?"

커피를 잔에 따르면서 리나리아에게 되물었다.

"그래. 미궁에서 발견됐대."

"정말 별별 게 다 나오는구나. 미궁은."

게임과 만화를 보며 자란 나로서는 미궁은 마물과 보물과 모험, 이라는 인상이 있었다. 그렇지만 이 마을에서는 조금 달랐다. 물론 마물도 있고 보물도 있으며, 모험도 있지만, 그보다 더 소중히 여겨지는 것은 미궁 안에서 발견되는 광물이나 조미료, 식재료, 마물의 털가죽이나 뼈 등이었다. 즉, 눈에 보이는, 우리 일반시민의 생활을 윤택하게 해 주는 것들이었다.

나는 잔에 절반쯤 담은 커피에 따뜻하게 데운 우유를 붓고, 설탕을 듬뿍 집어넣었다. 그것을 리나리아 앞에 내놓자, 그녀가 어리둥절한 얼굴을 했다.

"뭐야, 이 흙탕물 같은 건?"

"표현에 좀 더 신중을 기해주지 않을래?"

확실히, 진하게 탄 커피에 우유를 부었더니 탁한 갈색이 돼 있었다.

"리나리아가 커피를 마실 수 없다고 하니까, 마시기 쉽게 한 거야."

"그걸 즐겨 마시는 사람과는 서로 이해할 수 없을 거라고 생각해."

리나리아가 이 가게에 오게 된 뒤로 나는 그녀에게 커피의 매력을 전하고자 무던히 노력했다. 커피를 끓이는 방법을 궁리해서 마시기 쉽도록 끓이는 방법도 바꿔보고, 설탕이나 우유의 도움도 받으며…… 그리고 끝내 여기에 도달한 것이었다.

"이거라면 틀림없이 마실 수 있을 거야. 절반은 우유이니까."

"우유를 타서 마시는 거야? 커피란 신기한 음료네."

"카페오레라고 해."

"카페오레? 발음하기 좀 어려운데. 이상한 이름이네."

카페오레는 프랑스에서 즐겨 마시는 커피였다. 잠을 깨기 위해 커피를 마시고는 싶어, 하지만 아침부터 진한 커피를 마시면 속이 아파, 그럼, 우유를 넣어서 희석시킬까. 그런 실로 대범하고 조잡한 발상에서 태어난 것이었다.

리나리아는 카페오레를 한 모금 마시고는 움직임을 멈추었다. 그녀는 눈을 깜빡거리면서 방금 전 자신이 흙탕물이라고 불렀던 음료를 바라보았다.

"뭐야, 이거. 맛있어."

"흙탕물인데?"

"하지 마. 카페오레한테 실례잖아."

그 손바닥 뒤집듯이 태도를 바꾸는 모습은 감탄이 나올 정도였다. 하지만 맛있다고 말하며 마셔주는 것은 나로서도 기쁜 일이었다.

"하지만, 조금 더 단 편이 좋아."

리나리아는 카운터 위에 놓아둔 작은 단지에서 설탕을 퍼서 카페오레에 넣었다.

"기억해 둘게."

지금 것도 꽤 달게 했다고 생각했는데, 아직도 부족한 모양이었다. 그렇다기보다, 이 도시 사람들은 설탕을 아주 좋아하는 경향이 있는 것 같았다.

카페오레에 설탕을 넣던 리나리아가 문득 손을 멈추었다.

"이곳에서는 이렇게 부담 없이 설탕을 쓰지만, 미궁이 없는 지방에서는 상당한 고급품이야."

그런가. 나는 그렇게 생각했다. 비교적 가벼운 마음으로 살 수 있어서 귀중한 물건이라고 느낀 적은 없었다.

"그렇게 생각하면 미궁이란 설탕도, 소금도, 향신료도 뭐든지 나오니까 굉장해. 굉장하달까, 너무 절조가 없어서 놀랍지만."

"미궁은 일정 층에 따라 환경이 변하니까, 산출물도 달라져. 이 도시의 생활은 미궁이 지탱하고 있는 셈이지."

나는 「그렇구나」 하고 고개를 끄덕였다. 마치 뭐든지 나오는 마법의 가방과도 같은 미궁이라는 존재가 신기하게 느껴졌다. 그러나 미궁도시에 사는 사람들이 보기에, 미궁에 의해 성립되는 이 생활은 당연한 것일지도 몰랐다. 혹은 신기하게 생각은 해도 중요한 것은 미궁이 가져다주는 은혜로, 미궁의 수수께끼 따위는 두 번째 문제인 것이리라.

"미궁의 층이 너무 깊어져서 그게 문제가 되고 있긴 하지만."

"문제?"

"그래. 깊은 층에서 산출되는 것은 운반하기 매우 힘들어. 거리가 머니까."

"아아. 그렇구나. 그것보다, 그렇게 넓은 거야? 그 미궁."

실로 당연한 일이기는 했다. 자, 그럼 대형 트럭으로 나르자, 라고 말할 수도 없는 것이다. 운반도 모두 인력에 의지하는 수밖에 없었다.

“지금으로서는 곤란한 건 일부 호사가나 연구기관, 학원 관계자 정도이지만 말이야. 심층에서 발견된 것은 우선 무엇에 도움이 되는지 연구를 해 봐야 하니까.”

“그럼, 방금 말했던 새로운 과일도 심층에서 발견된 거야?”

내 물음에 리나리아는 고개를 가로저었다.

“제2계층의 숲에서 발견된 거야.”

아아, 숲에서…… 응?

“미궁에 숲이 있어?”

“있는데, 왜?”

있구나…….

“어, 빛이라든가 그런 건? 어두우면 식물이 자라지 않잖아?”

“있는데?”

있구나…….

“물이라든가 흙도?”

“있어.”

있구나…….

어떻게 돼 먹은 거냐, 미궁. 그 안에 그런 대자연을 품고 있는 거냐. 아니, 마물이 생식하고 있으니, 오히려 그게 당연한 건가. 가공의 세계라면 또 몰라도, 현실로서 그런 불가

사의한 것이 존재한다는 사실에 나는 조금 당황했다.

"그 과일나무는 한참 전부터 있었지만, 열매의 생김새가 데레스 열매랑 똑같아서 아무도 신종이라고는 생각하지 못했던 것 같아."

"데레스 열매?"

내가 되묻자 리나리아는 슥 하고 가느다란 검지를 세워 보였다.

"왜, 그거 있잖아. 빨간색과 갈색, 녹색이 섞인 것 같은 색에 산에서 자주 보는 그거. 먹으면 잠시 동안 배탈이 나잖아."

"아아, 그건가."

그렇게 말하며 고개를 끄덕여 보이기는 했지만, 물론 나는 그것이 무엇인지 전혀 알지 못했다. 다만, 말투로 봐서는 비교적 잘 알려진 모양이었다. 이야기를 원활히 진행시키기 위해서는 때때로 말하는 사람과 마찬가지로 말하는 대상에 대해 잘 아는 척을 하는 것이 중요하다.

"맛은 좋은데 꼭 배탈이 나서 말이지. 악마의 열매라고 불렀잖아."

"그러고 보니 그랬지. 그리운걸."

거듭 말하지만, 나는 그 열매를 본 적도 없다. 악마의 열매라니 무섭다, 라는 감상밖에 없었다.

"데레스 열매랑 똑같이 생겼지만 신종이라 하니, 길드나 마녀집회에서 조사 중이라는 것 같아."

마녀집회라니, 그게 뭘까. 나는 그렇게 생각했지만 얼굴에는 당연히 그런 기색을 나타내지 않았다.

정오가 지나자, 점심 식사를 목적으로 하는 손님들이 조금씩 가게를 찾았다. 커피를 주문하는 사람은 전혀 없었지만, 대신에 내 요리를 먹기 위해 오는 사람이 있었다.

이 세계에는 내게 익숙지 않은 식재료가 많았다. 하지만 먹어보면 그 식재료의 맛이구나, 라든가 생김새도 맛도 똑같구나, 하는 일도 있었다. 때문에 내가 만드는 요리는 재료가 약간 뒤죽박죽이었다.

하지만 그것이 이 세계 사람들에게는 처음 보는 요리로 인식되었다. 그래서 이 가게에 오면 묘한 요리를 먹을 수 있다고 해서 단골이 되거나, 누군가에게서 소문을 듣고 찾아오거나 했다.

늘 와주는 채소가게의 아저씨와 잡담을 하고 있으려니, 도어벨이 울렸다. 그 소리에 문 쪽으로 고개를 돌리자, 새카만 옷을 입은 거구가 입구를 가로막고 있었다. 옷이 터질 것처럼 근육에 감싸인 몸은 그것만으로도 박력이 넘쳤다. 게다가 얼굴은 늑대였다. 노란 눈동자가 가게 안을 둘러보더니 곧 나를 찌릿 노려보았다.

"묘한 음식을 내놓는다는 가게가, 여기냐."

위협하는 것 같은 낮은 목소리였다. 채소가게 아저씨가 내게서 가만히 멀어졌다.

"아, 어, 음. 틀리지는 않습니다."

나는 엄청 주눅이 들어서 대답했다. 그러자 늑대 사내는 고개를 한번 끄덕이더니, 길을 여는 것처럼 몸을 옆으로 돌렸다.

"보스. 틀림없는 것 같습니다."

"그런가."

나는 동요했다. 머리가 살짝 현실을 쫓아가질 못했다.

낮게 뱃속에서부터 울리는 멋진 목소리가 들린 것은 분명했다. 하지만 늑대 사내가 길을 연 장소에 있던 것은 늘 봐와서 익숙한 작고 아담한 토끼였다. 새하얗고, 털이 몽실몽실했으며, 귀는 축 늘어져 있었고, 눈은 새빨갰다. 어디를 어떻게 봐도 토끼였다. 하지만 그 토끼는 새카만 양복과도 같은 딱딱한 옷을 입고 빨간 넥타이를 매고 있었으며, 두 다리로 서서 두 팔은 뒷짐을 지고 있었다.

내 동요 따위는 꿈에도 모른 채 토끼와 늑대는 카운터로 다가왔다. 그에 따라 카운터의 그림자에 토끼의 모습이 가려져 보이지 않게 되었다.

카운터석 의자 옆에 선 늑대 사내는 품에 손을 집어넣었다. 사내가 꺼낸 것은 새빨간 가죽이 덮인 작은 의자였다. 다리와 등받이에 테두리를 두르듯이 금색 세공이 가해지고 금실로 아기자기한 자수까지 놓인 꽤 훌륭한 의자였다. 늑대 사내는 그것을 카운터석 의자 위에 설치했다. 그것을 본 나는 불현듯 음식점에서 사용하는 유아용 의자가 생각났다.

뿅 하고 가볍게 점프한 토끼가 빨간 의자 위에 모습을 나타냈다. 동그랗고 귀여운 눈이 나를 쳐다보았다.

"생각한 것보다 젊군."

토끼의 오물오물하는 입의 움직임에 맞추어 뱃속에까지 스며드는 것 같은 중후한 목소리가 울려 퍼졌다. 귀여운 토끼가 위스키나 엽궐련이 잘 어울리는 목소리로 말을 걸어오는 경험을 해 본 적이 있을까. 나는 지금 그것을 경험하고 있었다.

"최근, 소문을 들어서 말이지. 이 가게에서는 낯선 이국의 요리를 먹을 수 있다고."

"예. 뭐, 틀리지는 않네요."

"이 도시는 현재 모든 나라 중에서 식재료가 가장 많이 모이는 곳 중 하나일세. 각국에서 요리사와 미식가들이 모여 음식의 발전도 두드러지고 있어. 예로부터 좋은 여자와 좋은 술, 그리고 맛있는 음식에는 누구나 끌렸지. 그렇지 않나?"

"그 말씀대로입니다!"

질문은 나를 향한 것이었지만, 대답한 것은 늑대 사내였다.

"그중에서도 내가 가장 관심을 갖는 것은 맛있는 음식이네. 그것이 지금까지 먹어본 적이 없는 것이라면 더욱 좋아.

때문에 나는 미궁에서 새로운 식재료가 발견되었다는 소식을 들을 때마다 그것을 신속하게 손에 넣고, 그것으로 맛있는 음식을 만들어 줄 수 있는 이를 찾곤 했네."

나는 침을 꿀꺽 삼켰다. 이마에 진땀이 배어나왔다. 나는 옛날부터 감이 좋은 인간이라고 생각했다. 하지만 이때만큼은 내 뛰어난 통찰력이 오히려 괴롭게 느껴졌다. 이 토끼가 다음에 할 말이 대강 예상되었기 때문이었다.

"자네에게 어떤 식재료를 사용한 음식을 부탁하고 싶네. 그것이 내 마음에 든다면 원하는 만큼 보수를 지불하지. 돈이든 물건이든 여자든 뭐든 좋아. 자네의 바람을 가능한 한 들어주겠네. 내 마음에 들지 않아도 최소한의 보수는 지불하겠네."

정말 그걸로 끝나는 건가? 뒤에 서 있는 늑대의 먹이가 되거나 하지 않는 거야?

나는 얼굴을 실룩거렸다. 그런 내게 아랑곳하지 않고 토끼는 늘어진 귀를 힐끗 들어 올렸다.

"자네는 맛있는 음식을 만들고, 나는 그것을 먹는다. 그리고 대가를 받는다. 뭐, 얘기는 간단하잖나?"

나는 뒷목을 잡았다. 말로 하는 것은 분명히 간단했지만, 묘한 기대를 받는 것도 곤란한 일이었다.

분명 내가 만드는 요리는 이 세계에서 봤을 때 기묘하고 이상한 것이리라. 하지만 나는 수련을 쌓은 요리사가 아니었다. 집에서 운영하는 카페를 돕거나 집에서 식사를 만들 기회가 많았을 뿐인 평범한 일반인이었다. 맡겨 주십시오, 라고 말할 수 있을 만큼의 자신은 없었다.

토끼가 복슬복슬한 오른손을 들어 신호를 했다. 그러자 늑대 사내가 또다시 품에 손을 집어넣었다. 그곳에서 끄집어져 나온 것은 덩굴이 아직 그대로 달려있는 붉은 열매였다. 대충 세어 봤을 때 열 개는 돼 보였다. 그 크기도 하나하나가 주먹 정도만 했다. 이걸 대체 어떻게 품속에 넣고 있던 것일까.

늑대 사내는 표정 하나 바꾸지 않고, 덩굴을 한 손에 든 채 나를 내려다보았다.

토끼는 짧은 팔로 팔짱을 끼고는 귀엽게 나를 올려다보았다.

"이번에 미궁에서 발견된 과실이네. 자네가 이것을 요리해 주었으면 해."

나는 아무 말도 할 수 없었다.

대답을 하지 않는 내게 늑대 사내가 거칠게 콧김을 내뿜었다. 그 콧김에 내 머리카락이 휘날릴 정도였다.

"이것은 악마의 열매라 불리는 것과 매우 비슷하지만, 다른 물건이네. 내가 먹어보았네만, 독도 없고, 맛도 이상하지 않아."

나는 리나리아에게서 들은 이야기를 떠올렸다. 눈앞에 있는 이것이 지금 바야흐로 여기저기에서 연구하고 있다는 그 식재료가 틀림없었다. 아직 미지의 것을, 어쩌면 치명적인 독을 가지고 있을지 모르는 것을 선뜻 먹어봤다는 사실에 나는 놀랐다.

위험해. 이 토끼, 정말 진지한 토끼다.

그리고, 나는 또 하나의 사실에도 경악했다.

위험해, 이 악마의 열매. 어떻게 봐도 토마토다.

형태는 약간 길쭉하고 꼭지 부분은 아직 황록색을 띠고 있었다. 하지만 열매는 새빨간 것이 눈에 익은 것과는 형태가 다를지언정 토마토와 똑같았다. 무심코 감동할 정도였다. 이 영문을 알 수 없는 세계에서 내가 살던 세계를 느끼게 되는 것을 볼 때마다 나는 눈물이 나올 것 같았다. 토마토로 눈물이 글썽글썽해지리라고는 생각도 하지 못했다.

"그래서, 어떤가. 해 주겠나?"

물론 나는 고개를 끄덕였다.

요리도 토끼도 이미 아무래도 좋았다. 늑대 사내도 눈에 들어오지 않았고, 요리의 결과가 어떻게 될지 따위 생각도 하지 않았다. 나는 그저 토마토가 먹고 싶었다.

만지고, 깨물고, 기억 속에만 남게 돼 버린 음식을 만들어 직접 먹고 싶었다. 단지 그것뿐이었다.

요리라는 것은 사전준비가 중요했다. 사전준비의 시점에

서 맛은 이미 결정된다고 해도 좋았다.

재료는 이미 잘게 썰어놓았고, 고기도 열심히 식칼로 다져 놓았다. 이 준비에 시간이 걸렸기 때문에, 아까부터 늑대 사내의 시선이 무서웠다. 사전준비는 중요하지만, 그 점을 이해해 줄 늑대는 많지 않은 모양이었다.

이번 요리의 재료는 무척 간소했다. 시장에서 파는 채소 세 종류. 그것은 양파와 비슷하거나 당근과 비슷했고, 샐러리와 닮았다.

두께가 두툼한 냄비에 채소를 넣고 올리브……인지 어떤지는 모르겠지만, 아마도 그런 느낌의 기름을 듬뿍 부은 뒤, 뚜껑을 덮고 불에 올렸다. 냄비의 두께가 두꺼우면 균일한 온도를 유지한다. 그러면 어떻게 되는가. 식재료가 천천히 푹 익는다. 다시 말해, 보다 더 맛있는 요리가 된다.

나는 때때로 뚜껑을 열고 눌어붙지 않도록 나무주걱으로 섞어 주었다. 5분이 지나자 채소는 익어서 부드러워졌다. 채소의 단맛이 기름에 녹아들었다.

이번에는 뚜껑을 열고 가열을 했다. 필요 없는 수분을 날려버리기 위해서였다. 두꺼운 냄비는 뚜껑도 묵직해서 밀폐 상태가 되기 때문에, 수분이 증기가 되어 안에 갇히는 경향이 있었다.

그대로 잠시 기다리자, 냄비 바닥이나 가장자리에 있는 채소가 노릇노릇해졌다. 조금씩 눋는 것이었다. 나는 좀 더 빨리, 주걱으로 바닥을 뒤집듯이 내용물을 섞어주었다.

그 작업을 몇 번 반복하자, 마침내 채소 전체가 노릇노릇한 색을 띠었다. 나는 불을 끄고 열을 식혀주었다.

그 사이, 나는 다진 고기를 조리했다.

평소 사용하는 철제 프라이팬을 꺼내 냄비에서 기름을 퍼서 프라이팬에 뿌렸다. 채소의 맛이 듬뿍 밴 기름으로 고기를 굽는 것이었다.

프라이팬이 딱 좋게 달궈지자, 나는 프라이팬에 고기를 넣었다. 양이 많으니 프라이팬 한 가득 거대한 햄버그 스테이크를 만드는 것 같은 기분이 들었다.

고기가 구워지는 냄새는 많은 사람들의 마음을 사로잡는 법이었다. 늑대 사내도 예외는 아닌 모양이었다. 등 뒤에 와서 꽂히는 시선이 이렇게까지 분명하게 느껴지는 것은 처음 겪어보는 경험이었다. 늑대 사내의 굶주린 시선을 등으로 받으며, 나는 아무것도 하지 않고 지긋이 익어가는 고기를 바라봤다.

내게 이 요리를 가르쳐 준 것은 할아버지였다. 할아버지는 팔짱을 끼고 물끄러미 고기를 지켜보곤 했다. 안 섞어? 내가 그렇게 물으면, 할아버지는 무뚝뚝하게 이렇게 말하곤 했다.

『섞으면 고기 안에서 수분이 배어나온다. 그렇게 되면 온도가 내려가서 맛있게 구운 색깔이 나지 않아.』

그래서 나도 이렇게 할아버지의 흉내를 내고 있었다. 좀 더 많은 것을 배우고 싶었지만, 이곳에 할아버지는 없었다. 내 요리 지식은 어중간한 상태로 남게 될 것 같군. 나는 그렇게 생각했다.

살짝 침울해하는 사이, 고기가 확실하게 노릇노릇 구운 색깔을 띠기 시작했다. 나는 구워지면서 한 덩어리가 되어버린 고기를 나무주걱으로 떼어내 뒤집었다. 충분히 열기가 돌고 있었기 때문에 뒷면도 곧바로 노릇노릇해졌다.

나는 고기를 덜어내고 빈 프라이팬에 레드와인을 부었다. 굽는 도중에 빠져나온, 감칠맛 가득한 육즙을 헛되이 하지 않기 위해서였다. 그대로 한번 부글부글 끓여서 여분의 알코올을 날려버렸다.

그 뒤, 채소가 들어있는 냄비 안에 다 구워진 다진 고기와 육즙의 풍미를 빨아들인 레드와인을 넣었다.

그리고, 드디어 이번 주역이 등장할 차례였다.

악마의 열매, 즉, 토마토였다.

사전준비 중에 잠깐 맛을 보았는데, 내가 아는 토마토보다 훨씬 채소의 맛이 강했다. 풋내가 난다고 표현해야 할까, 토마토의 향이 강하게 코를 꿰뚫고 지나가는 것이 인상적이었다. 깨무는 순간 흘러넘치는 과즙에서 느껴지는 시큼한 맛과 뒷맛으로 혀에 남는 단맛. 그리고 놀라울 정도의 탄력.

한 입 먹고 나도 모르게 신음했을 정도였다. 실로 맛이 농후했고 향기가 강했다. 선불리 요리하지 않고 그대로 소금을 뿌려 먹는 편이 맛있지 않을까 고민이 되었지만, 이내 요리를 시작했다.

왜냐하면, 나는 토마토를 먹고 싶은 것이 아니라 토마토를 사용한 현대 요리를 먹고 싶었기 때문이다.

부탁한다, 토마토여, 라고 바람을 담아 냄비 위에서 호쾌하게 토마토를 손으로 으깼다. 과즙과 노란 씨를 품은 탱탱한 과육이 냄비 안으로 떨어졌다. 그것을 두 개, 세 개 반복했다.

그런 뒤, 이세계의 허브 같은 것을 몇 종류 넣었다.

이 세계의 채소와 고기는 품종개량 같은 것이 되어 있을 리가 없었기 때문에 냄새가 강했다. 그것에 익숙한 이 세계 사람들은 아무렇지 않을지라도 나는 다소 먹기가 힘들었다. 그래서 이렇게 냄새를 잡기 위한 허브를 자주 넣었다.

거기까지 한 다음, 나는 찬장에서 열은 갈색의 분말이 들어있는 병을 꺼냈다.

나는 편의상 그것을 『콘소메』라고 부르고 있었지만, 물론 콘소메가 아니었다. 정확히는 모험가들이 미궁 안에서 손쉽고 빠르게 마시기 위한 인스턴트 스프의 원료였다. 너무나도 편리해서 최근에는 모험가들보다도 주부들에게 더 인기를 얻고 있는 상품이었다.

그리고, 숨겨진 맛으로 소르제라고 불리는 소스를 조금

추가했다.

걸쭉하고 향이 농후한 갈색의 이 소스는 매운 맛과 짠맛을 응축해 놓은 것 같은 맛이 났다. 풍미와 독특한 냄새가 있는 것이, 감각적으로는 어장(魚醬)에 가까울까. 생선을 대량의 소금에 절여 발효시킨 뒤 걸러서 만드는 그것 말이다.

이 도시에서는 비교적 대중적인 양념인지 어떤 요리에나 다 들어갔다. 이 소스를 사용함으로써 간단히 짠맛을 강하게 낼 수 있었기 때문에, 빵이나 파스타와 함께 먹는 것이 주류였다. 염분을 보급할 수 있으며, 술과도 잘 어울려서 모험가의 마을에 안성맞춤인 소스라고 할 수 있었다.

그러나 식재료의 맛깔스러움이나 육수의 맛 등, 그런 섬세한 맛까지 완전히 덮어버리기 때문에 나는 별로 좋아지지가 않았다. 이 세계의 요리는 간이 너무 세. 그러니까 넣는 것은 아주 조금…….

이제 남은 것은 바짝 조리는 일뿐이었다.

나는 손을 씻고, 다 쓴 식기를 정리했다. 그러고 있으려니, 늑대 사내가 참지 못하겠는지 으르렁거렸다.

"다 된 거냐."

"앞으로 한 시간 정도 더 졸이면 완성입니다."

"한 시간!"

늑대 사내가 마치 고백한 여성에게 애인이 있다는 사실을 알게 된 것 같은 얼굴로 외쳤다.

"고작 요리를 하는데 한 시간이나 걸리는 거냐!"

고작이라니 뭐냐, 고작이라니. 이래봬도 그나마 과정을 좀 생략한 편이라고. 그렇게 호통을 쳐주고 싶었지만, 나는 스윽 시선을 돌렸다. 정면에서 보는, 덩치 좋은 늑대인간의 얼굴은 무척이나 박력이 넘쳤던 것이다. 어쩔 수 없었다.

"고작이라니 뭐냐. 고작이라니."

나는 순간 내 속내가 밖으로 새어나온 줄 알았다. 물론, 아니었다. 토끼가 그 낮게 울리는 목소리로 말한 것이었다.

"하, 하지만, 보스의 귀중한 시간이……."

토끼는 그 복슬복슬한 오른손을 슥 들어 늑대 사내의 말을 가로막았다.

"잘 들어라, 세못타. 예술에 시간이란 존재하지 않는다."

"아, 예."

"그리고, 요리도 또한 예술이다."

그렇게 말하는 모습이 너무나도 중후해서 나는 온몸이 떨릴 것만 같았다. 이 토끼, 정말 멋있다.

감동하는 나와 당황하는 늑대, 그리고 여유롭게 의자에 앉아 팔짱을 끼고 있는 토끼.

그렇게, 시간은 흘러갔다.

1시간이 흘렀다.

냄비 안에서는 재료들이 녹아 하나로 섞여 모든 개성을 응축시키고 있었다.

나는 숟가락으로 떠서 맛을 보았다.

토마토의 산미와 맛과 냄새가 강한 고기의 풍미가 혀에 강하게 남았다. 하지만, 채소의 단맛과 콘소메와 레드와인의 감칠맛이 뒤를 이어 뒷맛은 놀랄 정도로 산뜻했다. 그리고 신기하게도, 마지막에는 토마토의 놀랄 정도로 강하고 달콤한 향기가 코를 뚫고 지나갔다. 미궁에서 태어났다는 근성이 이렇게나 풍미를 남기고 있는 것일까. 마무리로 소금과 후추를 약간 뿌려 맛을 정리하니 소스가 완성되었다.

그리고, 기다리는 사이에 준비해 두었던 파스타가 등장할 차례가 드디어 돌아왔다. 근처에 있는 파스타 가게에서 구입한 것인데, 이 세계에서는 면도 물론 손으로 직접 만든 생면이었다. 면은 조금 납작하고 찰기가 강해 아주 쫄깃했다. 내 저녁밥을 위한 것이었으나, 어쩔 수 없었다.

나는 냄비에 뜨거운 물에 가득 담아 재빨리 파스타를 삶고, 그것을 뜨거운 소스에 버무려 접시에 옮겨 담았다. 그 위에 치즈를 강판으로 갈아 올리고, 장식으로 파슬리와 닮은 허브를 얹었다.

이것으로 드디어 이세계풍 미트소스 스파게티가 완성되었다.

접시를 토끼 앞에 내려놓자, 토끼의 작은 코가 움찔움찔 활발하게 움직였다.

그런데, 토끼는 인간용 포크로 먹을 수 있을까. 나는 포크를 낼지 말지 잠시 망설였다. 그러자 그때, 옆에 서 있던 늑대가 품에 손을 넣는가 싶더니, 그곳에서 세로로 길쭉한 작은 상자를 꺼내들었다.

가만히 테이블 위에 올려놓은 그것을 열자, 안에는 검은 천으로 싸인 무언가가 있었다. 늑대 사내는 손가락 끝으로 능숙하게 그 천을 펼쳤다. 안에 있는 것은 모형이라고 부를 수 있을 정도로 작게 제작된 은으로 된 식기였다. 나이프와 포크, 스푼 세트로, 손잡이에 정교한 세공까지 되어 있었다.

토끼는 가슴 주머니에 꽂아놓았던 손수건을 꺼내 무릎 위에 펼쳤다. 그리고 짧은 양손을 움직여 잠시 기도하고는 상자 안에서 포크를 집어 들었다.

토끼가 포크에 면을 말았다. 포크가 작은 모형 같은 것이었기 때문에 포크에 감은 면은 한 가닥뿐이었다. 그래도 토끼에게는 큰 한 입이리라. 토끼는 면을 우물우물 씹었다. 그런 뒤, 고기와 채소를 건져 먹고, 토마토만 포크로 찍어서 먹었다가 소스를 듬뿍 묻혀서 먹었다.

긴장되는 순간이었다. 그리운 요리를 만들 수 있었다는 점에 만족해 버렸지만, 이 토끼가 마음에 들어 할지 어떨지가 중요하다는 사실이 이제야 기억났다.

이 요리는 과연 이세계에서 받아들여질 것인가?

아니, 애초에 토끼에게 고기를 먹여도 괜찮았던 것인가?

이제야 이런저런 일이 머릿속을 맴돌았다. 하지만, 때는 이미 늦었다. 토끼는 아무 말도 없이 우물우물 입을 움직이고 있었다. 너무나도 무표정하고, 너무나도 담담해서 내 불안은 한층 더 커졌다.

토끼는 오물오물 입을 계속 움직였다. 포크를 쥔 손을 멈추지 않은 채 아무 말도 하지 않았다. 늑대 사내는 당황한 듯이 토끼를 힐끔힐끔 살폈고, 가게 안쪽에 있는 손님들도 몰래 이쪽을 들여다보고 있었다.

"저, 맛이 없으신가요?"

나는 참지 못하고 토끼에게 물었다. 너무 아무 말도 하지 않아서 긴장으로 심장이 두근두근 방망이질을 치고 있었다. 토끼는 손을 멈추고 빨간 눈동자로 나를 올려다보았다.

"새콤함과 달달한 맛이 확실하게 느껴지는군. 늘 느꼈던 채소의 풋내가 느껴지지 않아. 마치 다른 채소 같네. 그리고 뒷맛에 남는 신기한 향…… 악마의 열매를 사용했기 때문인지, 자네의 요리실력 때문인지 나로서는 모르겠지만, 아주 신기한 맛이네."

토끼인 주제에 채소에서 풋내를 느끼는 건가…….

그렇게 생각하는 것과 동시에, 신기한 맛이라는 감상에 나는 납득을 했다. 나 역시 이 세계의 음식을 먹으면 그렇게 느꼈다. 소재와 조리법, 자란 환경…… 모든 것이 다른 이상, 맛의 기호도 역시 크게 다를 수밖에 없었다. 내가 맛있다고 느끼는 맛과 이 세계 사람들이 맛있다고 느끼는 맛 사이에는 큰 차이가 있는지도 몰랐다.

마음에 들지 않은 모양이다. 그런 생각에 나는 어깨를 축 늘어뜨렸다. 그런 내게, 토끼가 「하지만, 맛있네」 하고 부드러운 목소리로 말했다.

"처음 맛보는 맛을 내 감각이 이해하지 못하고 있는 것일 뿐, 이건 틀림없이 맛있어. 한 입 먹을 때마다 혀가, 몸이, 마음이 맛을 좇아가듯이 해서 이 맛있음을 이해하고 있네."

토끼는 천천히 숨을 토해냈다.

"이건, 틀림없이 내 모든 것을 능가하는 요리였네. 아주 훌륭해."

나는 후우 하고 안도의 한숨을 내쉬었다. 긴장이 확 풀렸다. 늑대는 눈을 둥그렇게 뜨고 토끼를 바라보았다가 나를 쳐다보고, 그러다가 다시 토끼를 바라보았다. 그것을 몇 번이나 반복했다.

토끼는 채소 한 조각 남기지 않고 파스타를 깨끗하게 다 먹었다. 그 모습은 요리사로서 더할 나위 없이 행복할 정도였다.

돌아갈 때가 되자, 토끼가 「뭐든 바라는 것을 대가로 지불하지」라고 말했다. 나는 그 대답을 나중에 해도 되는지 물었다. 이 토끼가 어떤 상대인지도 모르는 것이다. 경솔한 말은 할 수 없었다.

그리고 무엇보다, 요리할 때 쓰고 남은 토마토를 받았기 때문에 나는 그것으로 만족했다. 내게는 다른 무엇보다도 가치가 있었다.

"그렇다면."

토끼는 그렇게 말하고는 작은 금색 배지를 내게 건넸다. 배지는 포도송이와도 같은 형태를 하고 있었는데, 중심에는 귀를 늘어뜨린 토끼가 새겨져 있었다.

"코르레오네 가의 인장이네. 거리에서 성가신 일에 휘말렸을 때나, 내게 연락을 취하고 싶을 때에는 그것을 내보이도록 하게."

"보스! 이런 꼬맹이에게 인장을 건네시다뇨!"

"나는 지금 기분이 좋다. 조용히 해라."

코르레오네라고 하는 것 같은 토끼가 탕 하고 바닥을 내리치듯이 뒷다리를 굴렀다. 그러자 늑대는 깜짝 놀라서 몸을 움츠렸다. 어떻게 봐도 늑대가 강할 것 같은데, 이 힘 관계는 대체 어떻게 된 것일까. 하지만 당당하게 물을 용기가 내게는 없었다.

그렇게 토끼와 늑대는 가게를 나갔다.

대체 뭐였던 걸까. 나는 그렇게 생각하면서 식기를 치우고, 카운터석을 정리했다. 그러고 있으려니, 안쪽 테이블에서 몰래 이쪽을 지켜보고 있던 채소가게 아저씨가 내게 다가왔다.

"유우. 용케 무사했구나!"

"뭔가요, 그 어조는?"

나는 반사적으로 눈썹을 찌푸렸다. 그랬더니 아저씨가 얼굴 앞에서 손을 흔들었다.

"아니, 그게, 방금 전의 그 사람들. 코르레오네 일가라고! 모르는 거야?"

그렇게 말해도, 모르는 것은 모르는 것이었다. 아저씨가 믿을 수 없다며 고개를 젓더니 열변을 토했다.

"이 주변 일대의 뒷골목을 장악하고 있는 대조직이야! 관청도 섣불리 손을 댈 수 없을 정도로 엄청난 녀석들이라고!"

"흐음, 나쁜 사람들이라는 건가요?"

마피아라든가 그런 것일까? 하지만 아저씨는 고개를 저었다.

"뒷골목은 그, 왜, 성가신 일이 많아. 실력에 자신 있는 퇴물 모험가라든가, 다른 도시에서 온 범죄자들이 흘러 들어가니까 말이지. 그런 녀석들을 억누르거나 잘 부려서 도시의 안전에 한 역할 하는 것으로 유명해."

"그럼 좋은 사람이잖아요."

"하지만 코르레오네라고? 이상한 짓을 하면 가게를 뭉개버려서 한 가정을 뿔뿔이 흩어지게 만들 정도의 힘을 가진 뒷조직이라고! 역시 무섭잖아."

아저씨는 마음속 깊이 그렇게 느끼는 것처럼 말했다. 나는 그 무서움을 아직 실감할 수 없었는데, 그건 내가 아직

이 도시에 완전히 익숙해지지 않았기 때문일까.

"코르레오네의 보스가 미식가라는 건 소문으로 듣긴 했지만, 정말이었구나. 그 사람에게 인정받다니 정말 대단해! 무섭지만! 굉장해!"

내 어깨를 탁탁 두드리는 아저씨는 무척 즐거워보였다.

창밖이 완전히 어두워졌다. 큰길의 소음이 들려왔다. 밤이 깊어지면 깊어질수록 큰길에는 사람들이 모여 들었다. 언제나 떠들썩한 이 거리에는 피곤해서 쉬는 날이라는 것이 없는 것일까. 내게는 조금 지나치게 소란스러운 도시였다.

언제나 손님이 적은 가게였지만, 그것이 내게는 편하게 느껴지는 공간임은 틀림없었다. 손님이 적어 고민이기도 했지만, 한편으로는 그 조용한 공간이 마음에 들었다.

오늘은 카운터석에 리나리아만 앉아있을 뿐이었다. 최근, 아침에도 방과 후에도 자주 가게에 오게 된 그녀는 대개 공부를 했다. 나는 방해하지 않도록 조용히 하고 있었지만, 리나리아가 휴식을 취하는 때를 노려 점심 때 있었던 일을 이야기했다. 놀랄만한 일이나 신기한 일, 그런 비일상적인 일이 일어났을 때에는 누군가에게 이야기하고 싶어지는 것이 인간이라는 생물이었다.

"뭐야. 그럼, 여기 코르레오네의 보스가 오는 거야?"

한 차례 이야기를 들은 뒤의 리나리아의 반응은 이랬다.

“아, 역시 코르레오네를 아는구나.”

“안다기보다, 유명하잖아. 특히 범죄자들은 두려워하고 있어. 범죄자들에게는 가차 없으니까.”

“무서운 건지 듬직한 건지.”

그 모습을 본 지금으로서는 어떻게 반응해야 할지 곤란했다. 하얗고, 몽실몽실한, 토끼.

“그냥 느긋하게 있으면 되는 거 아냐?”

잔의 가장자리를 집게손가락으로 매만지면서 리나리아는 태평하게 말했다.

“코르레오네가 여길 드나든다면 아마도 범죄자가 노릴 일은 없을 거야, 이 가게.”

“범죄자들이 노릴 이유도 없지만 말이지.”

“그것도 그러네.”

잠시 침묵이 흐르고, 리나리아가 「저기……」 하고 운을 뗐다. 얼굴은 창문 쪽을 향한 채로 눈만 힐끗힐끗 나를 쳐다보고 있었다.

“그 코르레오네가 마음에 들어 했다는 악마의 열매 요리, 이제는 없어?”

나는 나도 모르게 웃음을 터뜨렸다.

“괜찮겠어? 악마의 열매랑 똑같이 생겼는데.”

“악마의 열매, 좋아했어.”

"독이 있지 않았던가."

"기합으로 버티겠어."

기합으로 어떻게든 되는 건가? 나는 고개를 모로 꼬았지만, 그건 묻지 않고 그냥 놔두기로 했다.

리나리아가 이 가게에 오기 시작한 지 얼마 되지 않았지만, 그녀에 대해 새로이 알게 된 사실이 몇 가지 있었다. 예를 들면, 그녀는 맛있는 음식을 매우 좋아하며, 그리고 의외로 아주 잘 먹었다.

"그래서, 이제는 없는 거야?"

나는 살짝 뜸을 들이고는 이렇게 말했다.

"사실은 아직 있어. 곧 준비해 줄게."

리나리아가 어린아이와도 같은 미소를 지었다.

3. 비오는 날의 도시락

오늘 아침은 하늘이 흐렸다. 어두운 구름이 하늘을 덮고 있었고, 저 멀리 보이는 산의 정상에는 하얀 안개가 걸려 있었다. 지금은 아직 빗방울이 떨어지지 않았지만, 조만간 비가 내릴 것 같았다.

날씨는 매일 변화하기 때문에 근사하다. 이야깃거리가 없을 때 날씨 이야기를 하면 그 대화를 계속 이어나갈 수 있다. 누구도 상처 입히지 않으며, 나 자신도 불쾌해지지 않는다. 날씨에 관한 이야기는 만능이었다.

나는 아침인사로서 리나리아에게 그런 날씨 이야기를 했다. 그랬더니 리나리아는 「바보 아냐?」라고 대꾸했다. 요즘 리나리아는 나를 대하는 데 스스럼이 없어지고 있었다.

"그러고 보니, 리나리아는 학원 기숙사에서 살지? 매일 아침마다 여기에 오는 거, 힘들지 않아?"

나는 리나리아에게 그렇게 물었다. 그러자 그녀는 시선을 살짝 돌리며, 카페오레가 든 잔으로 입가를 감추었다.

"뭐, 산책 같은 거니까. 게다가 아침 공부도 할 수 있고."

나는 리나리아의 어깨와 손이 안절부절못하는 것을 바라보았다. 그대로 지긋이 쳐다보자, 리나리아는 「하아~」 하고 크게 한숨을 쉬었다.

"알았으니까, 그렇게 보지 마."

"그래서?"

그렇게 재촉하자, 리나리아는 턱을 괴면서 부루퉁한 얼굴로 창밖으로 시선을 주었다.

"기숙사는 있기 거북해. 다들 마치 나를 종기라도 되는 것처럼 쳐다보고, 귀족들은 걸핏하면 무턱대고 시비를 걸어오니까. 그리고 또, 엄청나게 성가신 아이가 한 명 있어."

"성적이 뛰어나니까?"

"그것도 있지."

리나리아가 수석이라는 이야기는 전에도 들었다. 덕분에 귀족 출신의 학생에게 찍혔다는 이야기도. 나는 그 학원이 어떤 곳인지 알지 못했다. 귀족이라는 존재도 이해할 수 없었다. 다만, 리나리아가 아주 넌더리를 내고 있다는 것만큼은 알 수 있었다.

"그래서 얼른 밖으로 나와서 우리 가게에 오는 거야?"

"혹시 민폐야?"

리나리아가 턱을 괸 자세 그대로 시선만 이쪽으로 향하면서 물었다. 그 모습은 마치 불안을 감추려는 어린아이 같았다. 나는 고개를 저었다.

"그럴 리가. 마침 날씨 이야기를 할 상대가 있었으면 했어. 그런데 오늘은 비가 내릴 것 같네."

나는 익살을 떨 듯이 그렇게 말했다. 그러자 리나리아의 표정이 누그러졌다. 그것만으로도 나는 스스로를 칭찬해주고 싶었다.

"그러네. 오후부터는 내릴지도 모르겠네."

"비가 오면 외출하는 게 귀찮아지지."

"그 마음 알아. 하지만 비 오는 날에 방에서 책을 읽는 건 좋아해."

"아아, 그거 좋네. 커피와 과자를 옆에 두고 말이지."

"여기라면 그게 바로 가능할 테니까 좋겠다."

"비오는 날의 내점을 기다리고 있겠습니다."

"비 오는 날에 외출하는 건 귀찮으니까 그만둘래."

캐치볼과도 같은 경쾌한 대화는 무척 기분이 좋았다. 우리는 자연스럽게 서로를 마주보며 웃었다. 날씨 얘기는 역시 만능이었다.

점심 전에 내리기 시작한 가랑비는 간식타임이 가까워질 무렵 본격적으로 내리기 시작했다. 시야가 가려질 정도의 폭우, 라고 표현하는 것은 좀 호들갑스러웠지만, 그렇다고 이슬비라고 하기에는 또 너무 겸손을 떤 표현이었다. 외출하려고 현관 앞에서 섰는데 발을 내딛는 것을 주저할 정도로의 강한 비였다.

끊임없이 내리는 비 때문에 천연의 커튼이 쳐진 것 같았다.

마치 이 가게만이 세상에서 격리된 것 같은 분위기였다. 가게 안에는 비에도 아랑곳하지 않고 찾아온 몇몇 손님들이 각자의 방법으로 자신만의 시간을 즐기고 있었다.

안쪽 테이블에는 드워프 아저씨가 테이블에 두꺼운 천을 깔았다. 그 위에는 주먹보다도 큰 돌덩어리와 옅은 먹색의 금속 주괴가 여러 개, 그리고 작은 망치, 정, 곱자 등이 늘어져 있었다.

드워프 아저씨는 큼지막한 확대경으로 암석이나 보석으로 생각되는 것들을 하나하나 꼼꼼히 들여다보고 망치로 두드리거나 정으로 깎는 작업을 했다. 그 옆에는 커다란 맥주잔에 담긴 핫밀크가 놓여 있었다. 그런 주문을 해 왔으므로 나는 응할 수밖에 없었다.

창가 자리에서는 엘프 누님이 두꺼운 책을 읽고 있었다. 그 옆에는 물과 신선한 과일 모둠이 놓여 있었다. 엘프 누님은 단골이었지만, 지금까지 대화다운 대화를 나눠본 적이 없었다. 날씨 이야기를 무기로 어떻게든 말을 걸어볼 기회를 엿보고 있지만, 겁이 많은 나 자신이 원망스러웠다.

그리고 내 눈앞의 카운터석에는 팔을 베개 삼아 얼굴을 묻고 있는 여자아이가 한 명 있었다.

"……다들 죽으면…… 평화로워질 텐데……."

팔 안쪽에서 분명치 않은 목소리가 들려왔다.

뭐, 분명 모두 없어지면 평화로워지겠지. 사후 세계 같은 것이 없을 때의 이야기이지만. 하지만 그것보다도, 열 살짜리 소녀가 「모두 죽으면 평화로워질 텐데」라는 말을 하는 것은 과연 어떨까. 아니, 몇 살이 됐든 그 의견의 옳고 그름에는 영향을 주지 않을 터였다. 말한 사람에 따라 의견의 내용을 판단해서는 안 되었다. 옛날의 위인들도 그런 말을 했었다.

컵을 닦으며 멍하니 그런 생각을 하고 있으려니, 여자아이가 느릿느릿 움직였다. 숙취에 시달리는 아침을 맞이한 아저씨만큼이나 나른한 듯이 몸을 일으켜, 우유가 많이 들어간 카페오레가 든 도자기 그릇을 양손으로 들고 핥듯이 마셨다.

마치 가게 안에서도 그곳만 비가 내리는 것 같은 무거운 공기를 휘감은 이 여자아이는 노르토리라고 했다. 이름을 듣는 데에만 일주일. 제대로 된 대화를 하기까지 일주일이 더 걸린 것은 지금도 인상 깊은 추억이다.

"그래서, 오늘은 무슨 일이야? 학원에서는 변함없이 수업을 하고 있을 거라고 생각하는데."

나는 가만히 노르토리에게 물었다. 그러자 노르토리는 노려보는 듯한 반쯤 감은 눈으로 나를 올려다보았다. 하지만 그 눈은 나를 노려보는 것이 아니라, 원래부터 그랬다.

"……들어가기 귀찮았어……."

노르토리가 매우 진지하게 그렇게 말했기 때문에, 나는

순순히 고개를 끄덕였다.

"그런 날도 있는 법이지."

"학원에는 가고 싶지 않았어……."

"비가 오니까 말이지."

"엄청나게…… 여기에, 오고 싶어졌어……."

"비도 오는데 와 줘서 고마워."

"……다들, 죽지 않으려나……."

"그건 역시나 무리이지 않을까. 궁극마법이 있다면, 이 일대는 먼지가 될 거라고 생각하지만."

일일이 평범한 감성으로 대응해서는 노르토리와 어울릴 수 없었다. 이렇게, 살짝 인생 사는 데 지쳤습니다, 라는 느낌을 내주는 것이 중요했다. 열 살짜리 소녀가 그런 감성을 갖고 있다니 대체 어떻게 돼 먹은 거냐, 라고 생각해서는 안 되었다.

"……정말로…… 귀찮아……."

정말로 성가시다는 듯이 노르토리는 중얼거렸다. 아, 잠깐, 하지 마. 왠지 나까지 귀찮아지니까 그만 해줘. 뭐야, 이 영향력. 인생이 어찌되든 상관없어질 것 같아서 무서워.

나는 끓어오르는 감정을 억누르며 컵을 닦았다. 그런 내 앞에서 노르토리는 엄청나게 나른하다는 듯이 그릇을 들어올렸다. 뜨거운 것을 정말 못 먹는 모양이었기 때문에 나는 카페오레를 미지근하게 내주었다. 그런데도 노르토리는 후~ 후~

하고 입김을 분 뒤 조금씩 마시고 있었다.

그런 노르토리의 작은 머리 위에서 삼각형 두 개가 움찔움찔 움직였다. 그렇다. 고양이 귀였다. 아마도, 고양이 귀일 것이다. 적어도 고양이 귀라고 나는 판단했다.

이 세계는 판타지적인 요소가 가득했다. 그중에서 으뜸가는 것 중 하나가 노르토리와 같은, 수인이라 불리는 사람들이었다. 그들은 가게에서 한 걸음만 밖으로 나가면 거리를 오가고 있었고, 그 짐승 귀와 꼬리에 태클을 거는 사람도 없었다. 그 정도로 이 세계에서는 당연한 존재였다.

처음 봤을 때에는 엄청 흥분했지만, 여자아이에게 짐승 귀라니…… 뭔가, 그, 마음속 깊은 곳에서 새로운 감정이 태어난 것 같은 느낌이 들었다. 찡~ 하고 감동을 받은 느낌이랄까, 두근거림과 비슷한 느낌이랄까. 그리고, 최근에 나는 중후한 목소리로 이야기하는 토끼까지 보았다. 수인이란 존재는 내게도 이제 생활의 일부가 되어 가고 있었다.

노르토리는 마술학원의 교복을 입고 있었다. 그리고 푸른색이랄까, 비 색깔이라고 표현할 것 같은 머리카락을 적당히 둘로 나누어 양 갈래 머리를 하고 있었는데, 그 색이 새하얀 교복과 어울려 한층 돋보였다. 좀 더 의욕을 내어 생기 있는 눈을 하고 있었다면, 장래가 엄청 기대되는 여자아이가 됐으리라.

"그래서, 학원 생활은 어떤데?"

내가 그렇게 묻자, 노르토리의 귀가 움찔 하고 움직였다. 노르토리가 그 나른해 보이는 눈을 내게 향하고는 히죽 웃었다. 쓸데없이 박력이 넘치는 미소였다.

"……듣고 싶어?"

"……아니, 역시 됐어."

"……그래."

노르토리는 우흐흐 하고 웃었다. 오싹 하고 온몸이 떨렸다. 엄청 무서웠다. 심야의 라디오에서 흘러나왔다면 발광할 것 같은 수준이었다.

하지만, 이것이 노르토리라고 한다면 노르토리였다. 때문에 나는 딱히 태클을 걸지 않았다. 이 가게의 신조는 손님에게 평온함을 맛볼 수 있게 해 주는 것이었다. 손님이 자신의 본연의 모습으로 있는 것이 가장 중요했다.

한 차례 웃은 것에 만족했는지 노르토리가 꼬리를 살랑살랑 흔들면서 창밖을 보았다.

길가 쪽으로 난 창문으로는 오늘도 거리를 오가는 사람들의 모습이 보였다. 설령 비가 내리고 있어도 사람들의 생업 활동은 멈추지 않았다. 비를 피하기 위한 천을 뒤집어쓰고 식자재를 끌어안은 아줌마 외에도 회색 코트를 입고 순찰을 도는 위병, 엄청 큰 우산을 쓴 채 달려가는 대검을 짊어진 모험가, 색깔을 맞춘 레인 코트를 입고 걸어가는 어머니와 아이가 있었다.

이 창문으로 길을 오가는 사람들을 볼 때마다 이곳이 이세계라는 것을 실감할 수 있었다. 스스로가 이단이라고는 생각하지 않았다. 그 정도로까지 이 세계는 좁은 장소가 아니었다. 하지만 불현듯 불안해질 때도 있었다. 이 세계에서, 나는 어디로 가면 되는 것일까. 나는 이 세계에서 살다 죽어야 하는 것일까.

조사해 본 범위 안에서는 돌아갈 방법은 없었다. 이세계라는 존재마저도 단순한 동화라고 여겨지고 있었다. 그러므로, 아마도 나는 이곳에서 죽게 되리라. 이렇게 카페를 꾸려나가면서 이 창문으로 바깥을 바라보며, 그렇게 죽어갈 것이다.

나는 아직 이 가게 밖으로 나가는 것이 무서웠다. 마술사나 모험가를 육성하고 있다는 마술학원이나, 도시의 중심에 있는 미궁에 엮이면서 영문 모를 이 이세계에 익숙해져버리는 것이 무서웠다.

나는 아직 원래 세계에 미련이 있었다. 이성으로는 단념했다고 생각해도 마음속 어딘가에서는 돌아가고 싶다고 생각하고 있었다. 본능이라고도 부를 법한 것이 내가 나고 자란 장소로 돌아가고 싶다고 말하고 있었다. 그렇게 생각하면, 인간도 동물이라는 사실을 깨달을 수 있었다. 이성으로는 어찌할 도리가 없는 고향을 그리워하는 마음. 그것은 생명이 있는 것에 새겨진 원초의 감정인 것이리라.

아아, 사색에 잠긴 난 정말로 멋있는 것 같아……. 나는 스스로에게 도취되었다. 그러고 있으려니 누군가가 내 소매를 잡아당겼다. 그쪽으로 얼굴을 돌리자, 노르토리가 어딘가 불안한 얼굴로 나를 바라보고 있었다. 그만 둬. 지금의 나를 그런 식으로 쳐다보지 마.

나는 그런 감정은 얼굴에 조금도 내비치지 않고 고개를 갸우뚱했다.

"왜 그래?"

"……아니, 별로."

노르토리는 말을 계속하려다가 약간 망설이더니 그대로 입을 다물었다.

그래도 나는 노르토리의 말을 계속 기다렸다. 그러자 노르토리는 손안에 끌어안듯이 들고 있던 카페오레를 빤히 바라보면서 툭 중얼거렸다.

"유우는…… 어딘가로, 갈 거야?"

"딱히 그럴 예정은 없는데. 시장에 물건을 사러 가는 정도일까. 슬슬 조미료를 조달해야 하니까."

내 말에 노르토리는 위로 치켜뜬 눈으로 이쪽을 힐끗 쳐다보았다. 어딘가 불안해 보이는 표정에는 뭔가 이유라도 있는 것일까.

"……진짜로?"

"응."

"……진짜로 진짜?"

"물론이야."

"거짓말, 하는 거 아냐……?"

"지금까지 내가 거짓말을 한 적이 있었어?"

내가 그렇게 묻자, 노르토리는 확실하게 고개를 끄덕였다. 보기 드물게 자신감이 넘치는 움직임이었다. 아니, 확실히 나도 자각하고는 있지만…… 있었지만 말이지…….

"이번에는 진짜의 진짜야. 어디에 갈 예정도 없고, 갈 생각도 없어. 게다가 그 왜, 이 가게에는 종업원이 없으니까 말이야. 곧바로 멀리 나갈 수도 없고, 쉬려고 해도 갑자기 쉬면 시끄러운 사람이 있으니까 말이야."

거짓말이었다. 갑자기 쉰다고 시끄럽게 구는 사람이 있을 정도로 단골은 없었다. 기껏해야 고르 할아버지 정도일까.

하지만 노르토리는 만족스럽다는 듯이 고개를 끄덕였다. 아무래도 믿어준 모양이었다. 어딘가 안도한 것처럼 보이는 것은 수수께끼였지만, 노르토리의 생각은 늘 수수께끼였으므로 그냥 놔두기로 했다.

"……유우는, 멋대로 어딘가로 가버리면…… 안 돼……."

"어, 음……. 내 행동의 자유는?"

"없어."

"즉답인가요. 그런가요."

어라? 뭐야? 왜 그 부분만 그렇게 의욕이 넘치는 거야?

평소에는 늘 나른한 것처럼 하고 있잖아. 인생 따위 아무래도 좋다는 것 같은 얼굴을 하고 있었잖아.

하지만 뭐, 기쁘다는 듯이 카페오레를 홀짝이는 노르토리의 모습은 매우 보기 드물었기 때문에 나쁜 기분은 들지 않았다.

"……여긴, 기분이 차분해져……."

두 잔째 카페오레를 절반 정도 마셨을 때, 노르토리가 졸린 것 같은 목소리로 그렇게 말했다. 카운터석에 흐냐~ 하고 늘어져 있는 모습은 양지에서 낮잠을 자는 고양이처럼 보이기도 해서 왠지 치유가 되었다.

"뭐, 다들 마음 편하게 느긋하게 있으니까."

나도 그렇고 손님도 그랬다. 가게 안은 바깥과는 시간이 다르게 흐르고 있었다. 그저 평온하게, 천천히 시간이 흐르고 있었다.

가게 밖에서는 다양한 일이 일어난다. 사람에게는 각자의 인생과 각자의 고민이 있어서, 무자비할 정도로 간단히 지나가 버리는 시간에게 재촉당하면서 필사적으로 살아가고 있다. 하지만 적어도 우리 가게에 있을 때만큼은 귀찮은 일은 다 잊고, 그저 느긋하게 쉬어 주었으면 했다. 그렇게 이 가게는 바쁜 세계로 여행을 떠나기 위한 횃대가 되는 것이 딱 알맞았다.

그것은 할아버지가 하신 말씀이었다.

어릴 적, 왜 우리 가게 이름이 『횃대』인지 물어봤을 때, 그런 대답이 돌아왔다. 쑥스러운 듯하면서도, 어딘가 자랑스러운 듯한 얼굴과 함께.

이 가게에는 아직 그 가게만큼의 평온함이 없었다. 나는 아직 너무 젊고, 이 가게도 이제 막 연 참이었다. 하지만 손님들이 이 가게에 흐르는 느릿한 시간을 조금이라도 더 느낄 수 있다면 그 이상의 기쁨은 없었다.

나는 히죽히죽 웃으며 귀에 익은 노래를 흥얼거렸다. 원래 세계의 가게에서 몇 번이나 들었던 음색. 어릴 적부터 들었던 노랫소리. 가게에서 다양한 음악을 들었지만, 나는 이 음악을 가장 좋아했다. 할아버지도 좋아했고, 아버지도 그랬으니까, 이것은 유전일지도 몰랐다.

아아, 그래. 이 가게에도 음악을 틀면 좋겠다. 분명 지금보다 더 평온해질 것이다. 응, 그래. 그렇게 하자. 하지만, 어떻게? 축음기가 있을까?

앞으로의 가게 방침을 생각하며 나는 계속 노래를 흥얼거렸다. 내 노랫소리를 들으며 창문으로 바깥을 바라보았다. 빗발이 많이 약해졌다.

평온했다.

방금 전부터 힐끗힐끗 나를 살피던 노르토리도, 가게 안에서 편히 쉬고 있는 손님들도. 창문 건너편에서 허둥지둥 도망치는 남자도, 그것을 쫓는 사람들도. 소매치기야! 이봐, 누가 그 녀석 좀 잡아! 도시 안에서 마술은 쓰지 마, 이 바보 자식! 이라는 소음도 내 귀에는 들리지 않았다. 정말로 평온했다.

오늘 저녁밥은 뭘 먹을까. 그런 것을 생각하고 있었지만, 노르토리가 너무나도 안절부절못하고 있었기 때문에 역시나 신경이 쓰였다.

"왜 그래?"

나는 노르토리에게 다시 물었다. 그러자 노르토리는 우물우물 말끝을 흐렸다.

대화가 이어지지 못한 채, 노르토리는 카운터 위에 놓아둔 그릇을 돌리거나 기울였다. 그러던 중, 기울어진 그릇이 탕 하는 소리를 내며 바로 놓였다. 그 소리에 노르토리는 결심을 한 모양인지, 고양이 귀를 쫑긋 세우고는 나를 올려다보았다.

그리고 작은 입이 드디어 열리려고 한 바로 그 순간, 가게 문이 열렸다. 딸랑딸랑 하는 도어벨이 손님의 방문을 알리며, 노리토리의 말을 그대로 삼켜버렸다.

노르토리가 새로이 들어온 손님에게 「이 자식, 저주를 걸어 죽여 버리겠어」라는 날카로운 시선을 던졌고, 그 시선을 더듬듯이 나도 시선을 움직였다. 들어온 사람은 메이드였다.

"안녕하세요."

니나는 내가 쳐다보는 것을 기다렸다가 고개를 꾸벅 숙였다. 그 동작에 어깨 아래까지 곧게 뻗은 갈색 머리카락이 중력에 이끌려 흘러내렸다. 그녀는 하얀 프릴이 달린 카추샤 비슷한 것에, 군청색 메이드복을 입었다. 옛날에 텔레비전에서 본 메이드 카페라는 곳의 메이드보다 훨씬 얌전한 디자인이었다. 그렇다고는 해도, 그쪽은 결국 코스튬플레이였고, 니나는 진짜 메이드였다. 이쪽이 정통파였다.

"어서 와. 늘 가져가는 거면 되지?"

니나가 가게를 찾은 목적은 알고 있었기 때문에, 나는 노르토리에게 「잠깐만 실례할게」라고 말한 다음, 카운터 안쪽에 있는 통로를 통해 가게 안쪽으로 들어갔다. 그곳은 작은 창고처럼 되어 있어서, 미리 사둔 식재료나 사용하지 않는 식기, 대형 냉장고 등을 놓아두었다.

그렇다. 냉장고다.

내가 이 세계에 생각했던 것보다 잘 적응할 수 있던 것은, 우리 세계와 똑같은 편리한 도구들이 몇 가지 있었기 때문이다. 이 냉장고도 그중 하나였다. 그 안에는 마력이 공급되는 한, 계속해서 냉기를 내뿜는 마법의 돌 같은 물건이 들어 있었다. 이 냉장고 덕분에 나는 카페를 경영할 수 있었고, 매일 맛있는 밥을 먹을 수 있었다.

하지만 이번에 찾는 물건은 냉장고가 아니라 입구 근처에 놓여 있었다. 무릎 높이까지 오는 항아리 형태의 커다란 도자기. 거기에는 내 특제 블렌드 커피콩이 들어 있었다. 그것을 하얀 자루에 담자, 그 크기가 한 아름이나 되었다.

묵직한 자루를 품에 안고 홀로 돌아온 나는 눈을 동그랗게 떴다.

"하악!"

"힉!"

"뭐 하는 거야?"

노르토리가 니나를 노려보며 으르렁거리고 있었다. 그렇다기보다, 위협을 하고 있었다.

"유, 유우 씨! 도와주세요오!"

양손을 정신없이 흔들며 니나가 내게 도움을 요청했다. 그 눈가에는 눈물이 맺혀 있었다. 어, 음……. 너, 분명 나랑 비슷한 나이였지? 열 살짜리 여자아이가 위협한다고 울먹이는 거야?

"하악!"

"이유는 알 수 없지만 죄송해요오!"

나는 일단 한숨을 한번 내쉬고는 자루를 카운터 위에 내려놓았다. 그런 뒤 벽에 몰린 끝에 결국 머리를 끌어안고 바닥에 웅크리고 앉은 니나와, 어째선지 의욕에 가득 차 위협을 하고 있는 노르토리에게 다가갔다.

"자, 자, 사람을 위협하지 마."

하악거리며 으르렁거리는 노르토리의 머리에 손을 얹자, 고양이 귀가 내 손을 사이에 끼우듯이 움직였다. 그런 그녀를 달래듯이 머리와 귀를 만져주자, 이윽고 으르렁거리는 소리가 가라앉고, 대신 가르릉 하고 목을 울리는 소리를 냈다. 나는 아주 조금, 이대로 계속 만지고 있고 싶다는 충동에 사로잡혔다.

"왜 이런 일을 한 거야?"

나는 쭈그리고 앉아서 노르토리와 시선을 맞추며 물었다. 노르토리는 거북하다는 듯이 내게서 시선을 돌리며 툭 말을 내뱉었다.

"……방해를, 했어."

"방해?"

노르토리의 입에서 다음 말은 나오지 않았다. 그래도 나는 그녀를 지긋이 바라보며 기다렸다. 그러자, 노르토리는 여기저기로 시선을 바쁘게 움직였다. 어쩐지 얼굴까지 빨개진 것 같았다. 그녀는 「아, 우……」 하고 할 말을 찾더니, 결국 쌀쌀맞게 한 마디를 내뱉었다.

"……아무것도 아니야."

내가 무슨 말을 하기도 전에, 노르토리는 머뭇머뭇 이쪽을 살피던 니나를 다시 한 번 노려보았다. 날카로운 그 시선에 니나는 또다시 겁을 먹고 「힉!」 하며 머리를 끌어안았다.

노르토리는 그대로 카운터로 돌아가 다시 자리에 앉았다.

대체 어떻게 된 걸까. 손님을 위협하다니, 노르토리로서는 무척이나 보기 드문 행동이었다. 무슨 상황인지 전혀 알 수 없었지만.

또 한 명의 당사자인 니나에게 묻는다면 알 수 있을지도 몰랐다. 그렇게 생각한 나는 구석에서 부들부들 떨고 있는 니나에게 다가가 그 어깨를 두드렸다.

"어, 저기, 니나?"

"죄송해요죄송해요죄송해요."

엄청 무서워하고 있었다. 이쯤 되자, 역시나 약간 걱정이 된 나는 니나의 어깨의 흔들었다.

"니나. 봐봐, 나야."

그 말에 니나가 사시나무 떨 듯이 떨던 것을 딱 멈추고 머뭇머뭇 나를 쳐다보았다.

"……유우, 씨?"

"그래."

우리는 왜인지 그대로 서로를 마주보았다. 대체 뭘 하고 있는 걸까.

니나, 속눈썹이 길구나. 얼굴이 의외로 작구나. 나는 니나의 얼굴을 들여다보며 멍하니 그런 생각을 했다. 그러고 있으려니, 니나가 와들와들 몸을 떨면서 눈에 눈물을 매달았다.

어어? 왜?

그리고 다음 순간, 내 시야에서 니나가 사라졌다.

“무서웠어요!”

“컥!”

니나의 머리가 내 복부에 파고들었다. 부둥켜안았다고 해야 할까, 이건 이미 태클 수준이었다. 아니, 귀여운 메이드가 품에 달려드는 건, 그야, 기쁘긴 하지만……. 나는 그 자리에 바로 쓰러졌다.

냉정을 되찾은 니나가 나를 살펴주었지만, 그래도 다시 일어설 수 있게 될 때까지는 다소의 시간이 걸렸다. 겨우 진정되었다고 생각했더니, 이번에는 니나에게서 사죄의 폭풍이 날아왔다.

“정말로 죄송합니다!”

지면에 머리를 힘껏 때려 박을 것 같은 기세로 니나가 사과를 했다. 그 움직임에 맞춰 긴 머리카락이 공중에서 춤추더니 내 얼굴을 찰싹 때렸다.

“아앗! 죄, 죄송해요오!”

니나가 눈물을 글썽이면서 머리카락을 누르고 다시 고개를 숙였다.

“……뭐, 신경 쓰지 말자.”

나는 카운터석에 앉은 노르토리의 옆에 앉아서 묵직한 통증이 남아 있는 배를 문질렀다. 신경 쓰지 않기에는 조금 힘들었다. 하지만 내가 한 마디라도 비난하는 말을 했다간 니나는 죽음으로 사죄하겠다고 말할지도 몰랐다.

"하, 하지만……."

"괜찮아. 태클에는 익숙하니까."

게다가 커다란 눈에 눈물을 가득 매달고 사과하는 미소녀 메이드를 앞에 두고 「아야야야! 이거 뼈가 부러졌는걸. 이봐, 누님, 어떻게 해줄 거야?」라고 말할 수 있을까. 아니, 할 수 없었다.

"이거……."

옆에서 노르토리가 자신의 카페오레를 내밀었다. 뱃속 깊은 곳에서부터 치밀어 오르는 것이 있었기 때문에 나는 그것을 고맙게 받아들었다.

"고마워. 조금만 마실게."

달콤한 카페오레를 한 모금 마시자, 뱃속도 조금 진정이 되는 것 같았다. 카페오레에는 상냥함이 가득 들어 있었다.

그릇을 되돌려주자, 노르토리는 받아든 그것을 양손으로 감싸 쥐듯이 들고 흥미진진하게 바라보았다. 그녀는 입을 대는 부분을 물끄러미 관찰하고 있었다. 뭔가 있는 걸까.

"과연. 유우는 의외로 이런 것에는 신경을 쓰지 않는구나……."

"어? 음, 뭐가?"

나는 무심코 그렇게 물었다. 하지만 노르토리에게서 되돌아온 것은 「별거 아냐……」라는 한마디뿐, 그녀는 그대로 아무 일도 없다는 듯이 다시 그릇에 입을 갖다 댔다. 대체 뭐였을까.

"저, 저기, 유우 씨. 대금을……."

나와 노르토리의 대화를 옆자리에서 불편한 기색으로 지켜보고 있던 니나가 머뭇머뭇 그렇게 말을 꺼냈다. 나는 니나를 무시한 것을 사과하고는 커피콩의 이번 주 가격을 전했다.

"전부터 신경이 쓰였는데, 다른 가게에서 더 좋은 콩을 사거나 하지는 않는 거야? 니나네 주인님, 부자잖아?"

일부러 이런 작은 가게에서 사지 않아도, 상인에게서 상등품을 직접 사면 될 텐데.

"주인님이 말씀하셨어요. 역시 이 가게에서 산 콩으로 끓인 커피가 가장 맛있다고."

"그건 뭐, 기쁘지만."

니나의 주인님은 내 가게에서 커피를 처음 마셔봤다고 하는 메이드의 권유로 커피의 매력에 눈을 떴다고 한다. 그 뒤로 우리 가게에서 커피콩을 사서 저택에서 즐겨 마신다고 했다.

"그리고 주마다 맛이 미묘하게 다른 것도 좋다고요."

"여러 가지로 시험해보고 있으니까 말이지."

"저택에서도 대인기예요, 유우 씨의 커피. 무엇보다 그 메이드장이 기대하고 있으니까요!"

"미안. 그 메이드장이라고 해도 잘 모르겠어."

나는 쓴웃음을 지으며 그렇게 말했다. 그러자 니나는 빰을 살짝 붉히면서 또다시 사과를 했다. 아니, 사과할 정도의 일은 아니야, 라며 내가 웃자, 니나는 다시 뺨을 붉히며 이번에는 허둥지둥 팔을 흔들었다. 그렇게 몇 번이고 말을 잇지 못하더니, 겨우 이런 말을 쥐어짜냈다.

"아, 으, 그러니까, 그, 제가 말하고 싶은 건, 유우 씨를 엄청 좋아한다는 거예요!"

태어나서 처음으로 여자아이에게 엄청 좋아한다는 말을 들었다. 참고로 상대는 청초하고 귀여운 메이드였다. 그러나 그녀의 이런 발언은 늘 있는 일이었다. 새삼 오해할 일도 아니었다.

유우 씨(의 커피)를 (모두가) 엄청 좋아한다는 거예요, 라든가 그런 거지? 다 알아.

나는 그런 느낌의 따뜻한 미소를 지은 채 잠시 기다렸다. 그러자, 니나가 갑자기 움직임을 딱 멈추었다. 자신의 발언을 이해한 모양이었다. 굳어버린 얼굴의 목덜미부터 점차 빨갛게 물들었다.

"피."

"피?"

"피에에에에에!"

"이쪽이 피에에에에에! 할 판이야."

니나의 입에서 튀어나온 울음소리에 나는 무심코 냉정하게 핀잔을 주고 말았다. 내 눈앞에서 삶은 문어처럼 얼굴을 새빨갛게 물들인 니나가 눈에 눈물을 매단 채 두 손을 흔들기 시작했다.

"……칫."

그리고, 노르토리가 반쯤 감은 눈으로 그런 니나를 노려보면서 혀를 찼다.

태풍이 지나가면 날씨가 좋아진다고 자주 말하지만, 가게 안을 떠들썩하게 한 니나는 아무 일도 없었다는 듯이 웃는 얼굴로 돌아갔다.

노르토리는 완전히 지친 듯, 또다시 카운터에 엎드렸다. 다 닦은 마지막 컵을 선반 위에 올려놓자, 갑자기 할 일이 없어졌다. 이 시간대에는 빈번하게 주문이 들어오는 일도 없었다.

뭔가를 먹고 싶은 것도 아니고, 누군가와 이야기를 하고 싶은 것도 아니다. 하지만, 그저 앉아 있는 것만으로는 재미가 없다. 그럴 때에는 가게 안에 흐르는 음색에 귀를 기울이면 됐다. 곁에 커피 한 잔이라도 있으면 더 이상 말할 것도 없었다. 그러고 있으면 왠지 호사스러운 시간을 맛보고 있는 것 같은 기분이 든다. 평소의 자신이 매우 서두르고 있었다는 사실을 깨닫고, 평온한 시간이란 천천히 흐른다는 것을 알게 된다.

나는 그런 시간을 제공하고 싶다고 생각했지만, 역시 선뜻 음악을 틀자, 라고 할 수 없는 것이 이 세계였다. 근처에 뮤직 플레이어가 굴러다니거나 하는 것이 아니었으니까.

한가해진 나는 노르토리와 대화를 하기로 했다. 귀를 기울일 음악이 없는 이상, 즐거움은 누군가와 이야기를 하는 것밖에 없었다. 나는 카운터 안쪽 주방 구석에 놓아둔 둥근 의자를 꺼냈다. 줄곧 서 있는 것은 힘들었기 때문에, 이렇게 휴식용 의자를 준비해 두고 있는 것이었다.

나는 그것을 들고 노르토리와 카운터 너머로 마주보듯이 앉았다.

"노르토리. 심심하다. 얘기를 하자."

카운터에 축 엎어져 있던 노르토리의 고양이 귀만이 나를 향했다.

"좀 더 쉴래?"

노르토리는 움찔움찔 하고 고양이 귀만으로 대답을 했다. 완전히 회복하려면 아직 시간이 더 걸릴 것 같았다.

노르토리가 상대해 주지 않았기 때문에 나는 의자에 앉은 채 멍하니 천장을 올려다보았다. 그곳에는 광석이라 불리는 마력석이 든 램프 갓이 여러 개 매달려 있었다. 아아, 그러고 보니, 슬슬 마력이 다한 때가 가까운지도 몰랐다.

노란색이 섞인 마광석의 빛을 잠시 바라보고 있자, 나직한 목소리가 나를 불렀다. 그 소리에 천장에서 시선을 되돌리자, 노르토리가 일어나 있었다.

"이젠 괜찮아?"

내 물음에 노르토리는 고개를 끄덕였다.

"……있지."

노르토리가 망설이면서도 느릿느릿 입을 열었다. 그러고 보니, 니나가 오기 전에 뭔가를 말하려고 했었다. 그 뒷이야기인가?

나는 좀처럼 나오지 않는 노르토리의 뒷말을 가만히 기다렸다.

역시 말하기 어려운 것일까, 노르토리는 한동안 입 안에서 말을 우물거렸다. 그러다가 힐끗 힐끗 내 쪽을 몇 번이나 다시 보고 나서 겨우 입을 열려고 했다. 그러나, 노르토리의 목소리는 또다시 삼켜지고 말았다. 또다시 도어벨이 성대하게 울렸기 때문이다.

"유우여! 물을 다오!"

문을 날려버릴 것처럼 열고 들어온 고르 할아버지가 숨이 끊어질 것 같은 모습으로 외쳤다. 주름투성이 얼굴에는 커다란 땀방울이 여러 줄기 흐르고 있었고, 반질반질한 머리에서는 물방울이 빛을 반사해 반짝거렸다. 「골동품점에 넘겨버리겠어, 영감탱이」라고 말하고 싶은 것 같은 노르토리의 시선을 신경 쓰면서 나는 찬물을 준비했다.

"크앗! 맛나구나!"

카운터에서 물을 받아든 고르 할아버지는 그것을 단숨에 비우고 컵을 탕 하고 카운터에 내리쳤다. 컵이 깨지니까 그러지 말아줬으면 했다.

"이야~. 살았느니라. 차가운 물만 마시게 해 주는 곳 따위 달리 짐작 가는 곳이 없어서 말이다. 덤으로 유우의 얼굴도 볼 수 있었으니 더할 나위 없이 좋다."

"……돌아가, 영감탱이."

"홋?"

노르토리가 기묘한 웃음소리를 내는 고르 할아버지를 절대영도의 시선으로 쳐다보며 그렇게 내뱉었다. 정말로 무서운 게 없구나. 사양도 하지 않고 말이지.

갑작스럽게 자신을 영감탱이라고 부른 노르토리를 보고 고르 할아버지는 살짝 놀란 것 같았다. 하지만, 그 눈동자는 곧 호기심으로 물들었다.

"오오, 귀여운 아이로구나. 유우의 여동생이더냐?"

고르 할아버지는 가벼운 발걸음으로 노르토리에게 다가가 옆자리의 의자에 앉았다. 그리고 노르토리와 마주보며 오른손을 내밀었다.

"나는 사람들에게 고르 할아버지라 불리고 있다."

노르토리는 당황한 기색으로 그 손과 고르 할아버지의 얼굴을 번갈아 쳐다보았다. 그러더니 마지막에는 나를 보았다. 뭐, 응. 재미있는 사람이긴 하니까 괜찮지 않을까. 나는 웃으면서 고개를 끄덕였다. 그러자 노르토리는 머뭇머뭇 고르 할아버지의 손을 잡았다.

"……노르토리."

"음. 잘 부탁하느니라."

고르 할아버지는 마주잡은 손을 크게 흔들며 얼굴을 주름투성이로 만들면서 웃었다. 노르토리는 조금 거북한 것 같았다.

사람이란 보통 타인과 일정한 거리를 유지하고 싶어 하는 법이었다. 초면인 인간이라면 한층 더 그럴 터였다. 그 사람에게 어디까지 접근해야 하는지, 혹은 접근시켜야 하는지, 그런 것을 생각한다.

고르 할아버지는 그런 점을 완전히 무시하는 사람이었다. 갑자기 다가와서 덥석 악수를 한다. 순서를 밟아 거리를 좁혀나가면서 조금씩 사이가 좋아진다는 성가신 수단을 생략해 버렸다.

타인과의 거리를 신경 쓰는 노르토리로서는 조금 대하기 힘든 상대일지도 몰랐다.

싱글벙글 웃는 고르 할아버지와 무뚝뚝한 얼굴의 노르토리. 그런 두 사람이 악수를 하고 있는 광경은 어딘가 흐뭇했다. 하지만, 방금 전부터 노르토리가 나를 힐끗거리며 내게 도움을 요청하고 있었기 때문에, 슬슬 이야기를 진행해 나가기로 했다.

"그래서, 오늘은 무슨 일인가요?"

"음. 조금 말이다. 쫓기고 있느니."

고르 할아버지는 노르토리에게서 손을 떼고 아무 일도 아니라는 듯이 말했다.

"쫓기고 있다니, 또 도망친 건가요. 비서님에게 폐를 끼치는 거, 이제 좀 그만두면 어떤가요."

"싫다! 나는 놀고 싶어지면 놀게다!"

그런 어린애 같은 소리 하지 마세요. 당신 지금 몇 살입니까. 하지만 그런 태클은 확실하게 소용이 없었기 때문에, 나는 한숨을 내쉬는 것만으로 끝내기로 했다.

평소에는 비서 씨와 검은 옷을 입은 사람들이 경호를 하는데도, 이따금 이렇게 탈주해 오곤 하는 것이다, 이 할아버님은. 물론 비서 씨도 그렇게 되지 않도록 대책을 세우고 있는 것 같았지만, 매번 그것을 다 빠져나간다고 했다. 나로서는 그 의욕을 다른 곳으로 향하라고 말하고 싶었지만, 분명 이 말도 해 봤자 헛될 게 뻔했다.

"……글러먹은 인간?"

노르토리가 적확한 지적을 해 왔다.

"아니다, 노르 양. 나는 자유를 사랑하는 붉은 풍금새이니라! 넓고 푸른 하늘을 자유롭게 날아다니는, 노래하는 새인 게다!"

고르 할아버지가 두 팔을 넓게 펴고 위아래로 흔들었다.

그걸로 일단 날개 흉내를 내려는 모양이었다.

"……훗."

"코웃음을 쳤다! 이 아이, 코웃음을 쳤다, 유우여!"

"난 몰라요."

"크허! 참을 수가 없구만! 이렇게까지 깨끗하게 무시를 당한 것은 유우 이후로 처음이다! 이거, 장래가 유망하구나. 어떠냐, 노르 양. 유우는 필요 없느냐?"

거기서 왜 나를 끌어들이는 겁니까.

나는 어이가 없어서 아무 말도 하지 못했다. 그런 나를 앞에 두고 노르토리는 턱에 손을 댄 채 흠 하고 생각에 잠겼다.

"……가능하다면 실력으로……."

"음. 그러하냐. 그러하지. 역시 자유연애가 제일이지. 강제하는 것은 좋지 않아, 강제하는 것은."

"할아버지, 전에 저한테 우리 손녀는 필요 없느냐고 물었잖아요."

나는 나도 모르게 그렇게 태클을 걸고 말았다. 그러나 고르 할아버지는 구렁이 담 넘어가듯이 「호? 그런 말을 했었더냐? 기억에 없구나」라고 받아넘길 뿐이었다. 자기 좋을 때만 치매 노인인 척 하다니.

이 노인네, 어떻게 해 줄까. 그렇게 생각하며 주먹을 꽉 쥐고 있으려니, 느닷없이 고르 할아버지가 자리에서 벌떡 일어났다.

"칫! 벌써 냄새를 맡은 겐가!"

멍청히 바라보는 나와 노르토리는 아랑곳하지 않고, 고르 할아버지가 빠르게 말하기 시작했다.

"유우여. 부탁이 있느니. 곧 이곳에 이 몸을 쫓는 자가 올 게다. 그 치는 나를 보지 못했느냐고 물을 터. 그럼 나는 중심구 쪽으로 갔다고 말해주지 않겠느냐. 나는 상업구 쪽으로 가마."

"아, 예. 알겠습니다. 맡겨 주세요."

잘은 모르겠지만, 나는 일단 고개를 끄덕였다.

"은혜를 입는구나! 그럼, 노르 양! 내세에서 또 보자꾸나!"

이 사람이 말하면 약간 웃을 수가 없는 말을 남기고 고르 할아버지는 왔을 때와 마찬가지로 서둘러 가게를 나갔다. 고르 할아버지를 보낸 도어벨의 음색이 가게 안에 울려 퍼졌다.

저 할아버지, 뭐 하러 온 거지?

"……이상한 사람이네."

"뭐, 실제로도 지금 본 그대로일려나."

결국 물을 마시고, 노르토리랑 악수를 하고 돌아갔을 뿐이니까 말이지. 영문을 알 수가 없군.

그리고 그 직후의 일이었다.

고르 할아버지가 남기고 간 파란의 여운이 채 사라지기 전에 문이 조용히 열렸다. 도어벨이 울리는 소리에 그쪽을 쳐다보자, 그곳에는 백금발의 여성이 서 있었다. 파란 바지 정장 차림에, 하얀 뺨은 약간 붉게 물들어 있었다. 호흡은 흐트러지지 않았지만, 분명 고르 할아버지를 찾아 분주히 돌아다녔을 것이다.

비서 씨는 내게 고개를 꾸벅 숙여 인사를 하고 나서 이쪽으로 다가왔다.

"실례하겠습니다. 유우 님. 한 가지 여쭙고 싶은 것이 있습니다만, 어르신을 보지 못하셨나요?"

"중심구에 있을 겁니다, 아마도."

"감사합니다."

비서 씨는 깔끔하게 인사를 한 뒤, 바람을 가르듯이 몸을 돌려 물이 흐르는 것 같은 동작으로 밖으로 나갔다. 고르 할아버지와는 완전히 달랐다. 교육을 잘 받았다는 걸 알 수 있었다.

내가 비서 씨의 뒷모습을 배웅하며 그렇게 고개를 주억거리고 있자, 노르토리가 옆에서 소매를 잡아당겼다.

"왜? 노르토리."

"……그대로 말할 줄은 몰랐어……."

그 감상은 실로 잘 이해가 되었다. 고르 할아버지의 사람됨을 생각하면, 일부러 자신의 행선지를 솔직하게 말할 리가 없었다. 그러니까 의표를 찔러서 이렇게 말했어야 하는 것이리라. 고르 할아버지는 상업구 쪽으로 갔다, 라고.

그러나 고르 할아버지는 고르 할아버지대로, 살짝 거짓말쟁이인 평범한 노인네가 아니었다. 상업구로 가는 것처럼 해 보이고는 실제로는 중심구로 갔을 거다, 라고 생각하게 만들면서 정말로 상업구로 가는 것이 고르 할아버지였다. 중심구인가, 그렇지 않으면 정말로 상업구인가. 혹은 완전히 다른 장소인가. 한번 그런 생각을 하기 시작하면 끝이 없었다.

하지만 이번만큼은 확신이 있었다.

밖은 이미 저녁. 해넘이가 빠른 계절이기 때문에 하늘은 이미 어두워졌지만, 슬슬 마법학원의 고학년 학생들이 하교할 시간이었다. 학원 여학생들의 교복은 치마였고, 고르 할아버지는 에로 늙은이이기도 했다. 그리고 학원은 중심구에 있다.

그 점을 정성들여 설명하자, 노르토리는 「그 영감탱이는 이미 글렀군」이라고 말하고 싶은 얼굴을 했다. 노르토리 안에서 고르 할아버지에 대한 거리가 결정되는 순간이었다.

비서 씨가 나가고 잠시 뒤, 가게 안은 원래의 평온함을 되찾았다.

노르토리도 또다시 카운터 위에 흐냐! 하고 늘어졌다. 그러다 갑자기, 상체를 벌떡 일으키더니 머리를 붕붕 흔들었다. 그 동작에 긴 머리카락과 머리 위의 귀가 흔들렸다.

"……저기, 있지."

아무래도 자신이 하려던 말을 아직 못했다는 사실을 깨달은 모양이었다. 고르 할아버지 탓에 가게 안의 분위기가 완전히 바뀌어 버렸기 때문에, 기억해내는 데 시간이 걸린 것 같았다.

"왜 그래?"

시선을 밑으로 내리깐 노르토리는 역시나 말을 꺼내기 어렵다는 듯이 망설였다. 꼬리를 살랑살랑 침착하지 못하게 흔들면서 열심히 마음을 다잡았다. 나는 이쪽이 너무 각을 잡고 기다리면 결심하기 어려울 테니까 되도록 마음 편하게 기다리기로 했다.

입을 열었다가 닫았다가, 그 동작을 몇 번 반복한 끝에 노르토리는 목 안쪽에서부터 밀어내듯이 말을 흘렸다.

"도……."

"도?"

"도시락을…… 만들어줬으면…… 해."

도시락?

"도시락을 원해?"

내가 묻자, 노르토리는 고개를 끄덕였다.

"어, 음. 그건 노르토리가 먹을 거야?"

또다시 끄떡.

"혼자서 먹을 거야?"

절레절레.

"두 사람?"

절레절레.

"그럼, 세 사람?"

끄떡.

과연. 세 사람분의 도시락을 만들어줬으면 한단 말이지. 이야기는 무척이나 단순한 일이었다.

"그걸 왜 그렇게 말하기 어려워했던 거야?"

"……그게……."

노르토리는 그렇지 않아도 작은 몸을 더욱 작게 움츠린 채 테이블을 노려보았다.

"……지크의 요리……."

"지크의 요리?"

어, 음, 그러니까 지크라면 그거지? 이곳에서 극서쪽에 있는 작은 섬나라로 돈의 나라라 불리는 곳. 분명 그곳 사람들은 검은 머리카락에 검은 눈동자가 특징이었지.

"그…… 전에 만들어줬던, 거…… 해줄 수 있어……?"

"전에 만들어줬던 거라면, 주먹밥이라든가 계란말이?"

노르토리가 고개를 위아래로 흔들었다. 물론 나는 지크 출신이 아니었기 때문에, 내가 만든 것은 지크의 요리가 아니라 단순한 일본식 가정요리였다. 어쩌면, 지크에서도 정말로 일식요리가 주를 이룰지도 모르지만, 그것은 내가 알 바 아니었다.

다만, 쌀을 사용하는 요리나 내게는 익숙한 일본식 요리는 역시 이 세계 사람들에게는 보기 드문 것임은 틀림없었다. 사실은 이세계의 요리랍니다, 라고 설명하는 것보다는 먼 나라의 요리라고 해두는 편이 둘러대기 좋았다. 나는 도시락으로 할 만한 것들을 몇 가지 생각해 보고는 가능하다고 판단했다.

"괜찮아. 할 수 있어."

그렇게 말하자 노르토리는 안도한 것 같은 얼굴을 했다. 긴장해서 똑바로 서 있던 귀도 흐냐 하고 힘없이 늘어졌다.

"그런데, 왜 지크 요리로 도시락을 만들어달라는 거야? 그것도 3인분이나."

"……딱히 이유는, 없어."

노르토리는 이번에는 고개를 좌우로 흔들었다. 아무래도 그 부분은 이야기할 생각이 없는 모양이었다. 음, 조금 신경이 쓰이는데. 뭐, 상관없나.

"내일 주면 되지? 만들어 둘 테니까, 아침에 찾으러 와 줘."

노르토리는 크게 고개를 끄덕였다. 그 얼굴은 무척이나 기뻐보였다. 노르토리가 웃는 얼굴은 매우 진귀했기 때문에 나도 같이 미소를 지었다.

"식당의 주방장이 병으로 드러누웠다고?"

비가 완전히 그친 하늘은 밤이 되어 이미 많은 가게들이 불을 켜고 있었다. 노르토리도 집으로 돌아가서 가게 안에는 손님이 없었다. 아니, 한 명 있었다. 리나리아였다. 그녀는 학원의 검은색 교복차림 그대로 카운터석에 앉아 있었다.

"우리 학교 식당은 거의 주방장이 도맡고 있는 거나 마찬가지라서, 주방장이 없으면 무용지물이 돼. 갑자기 벌어진 일이라 대체할 식사도 제때 준비가 안 되는 바람에, 내일은 각자 알아서 먹을 것을 지참하라는 알림이 내려왔어. 매점은 엄청 붐빌 테니까, 저학년들은 다들 도시락을 싸오겠지."

그런 이유였던 건가. 하지만 왜 지크 요리를 부탁한 걸까. 게다가 3인분을……. 그 점을 리나리아에게 물어보자, 그녀는 생글생글 웃으면서 나를 쳐다보았다.

"자랑이라도 하고 싶었던 게 아닐까."

"아아, 지크 요리는 보기 드무니까 말이지."

음. 나는 고개를 끄떡이며 말했다. 그러자 리나리아는 어이가 없다는 얼굴을 했다. 뭐, 뭐야, 그 눈은? 뭔가 불만이라도 있어?

"……너, 참 둔하구나."

"본의는 아니지만 가끔 그런 말을 들어. 대체 뭔가 둔하다는 거야?"

"모르면 모르는 채 있어도 돼. 내가 추측해서 말해도 소용없으니까."

나는 살짝 혀를 차면서 사이폰으로 추출이 끝난 옅은 맛의 커피에 설탕과 우유를 조금 넣어 리나리아 앞에 내놓았다.

커피의 쓴맛이 아직 무리라는 리나리아는 늘 카페오레를 마셨다. 그러나 나로서는 리나리아가 꼭 커피 본연의 맛을 알아주었으면 했다. 그래서 이렇게 시음을 부탁하는 형태로 커피를 마시게 하고 있었다.

무엇보다, 리나리아는 요즘 가게를 자주 찾았기 때문에, 그녀가 커피를 마실 수 있게 된다면 내 오리지널 블렌드의 맛보기 담당이— 아니, 커피를 사랑하는 동호인이 생기는 것이었다.

"……꼭 마셔야 해?"

리나리아가 김을 피워 올리는 잔을 바라보며 내게 물었다. 그 목소리는 노골적으로 「마시고 싶지 않습니다」라고 말하고 있었다.

"뭐, 길고 짧은 건 대봐야 아는 거니까."

리나리아는 잠시 내게 시선으로 호소했다. 그러나 곧 포기한 것처럼 잔으로 손을 뻗었다. 맛이 없으면 마시지 않아도 된다고 해두었기 때문에, 한 모금만 참으면 그걸로 끝이라고 생각하고 있는 것이리라. 젠장. 반드시 맛있다고 말하게 해 주겠어.

내가 지켜보는 앞에서 리나리아의 입술이 잔 가장자리에 닿았다. 컵이 천천히 기울어졌다.

"……써."

살짝 울 것 같은 목소리. 찌푸린 눈썹을 보건대, 아직도 쓴 모양이었다. 설탕에 우유까지 쏟아 넣었는데 말이지. 역시 콩부터 바꿀 필요가 있는 것 같았다.

이 이상 설탕이나 우유를 더 넣으면 커피가 아니라 여느 때의 카페오레가 돼버린다. 물론 그것은 그것대로 좋지만, 그래서는 역시 본래의 목적에서 벗어난다.

"역시 안 돼. 난 못 마시겠어."

리나리아가 스윽 하고 잔을 다시 내게로 밀었다. 평소 먹을 것을 거의 가리지 않는 리나리아였지만, 아무래도 커피는 마실 수 없는 것 같았다.

이상한걸. 이렇게까지 달게 했는데 말이지.

그렇게 생각하는 건, 역시 커피에 얼마나 익숙한가의 차이인 것일까.

나는 리나리아가 퇴짜를 놓은 잔을 들어 한 모금 마셨다.

감칠맛이라고도 불러야 할 쓴맛은 설탕으로 중화되고, 뒷맛에 남아 있어야 할 신맛은 우유로 순해져 있었다. 무척이나 마시기 쉬운 커피였지만, 역시나 어딘가 부족한 느낌이 들었다.

"잠깐!"

그때, 리나리아가 갑자기 큰 소리를 냈다.

그 소리에 나는 멍하니 리나리아를 쳐다보았다. 리나리아는 「그그그그!」 하고 내 입가를 가리키며 입술을 와들와들 떨고 있었다. 그 얼굴은 새빨간 머리카락에 뒤지지 않을 정도로 빨갛게 물들었다.

"너, 너란 녀석은! 어떻게 그렇게 무신경한 짓을……!"

"응? 뭐가 잘못됐어?"

"잘못됐냐니……!"

리나리아는 당장에라도 물어뜯을 것 같은 기세로 나를 노려보았다. 하지만 나로서는 짐작되는 바가 전혀 없었기 때문에, 무신경하다고 해도 어쩔 도리가 없었다.

그녀는 탁탁 카운터를 두드리며 뭔가를 말하려고 했다. 하지만 결국 리나리아의 입에서 말다운 말은 나오지 않았다. 리나리아는 뱃속 깊숙한 곳에서 북받쳐 올라온 것을 삼키듯이 꾸욱 눌러 참더니, 이번에는 그것을 통째로 토해내듯이 크게 한숨을 내쉬었다.

"……이젠 됐어. 넌 그런 인간이니까. 포기할래. 나만 신경 쓰는 것도 바보 같고."

그렇게, 결국 리나리아는 멋대로 마무리를 지었다.

뭐야, 대체. 같은 컵으로 마시는 게 그렇게 당황할 일인 건가? 제대로 반대쪽으로 마시고 있는데. 역시 민감한 나이에는 신경이 쓰이는 걸까.

나는 달달한 커피를 홀짝홀짝 계속 마셨다. 리나리아는 이마에 손을 얹은 채 때때로 한숨을 내쉬었다.

"그러고 보니 리나리아는 도시락, 필요 없어?"

문득 그런 생각이 떠올라, 나는 커피를 다 마신 컵을 정리

하면서 리나리아에게 물어보았다. 식당을 이용할 수 없다면, 리나리아도 도시락이 필요한 것이 아닐까.

"나는 괜찮아. 대충 사 먹을 테니까. 뭣하면 안 먹어도 되고."

진심으로 아무래도 좋은 것 같았다. 맛있는 것은 잘도 먹으면서, 귀찮으니까 먹지 않는다는 선택도 하는 타입인 모양이었다.

나는 잠깐 생각을 한 뒤 입을 열었다.

"리나리아의 몫도 만들까? 도시락."

"돼, 됐어. 나는."

리나리아는 고개를 옆으로 휙 돌렸다.

"뭘 부끄러워하는 걸까, 리나리아는~."

"부끄러워하지 않아. 요만큼도 부끄러워하지 않아."

"그럼 괜찮잖아. 도시락, 만들어 줄게. 직접 만든 도시락, 학교생활, 점심시간. 응. 달콤짭조름하구나."

"새콤달콤이겠지."

그런 세세한 부분은 신경 쓰지 마.

이런저런 이유를 대며 리나리아는 내 제안을 계속 사양했다. 분명 내가 시시한 장난을 칠 것이라고 생각한 것이리라. 지독한 오해였다.

뭐, 결국에는 내가 이겨서 도시락을 만들어 주게 되었지만.

기대를 받으면 그에 응해야만 직성이 풀렸기에, 물론 전력을 다할 생각이었다.

이후 리나리아도 돌아가자, 나는 가게를 닫은 뒤 주방에서 식재료를 늘어놓았다. 그중에는 악마의 열매, 토마토도 있었다. 코르레오네 씨가 때때로 이 토마토를 갖고 와주게 되었기 때문이다. 미트소스 스파게티가 마음에 든 모양이었다. 덕분에 토마토에도 꽤 여유가 생겨서 도시락 반찬으로 쓰기로 했다.

나는 노르토리를 위한 찬합과 리나리아를 위한 조금 큼지막한 도시락 통을 준비했다.

자, 이제 어떻게 할까. 나는 잠시 생각에 잠겼다.

역시나 도시락을 만들어 본 경험은 별로 없었다. 그래서 엄마가 어떤 도시락을 만들어 줬는지 생각해 봤는데, 문제는 이 세계의 식재료로 그것을 재현할 수 있느냐, 였다.

우선, 쌀은 있었다. 이것으로 주먹밥은 만들 수 있었다. 게다가 파스타면과 토마토도 있으므로, 도시락의 단골메뉴인 미트소스 스파게티도 넣자.

남은 것은…… 그래, 계란말이였다. 마침 식재료 중에 내 손 정도 크기의 큼지막한 알이 있었다. 늘 식자재를 배달해주는 가게에서 서비스로 받은 것이었다. 듣자 하니, 미궁 안에서 발견된 커다란 새의 번식에 성공해서 앞으로는 이 알도 팔 것이라고 했다. 모처럼 받은 것이니까, 이걸로 마음껏 계란 요리를 만들자.

게다가, 알과 함께 그 새의 고기도 함께 받았다. 닭고기

계란덮밥으로 만들어서 먹을까 했는데, 닭튀김이라는 선택지도 괜찮겠다고 생각하던 참이었다. 닭튀김이라면 그야말로 최적의 선택이라 할 수 있을 것이다. 자고로 도시락하면 닭튀김. 틀림없었다.

나는 토마토를 손에 들고 생각에 잠겼다. 토마토…… 토마토?

"케첩을 만들 수 있겠군."

직접 만든 케첩에 고기완자는 어떨까. 노르토리 또래라면 크게 기뻐하지 않을까. 나도 아주 좋아했다.

식재료를 손에 들고 고민하는 사이, 점차 도시락의 구성이 정해졌다. 과일과 채소도 적당히 넣고 싶었다. 으음…….

내일 아침에 재빨리 만들 수 있도록 미리 재료를 손질해 두기로 했다. 나는 냄비를 불 위에 올렸다.

"뭐랄까, 꼭 주부가 된 것 같은 기분인걸."

다음 날은 아침부터 쾌청했다. 어제 비가 내린 게 거짓말이었던 것처럼 하늘도 말끔한 색을 띠고 있었다.

도시락은 이미 다 만들어졌다. 평소보다 일찍 일어나 초스피드로 만들었던 것이다. 한 번에 여러 종류의 반찬을 만드는 일은, 어제 저녁에 미리 재료를 손질해 두었다고는 해도 꽤 힘든 일이었다. 주먹밥의 속에 너무 집착했던 것도 원인이었을까.

약속대로 노르토리는 아침 일찍 찾아왔다. 오히려, 너무 일렀을 정도였다. 만들고 남은 도시락 반찬을 아침밥으로 내놓자, 노르토리는 보기 드물게 눈을 반짝이며 먹었다. 역시 내 예상대로 고기완자가 마음에 든 것 같았다.

다 먹은 뒤에는「잔뜩…… 자랑, 할게……」라며 힘차게 고개를 끄덕인 뒤, 찬합을 손에 들고 비틀비틀 걸어서 학원으로 돌아갔다. 평소와 달리 의욕에 가득 찬 얼굴을 하고 있던 것 같았다. 대체 누구에게, 어떤 식으로 자랑을 하려는 것인지를 직접 확인할 수 없는 것이 유감이었다.

그 뒤, 리나리아가 왔다.

어딘가 석연치 않은, 다소 불만스럽다는 얼굴을 하고 있었지만 내가 도시락을 건네주자 고맙다는 인사를 하고는 곧바로 학원으로 돌아갔다. 오늘은 학원에서 마술 연습을 한다고 했다. 그 근면함을 존경하지 않을 수 없었다. 내가 리나리아의 부모였다면「우리 아이는 혼자 알아서 잘 하는 성실한 아이라서 말이지」라며 이웃에게 자랑하며 돌아다니고 싶을 정도였다.

왠지 갑자기 아이가 두 명 생긴 것 같은 기분이 들었다. 누군가를 위해 도시락을 만들어서 건네고, 그 뒷모습을 배웅하는 것은 나쁘지 않았다.

나는 가게 밖으로 나와 힘껏 기지개를 켰다. 하늘은 완전히 개어 있었다. 뺨을 스치고 지나가는 바람이 기분 좋았다.

"오늘 하루도 힘내자."

푸른 하늘에는 넋을 잃고 바라볼 정도로 새하얀 구름이 유유히 흘러가고 있었다. 오늘은 상쾌한 날씨 이야기를 할 수 있을 것 같았다.

막간 방과 후에는 커피를

방과 후, 리나리아가 도시락 통을 돌려주러 왔다. 그녀는 쉬었다 가지 않고 곧바로 학원으로 돌아가 버렸다. 오늘은 뭔가 학원에서 볼일이 있다고 했다.

가게 안에 손님도 없어서 나는 한가한 시간을 주체 못하고 있었다.

그때 문득 도어벨이 울렸다. 그 소리와 함께 들어온 것은 한 소녀였다. 리나리아와 똑같이 에이리얼 마술학원의 교복을 입고 있었다. 리나리아의 머리카락 색이 저물어가는 석양 같다고 한다면, 이 소녀의 머리카락은 한여름의 아주 맑은 바다와도 같은 색을 띠고 있었다.

소녀는 가게에 발을 들이고 차분하게 가게 안을 둘러보았다. 그 태도가 너무나도 당당해서, 나도 모르게 말을 거는 것을 주저했을 정도였다.

처음 오는 가게에 들어왔을 때, 익숙한 장소처럼 행동하는 사람과 무의식중에 위축되는 사람이 있다. 그런 면에서 그녀는 명백히 전자였다. 자신이 있다고 할까, 사람들의 시선이 집중되는 일에 익숙하다고 해야 할까.

소녀는 이윽고 나를 쳐다보았다. 허공에서 우리 두 사람의 시선이 얽혔다. 누군가가 나를 이렇게 똑바로, 꿰뚫는 것처럼 쳐다보는 것은 처음 겪어보는 경험이었다. 그녀는 그대로 천천히 내게로 걸어왔다. 나는 시선을 돌리지 않았다.

이윽고 내 눈앞까지 걸어온 소녀는 내 허리에까지 시선을 내렸다가 다시 얼굴로 시선을 되돌렸다. 품평이라는 단어가 머릿속에 떠올랐다.

지근거리에서 서로를 빤히 바라보는 상황에 나는 당황스러웠다. 뭔가 말을 해야 할까. 그렇게 생각할 무렵, 그녀가 입을 열었다.

"당신이 리나리아 씨의 도시락을?"

"……예?"

놀랄 정도로 잡음이 섞이지 않은 맑고 청아한 목소리였다. 마치 귓가에서 속삭인 것 같다고 생각했을 정도였다. 그 예쁜 목소리도 놀라웠고, 또 질문한 내용도 예상을 벗어난 것이라서 나는 제대로 대답을 하지 못했다.

"그러니까, 당신이 리나리아 씨의 그 도시락을 만든 건가요?"

소녀는 나를 물끄러미 바라보면서 같은 질문을 반복했다.

"그런데요."

"같은 것을 만드는 건 가능할까요."

나는 고개를 갸우뚱했다. 그런 말을 듣는 것은 처음이었기 때문이다.

"어, 음. 재료가 다 떨어져서 오늘은 조금 어렵겠네요."

"그런가요. 그럼 후일 다시 부탁을 드리겠어요."

"후일, 말인가요?"

나는 다시 한 번 확인했다. 그러자 그녀는 고개를 끄덕였다.

"예. 같은 것을요."

무슨 일인 것일까. 나는 고개를 모로 꼬았다. 리나리아의 친구인 것일까. 그래서 리나리아가 먹은 도시락을 보고 자신도 먹고 싶어졌다, 라든가?

나는 무심코 생각에 잠기고 말았다. 그런 나를 향해 소녀가 여전히 싸늘할 정도로 낭랑한 목소리로 이렇게 물었다.

"리나리아 씨는, 늘 어느 자리에 앉나요?"

"예?"

나는 접객업 종사자로서의 대응이 아니라, 완전히 목멘 소리로 그렇게 되묻고 말았다.

그에 소녀는 「하아」 하고 한숨을 쉬고는 허리춤에 손을 갖다 대었다.

"그러니까, 리나리아 씨가 늘 앉는 자리가 어디냐, 라고 물었습니다. 그 사람은 강의실에서도 도서관에서도 되도록 같은 자리에 앉으려고 하죠. 그런 사람입니다. 이 가게에 다니고 있다면, 지정석이라는 것이 있을 거잖아요?"

나는 무의식중에 입가를 실룩였다. 식은땀이 배어나와 등을 타고 흘렀다.

"어, 음. 저기, 입니다만."

"고마워요."

나는 머뭇머뭇 리나리아가 늘 앉는 카운터석을 가리켰다. 소녀는 그 자리까지 성큼성큼 걸어가더니 자리를 가만히 바라보았다. 그대로, 자리에 앉지는 않았다.

"저, 왜 그러시죠?"

"아뇨."

그녀는 그렇게만 말하고, 리나리아의 지정석이 아닌 옆자리의 의자를 뺐다.

"안 앉는구나……."

나는 나도 모르게 그렇게 중얼거리고 말았다. 리나리아의 자리를 묻기에, 거기에 앉고 싶은 것이라고 생각했던 것이다. 소녀가 나를 찌릿 노려보았다.

"앉다니, 그런 실례되는 행동을 할 수 있을 리 없잖아요. 옆이 딱 좋답니다."

그녀는 엉덩이 부분의 치맛자락을 손으로 가다듬고 조용히 자리에 앉았다. 그 너무나도 우아한 움직임에 나는 그 모습을 정신없이 쳐다보았다. 방금 전의 언동만 없었더라면, 나는 그녀를 귀하게 자란 평범한 아가씨라고 생각했을 것이다. 하지만 방금 전의 발언은 명백히 아슬아슬한 것이었다.

찬물과 물수건을 준비하며 나는 이 아이에게 어떻게 대처해야 좋을지를 고민했다. 쫓아낼 수도 없는 노릇이었고, 그렇다고 그냥 뒀다가는 리나리아에게 폐가 되지는 않을까 하는 불안도 있었다.

"리나리아 씨는 늘 뭘 주문하나요?"

내가 찬물을 내놓는 것과 동시에 소녀가 물었다. 그렇게 나올 것이라고 예상을 했기 때문에 이번에는 대답을 미리 준비해 두었다.

"글쎄요. 늘 커피를 마신답니다."

"커피?"

정확히는 거기에 설탕과 우유를 듬뿍 넣은 것, 이지만. 거짓말은 하지 않았다. 다만, 아주 조금, 커피의 보급을 위해 말을 생략한 것뿐이었다.

"어른의 교양이라 부르기 걸맞은 음료이죠."

"그렇군요. 역시 리나리아 씨……. 그럼 저도 같은 것을 주세요."

나는 카운터 밑에서 몰래 승리의 포즈를 취했다. 이렇게 작게 한 걸음, 한 걸음을 쌓아가는 것이 커피의 매력을 퍼뜨리는 것으로 이어지는 것이다. 내가 커피를 끓일 준비를 하는 사이, 소녀는 가게 안을 천천히 둘러보았다.

나는 리나리아가 처음 이 가게에 왔을 때 고르 할아버지와 이야기하던 내용을 떠올렸다. 리나리아는 차분하게 공부할 수 있는 장소를 찾고 있었다. 왜냐하면 귀족에게 찍혀 학원에 있기가 거북해졌기 때문이라고 했다.

나는 푸른 머리카락의 소녀를 힐끗 쳐다보았다.

혹시, 이 아이가 그 아이인 것은 아닐까.

찍혔다고 해서 틀림없이 괴롭히거나 트집을 잡는 것이라고 생각했는데, 설마 스토커적인 의미였을 줄이야.

꿀꺽. 나는 침을 꿀꺽 삼키고는 다 끓인 커피를 소녀 앞에 내놓았다.

그녀는 그것을 물끄러미 관찰했다. 그러더니 힐끗 나를 쳐다보았다. 그 눈은 명백히 「이거, 마실 거 맞나요?」라고 말하고 있었다.

그럼에도 그녀가 잔에 손을 뻗은 것은, 분명 리나리아가 늘 마신다는 말이 있었기 때문이리라.

소녀는 눈을 질끈 감고 미간에 주름을 모은 채 잔에 입을 갖다 대었다. 마치 독약이라도 마시는 것 같은 모습이었다. 커피를 살짝 입에 머금은 순간, 소녀는 눈을 번쩍 떴다. 그녀는 마치 별사탕이 무수한 작은 별의 집합이라고 믿는 소녀와도 같이 순수한 눈빛을 띠고 있었다.

"맛있어."

나는 놀랐다. 그렇게 말해주는 손님은 오랜만이었기 때문이었다.

그녀는 다시 한 번 커피를 마시고, 그리고 또 한 번 마셨다.

"쓴맛이 있는데도 그게 싫은 느낌이 아니에요. 가열함으로써 풍부한 향을 내는 요리가 있긴 하지만, 설마 마실 거리에서 그것을 느끼게 될 줄이야. 게다가 뒷맛에서 느껴지는 이 깔끔한 신맛……."

그렇게 중얼중얼 혼잣말을 하면서 소녀는 확인을 하듯이 몇 번이나 커피를 마셨다. 나는 감동에 눈물이 나올 것 같았다. 그래, 바로 그거야! 그 블렌드는 그런 커피라고! 거기까지 알아주는 사람이 있다니!

"역시 리나리아 씨. 이 깊은 맛을 잘 알고 계시는군요."

그녀는 고개를 주억거렸다. 리나리아가 하는 모든 일을 긍정하는 것 같은 분위기였다. 그런 그녀에게 리나리아는 커피의 맛을 이해하지 못하고 있다고는, 당연히 말할 수 없었다.

하지만 이 소녀는 정말로 리나리아의 스토커인 것일까.

커피의 매력을 이해할 수 있는 사람 중에 나쁜 사람은 없다는 것이 내 지론이었다.

"리나리아와는 어떤 관계이신가요……?"

그래서 나는 나도 모르게 그렇게 묻고 말았다.

"급우랍니다. 리나리아 씨는 제가 존경하는 분이에요."

소녀는 자못 당연하다는 어조로 알려주었다.

"존경?"

"예. 리나리아 씨는 작년에 매우 우수한 성적을 냈답니다. 이 저보다도 말이죠. 저도 전력을 다했지만 리나리아 씨에게는 미치지 못했어요. 그런 것은 처음 겪어보는 일이었답니다."

과연. 나는 고개를 끄덕였다.

"분하다거나 몹시 화가 난다거나 하지는 않았어?"

보통 그런 상황이면 되레 상대를 원망을 한다거나, 어째서 그 녀석이…… 라며 밉살스럽게 여기지 않을까. 하지만 소녀는 어리둥절한 얼굴로 나를 쳐다보았다.

"저는 전력을 다했습니다. 그래도 이길 수 없던 것은 리나리아 씨가 저보다 더 노력했다는 것이겠죠? 칭찬을 할지언정 왜 원망을 할 필요가 있는 거죠?"

나는 지당하다며 고개를 끄덕였다. 정말이지 그 말대로이기는 했다. 하지만 그렇게 딱 자르는 것은 매우 어려운 일이었다.

"리나리아 씨가 도서관에서 매일 늦게까지 공부를 하고 있던 것을 알고 있습니다. 휴일에도 아침부터 줄곧 공부를 하고 있었죠. 그 모습을 보고 있었기 때문에, 저는 리나리아 씨를 존경하는 겁니다. 그리고, 저 대신 수석이 해야 하는 귀찮은 일들을 떠맡아 주고 계시니, 정말 최고지요."

마지막에 진심이 들린 것 같은 느낌이 들었다. 그나저나 이 아이, 리나리아가 아침부터 노력하던 모습을 줄곧 지켜본 건가. 스토커인 것인지 좋은 아이인 것인지, 다가가기 쉬운 성격인 것인지 단순한 귀차니스트인 것인지 잘 알 수 없었지만, 일단 위험한 사람이라는 것은 잘 알 수 있었다.

"그런데, 당신. 어째서 리나리아 씨의 이름을 막 부르는 거죠?"

문득 그녀가 컵을 내려놓으며 내게 만면의 미소를 지어 보였다.

하지만 그 눈은 웃고 있지 않았다. 나는 온몸이 떨려왔다.

"아, 그게……."

나는 순간적으로 변명을 생각했다. 하지만 그런 것이 금방 입 밖으로 나올 리가 없었다. 나는 경솔한 발언을 한 자신을 저주했다. 이 곤경을 어떻게 벗어날까 머리를 쥐어짰지만, 이미 어쩔 도리가 없다는 느낌이 들었다.

소녀는 생글생글 미소를 띤 채 나를 바라보고 있었다. 등줄기를 곧게 펴고 두 손은 무릎 위에 올려놓은, 아름답다고 부르기에 걸맞은 자세를 자연스럽게 유지하면서 나를 똑바로 응시하고 있었다. 아름다운 것은 그저 그 자체만으로도 충분한 박력이 뿜어져 나오는 모양이었다.

"최근, 방과 후에 늘 리나리아 씨가 외출을 하게 돼서 신경이 쓰이기는 했습니다. 게다가, 오늘은 웬일로 살금살금 부끄럽다는 듯이 도시락을 먹고 있었고요."

그녀가 말했다.

"그래서 의아하게 생각해 몰래 뒤를 밟았더니 이곳에 다다르게 된 겁니다. 그 리나리아 씨가 거의 매일같이 다니고 있다는 사실만으로도 놀라운데, 이름까지 막 부르다니. 당신, 리나리아 씨와 어떤 관계죠?"

소녀가 또다시 만면의 미소를 지었다. 어쩌지……. 나는 고민했다. 하지만 그러고 있으려니, 퍼뜩 이런 생각이 들었다.

왜 이 아이에게 변명을 해야 하는 거지?

별로 뒤가 켕기는 관계인 것도 아니고, 바람을 피우다 걸린 남자처럼 쩔쩔 멜 필요가 있을까. 오히려, 이렇게 내가 힐문을 당하는 상황이야말로 이상한 것은 아닐까.

“알고 있습니다. 당신은 그저 종업원인 것뿐이죠? 리나리아 씨와 대화를 할 수 있을 리 없어요.”

그래요. 분명히 그럴 거예요. 소녀는 그렇게 말하며 고개를 끄덕였다. 그런 그녀에게 나는 지지 않고자 미소를 지었다.

“리나리아와는 매일 이 가게에서 같은 시간을 보내는 사이야. 무척, 친하지.”

“……!”

강조하듯이 말을 끊어서 천천히 말하자, 소녀는 입술을 깨물며 나를 지그시 노려보았다.

“꽤, 꽤나 거짓말을 잘 하는군요. 그런, 설마, 그 리나리아 씨가 남성과 사이좋게 대화를 할 리가…….”

“리나리아가 먹고 있던 도시락.”

그 말을 가로막듯이 나는 입을 열었다.

“그거, 실은 가게에서 파는 상품이 아니야. 리나리아를 위해, 특별히, 만든 거지.”

“뭐라고요?!”

소녀가 자리에서 벌떡 일어나며 외쳤다.

“그게, 리나리아가 제발 부탁한다고 해서 어쩔 수 없이 말이지. 그 아이, 내 요리를 엄청 좋아하거든."

"그럴…… 수…… 가……."

"방과 후에는 리나리아와 매일 수다를 떨어."

"부, 부러……."

내가 무슨 말을 할 때마다 소녀는 표정을 바꾸며 몸을 떨었다. 그러다 결국 카운터에 양손을 짚고 고개를 깊이 떨궜다.

"부럽거나 하지 않아요! 절대로!"

소녀가 갑자기 고개를 번쩍 쳐들었다. 그 바람에 나는 몸을 뒤로 젖혔다.

"치사해요! 제가 매일 얼마나 용기를 쥐어짜내 말을 걸려고 하다가 좌절하고 있는지 아나요?! 정말 제기랄이에요!"

"너, 분하거나 화가 나지는 않는다고 하지 않았어?"

"그런 옛날 일 따위 모릅니다. 저는 지금 당신을 때려주고 싶어요."

그렇게 말하는 그녀는 눈이 진심이었다. 기품 있는 아가씨라는 인상은 온데간데없었다. 그 모습은 그야말로 위협을 해 오는 고양이 그 자체였다. 우쭐해져서 너무 놀렸나 보다. 그리고 알게 된 사실도 한 가지 있었다. 이 아이, 놀리면 반응이 꽤 재미있어.

"어, 음. 넌 이름이 뭐야?"

언제까지고 그녀라느니 소녀라고 부를 수는 없었기 때문에, 나는 되도록 쾌활하게 이름을 물었다.

“제가 왜 당신에게 그걸 알려줘야 하는 거죠?”

그러나 그녀는 내뱉듯이 그렇게 대꾸했다.

“그럼, 귀족 양이라고 부를게.”

“그렇다면 당신은 소시민 씨가 되겠군요.”

무슨 말을 던지면 곧바로 대답이 돌아왔다. 그것은 차라리 기분이 좋을 정도였다. 하지만 그래도 소시민이라고 부르지는 말아줬으면 했다.

귀족 양은 힘이 빠진 것처럼 털썩 하고 의자에 다시 앉았다. 그리고 지쳤다는 듯이 등받이에 몸을 기대며 목을 축 늘어뜨렸다.

“치사해요……. 저는 이제껏 제대로 대화도 못해봤는데. 어느샌가 친해져서 이야기를 나누고, 그 리나리아 씨가 이름을 막 부를 수 있을 정도로 마음을 허락해 주고…… 치사해요. 부럽습니다. 소시민 씨 주제에 건방집니다.”

귀족 양은 중얼중얼 불평을 늘어놓았다. 하지만 너무나도 의기소침해 있어서 그 말을 되받아칠 마음은 들지 않았다.

줄곧 친해지고 싶다고 생각하던 상대가, 어느샌가 다른 사람과 날름 친해진 것이다. 그때의 기분은 나도 알 것 같았다. 위로의 말을 생각해보기는 했지만, 지금의 그녀에게는 무슨 말을 해도 싸구려처럼 들릴 것만 같았다. 나는 그녀를 지나치게 놀린 것을 반성했다.

그녀는 잠시 동안 계속 신음하면서 「소시민 씨 주제에」라고 반복했다. 그러더니, 이윽고 슥 얼굴을 들고는 자세를 바로 했다.

“지지 않겠어요. 반드시 당신보다도 더 리나리아 씨와 친해져 보이겠어요. 우선은, 그래요. 친구가 돼 보이겠어요.”

귀족 양은 위세 좋게 그렇게 선언을 했다.

“열심히 해.”

“그 여유를! 깨부숴 주겠어요!”

순수하게 응원한 것뿐인데.

그녀는 눈앞의 잔에 남은 커피를 단숨에 쭉 들이켜고는, 품에서 작은 주머니를 꺼냈다. 그리고 주머니에서 동전을 꺼내 카운터 위에 올려놓고는 자리에서 일어났다.

“잘 마셨어요. 커피라는 것은 처음 마셔봤는데, 맛이 좋군요.”

“아, 응. 고마워.”

물 흐르는 것 같은 동작으로 고개를 숙이는 그녀에게 나도 모르게 같이 꾸벅 고개를 숙였다. 그 모습은 꽤나 어색했으리라. 그것이 이상했던 것일까, 그녀는 입가에 손을 대고 쿡 웃더니 의자를 집어넣고 문으로 향했다.

“아, 잠깐.”

그때, 나는 그녀의 등에 대고 불러 세웠다.

“잔돈은 필요 없어요. 가지세요.”

그녀는 걸음을 멈추지 않고 그렇게 말했다. 아니, 저기, 그게 아니라…….

"부족한데."

딱, 하고 그녀의 움직임이 멈췄다. 그녀는 끽끽 하고 삐걱거리는 것처럼 몸을 움직여 뒤를 돌아보았다. 눈처럼 하얗던 얼굴이 빨갛게 물들어 있었다.

"그런, 가요. 그거, 예, 실례했네요."

그녀는 시선을 내리깐 채 카운터로 돌아와 내가 전한 부족한 금액을 지불했다. 그 부끄러움은 미루어 짐작할 수 있었기 때문에, 나는 아무 말도 하지 않았다. 놀리기라도 했다가는 그녀가 여기서 할복을 해버릴지도 몰랐다.

이번에야말로 계산을 끝낸 그녀는 방금 전보다도 더 빠른 걸음으로 문으로 향했다.

"저기!"

문을 반쯤 연 채로 그녀가 멈춰 섰다. 또 뭐가 있는 건가, 하고 경계하면서 놀란 어깨가 그대로 굳어버렸다.

"또 오도록 해."

그녀는 잠시 그 자리에 섰다.

"……리나리아 씨와 친구가 되면 그렇게 하죠. 그녀가 소중히 여기는 장소에 제가 멋대로 있으면 방해가 될 테니까요."

그 조신함에 나는 가슴이 죄어오는 것 같았다. 이 이상 뭔가를 말하는 것은 멋이 없는 것 같았다.

"그래. 그럼 그 날을 기대할게."

"예. 그럼 잘 있어요, 소시민 씨."

그 뒤에, 그녀는 이렇게 말을 덧붙였다.

"아이나예요. 아이나레라."

그것이 그녀의 이름이라는 것을 알았을 때는 그녀가 완전히 가게 밖으로 나가 문이 닫히고 있었다. 그녀의 이름을 불러주지 못했다. 그리고, 내 이름도 알려주지 못했다.

언젠가 그녀와 또다시 만날 수 있었으면 좋겠다. 나는 그렇게 생각했다.

그때야말로 제대로 자기소개를 하자. 그녀가 리나리아와 친구가 되고, 그리고 셋이서 이 가게에서 함께 웃을 수 있는 날이 온다면 분명히 즐거울 것이다. 서툴지만 나쁜 아이는 아니라는 사실은 잘 알고 있었다.

방금 전까지 이곳에 있던 그녀의 뒷모습이 언제까지고 머리의 한 구석에 맴돌았다.

다음 날 아침.

개점 준비를 위해 문을 열자, 그곳에 한 소녀가 서 있었다.

"늦어요, 소시민 씨. 꽤 오래 기다렸어요. 그런데, 리나리아 씨 것과 똑같은 도시락을 먹고 싶은데 부탁할 수 있을까요? 지금 빨리."

"……있지…… 너…… 말이지……."

"잠깐만요. 왜 한숨을 쉬는 건가요? 무례하군요."

“……너…… 어제 그렇게 돌아가 놓고 말이지…….”

“어쩔 수 없잖아요. 리나리아 씨와 똑같은 도시락을 먹고 싶으니까요.”

“……뭐라고 할까…… 너, 있지…….”

가게에 또 오는 거, 너무 빠른 거 아닌가요?

4. 토마토와 각종 버섯을 넣고 푹 찐 햄버그 스테이크

나는 늘 신기하다고 생각하는 일이 있다. 그것은 소박한 의문으로, 새삼 누군가에게 묻거나 할 일도 아니다. 이불 속에서 눈을 감고 잠이 드는 것을 기다리는 동안이나, 욕조에 몸을 담그고 멍하니 천장을 올려다볼 때, 문득 그 일에 대해 생각한다.

시간이란, 왜 그렇게 빨리 지나가 버리는 것일까.

내가 어릴 때, 하루는 길고 빡빡해서 시계의 바늘은 천천히 돌아갔다. 그러던 것이 어느샌가 빨리 돌기 시작해, 하루가 눈 깜짝할 사이에 끝난다. 정신을 차리고 보니 계절이 바뀌었거나, 친구를 마지막으로 만난 지 5년이 지나 있었다.

여하튼, 시간의 흐름이라는 것은 어느새 뜀박질이 되어, 눈 깜짝할 사이에 우리를 내버려 두고 혼자 멋대로 가 버린다. 우리는 그것을 필사적으로 따라가는 것만으로도 벅차서, 여러 가지를 못 보고 지나친다. 그것이 소중한 것이라고 알아차리는 것은, 언제나 지나간 뒤의 일이었다.

그렇다면, 이제 와서 시간을 느리게 가게 하는 것은 어렵더라도, 발을 멈추고 자신에게 소중한 것을 다시 발견하는 시간이 있어도 좋지는 않을까.

자리에 앉아 짐을 내려놓고 어깨의 힘을 빼며 후우, 안도의 한숨을 내쉰다. 진한 커피를 한 잔 시켜서 세계에서 분리된 것 같은 가게 안에서 자신만의 시간을 보낸다. 그것이 카페였다.

나는 그런 가게의 마스터가 되고 싶었다. 잔을 닦으면서 나는 종종 그런 일을 생각했다.

왜냐하면, 한가했기 때문이다.

변함없이 우리 가게에 손님은 적었다. 그래도 완전히 공석은 아니니까 개점 초기와 비교하면 훨씬 진보했다고는 말할 수 있었다.

이 업계에서는 입소문이 전부였다. 물론, 전단지를 돌린다든가, 어딘가에 광고 간판을 내놓는다든가 하는 수법으로 가게를 선전하는 것은 할 수 있었다. 하지만, 그 비용은 눈이 튀어나올 정도로 비쌌다. 때문에 견실하게 한 명씩 손님을 늘려가는 수밖에 없었다.

초조해해서는 안 된다. 안 되지만, 연일 이렇게 손님이 적으면 초조해지기도 하고 걱정이 되기도 하는 것이 사람의 마음이라는 것이리라.

고맙게도 단골들이 찾아주는 덕분에 그럭저럭 가게를 꾸려가고 있지만, 카페 주인으로서 밤에 잠이 오지 않을 정도로 불안해지는 날이 있었다. 그럴 때에는 낮잠을 잤다.

오늘도 역시나 컵을 닦고 있으려니, 도어벨이 손님의 방문을 알렸다.

한 장신의 여성이 백은색의 긴 머리카락을 휘날리며 가게 안으로 들어왔다. 공중에 떠 있는 것은 아닐까 의심스러울 정도로 발소리가 나지 않았으며, 걷는다는 동작만으로도 보는 이의 눈길을 잡아끌었다. 눈꼬리가 길게 째진 눈은 늠름했지만, 얼굴에 떠오른 표정은 부드러웠다.

큰 키와도 맞물려 귀엽다기보다는 멋있다는 인상을 주는 그 여성— 아르벨 씨는 모델과도 같은 완벽한 걸음걸이로 카운터석까지 걸어와 자리에 앉았다.

“여, 안녕. 마스터.”

“어서 오세요, 아르벨 씨. 낮에 오시다니 별일이시네요.”

“아아, 어젯밤에 미궁에서 막 돌아와서 말이지. 오늘은 쉬는 날이야.”

“그래서 평소보다 복장이 가벼우시군요.”

일을 마치고 돌아가는 길에 들러줄 때의 아르벨 씨는 모험가답게 가벼운 갑옷을 걸치고 있었고, 검을 차고 있는 경우도 많았다.

하지만 오늘의 아르벨 씨는 조금 달랐다. 갑옷도 검도 없이 푸른색 계통의 기사복에 다리 라인이 잘 드러나는 바지와 짧은 부츠를 신고 있었다.

그러나, 그만큼 가벼운 복장을 하고 있음에도 아르벨 씨는 그 현실과 동떨어진 미모 덕분에 어떤 찬사도 진부하다고밖에 생각되지 않을 정도로 멋있었다.

사진을 찍어서 대형 포스터로 만들어 방에 장식해 두고 싶었다.

문득 정신을 차리자, 아르벨 씨는 진정이 되지 않는 듯 안절부절 못하고 있었다.

"너무 그렇게 쳐다보면 곤란한데…… 뭔가 이상한가?"

아무래도 너무 말똥말똥 쳐다본 모양이었다. 이상한 오해를 하게 한 것 같았다.

"아뇨. 방에 장식해 두고 싶습니다."

"응?"

"말이 헛나왔습니다. 무척 잘 어울립니다. 아무데도 이상하지 않아요."

나도 모르게 다른 쪽의 본심이 튀어나왔기 때문에 곧바로 정정했다. 아르벨 씨는 안도의 한숨을 내쉬고는 미소를 지었다.

"마스터가 그렇게 말한다면 안심이로군. 너는 거짓말을 하지 않으니까."

"할 필요가 없는 것뿐입니다. 다음에 오실 때까지는 좀 더 괜찮은 찬사를 찾아놓겠습니다. 많이요."

"그거 기대되는군. 평소와 똑같이 블렌드 커피를 마실 수 있을까?"

그렇게 말한 아르벨 씨는 머리카락을 쓸어 올렸다.

그저 그뿐이었는데도, 마치 영화의 한 장면처럼 보여서 나는 오오 하고 감탄했다. 톱모델이나 여배우냐고 묻고 싶어질 정도의 사람이었지만, 그녀는 미궁으로 생계를 꾸리고 있는 모험가이니 놀랄 노자였다.

실로 경사스럽게도, 아르벨 씨는 많지 않은 커피 애호가 중 한 사람이었다. 내가 사이폰에 뜨거운 물을 붓고 가열용 램프를 설치하는 동안, 아르벨 씨는 가게 안에 흐르는 느긋한 공기를 느끼듯, 긴 속눈썹이 달린 가느다란 눈을 감고 있었다. 이윽고 조용한 가게 안에 보글보글 하고 커피가 추출되는 소리가 울려 퍼졌다.

"자, 드세요."

추출이 끝난 커피를 잔에 담아 내놓자, 아르벨 씨가 눈을 뜨고 나를 쳐다보았다.

"고마워."

감사의 인사와 함께 나를 향한 눈동자에 나는 가슴이 두근거렸다. 이것이 어른의 색기라는 것일까. 아르벨 씨는 잔을 들고, 우선은 향기를 즐긴 뒤 입을 갖다 댔다.

"음. 맛있어."

"그거 다행이네요."

"역시 마스터의 커피가 최고야."

"고마우신 말씀입니다."

생긋 웃는 아르벨 씨에게 나도 미소를 지어 보였다. 아르벨 씨는 내 커피를 마실 때마다 그렇게 말했고, 나도 똑같이 대답을 했다. 일종의 정해진 인사 같은 것이었다.

"미궁에서도 이걸 마실 수 있다면 기쁘겠는데 말이지. 잠을 쫓기 위한 것이라고는 해도 콩을 깨무는 것만으로는 이 풍미가 나지 않아."

나는 쓴웃음을 지었다. 이 세계에서 커피콩은 기본적으로 잠을 쫓기 위한 것으로서, 있는 그대로 씹는 것이 일반적인 것 같았다. 볶아서 가루를 낸다는 수고를 들여서까지 마시는 일은 없어서, 커피라는 음료는 전혀 보급되지 않았다.

즉, 내가 커피라 부르는 이 음료는 이 세계 사람들에게는 거의 미지의 음료인 셈이었다. 노력을 한 보람이 있어서 겨우 이 훌륭한 맛을 알아주는 사람이 늘어났다고는 해도, 처음에는 전혀 팔리지 않았다. 당연하다면 당연했다. 들어본 적도 없는 이름의 시커먼 음료, 그것도 원재료는 졸음을 쫓기 위한 수단 이외에는 사용되지 않는 콩. 그런 것을 좋아서 마시는 사람이 있다고 한다면, 그 사람이 괴짜일 터였다.

그리고, 그 괴짜가 이 아르벨 씨였다.

처음에는 내 권유에 따른 흥미에서 시작한 것 같았지만, 내 커피를 마신 뒤로 아르벨 씨는 단골이 되었다. 미궁에 가기 전이나 다녀온 뒤, 혹은 휴일에 시간을 내서 훌쩍 찾아와 대량으로 마시고 돌아갔다.

커피를 마시러 자주 와 주는 것은 기쁜 일이었지만, 너무

나도 대량으로 마셔대니 카페인 중독이 되지는 않을까 때때로 걱정이 되었다.

아르벨 씨는 맛을 음미하듯이 다시 한 모금 커피를 마시고는 잔을 컵받침 위에 내려놓았다.

"이 가게는 언제 와도 평온해서 좋아."

창문으로 쏟아져 들어오는 햇살에 눈을 가늘게 뜨면서 아르벨 씨가 말했다.

"뭐, 평범한 곳이니까요."

아르벨 씨의 말에 나는 그렇게 대꾸했다. 그러자 아르벨 씨는 작게 웃었다.

"평범, 인가. 나는 그 평범함이라는 것을 나도 모르게 잊게 돼. 특히 미궁에서 며칠이나 지내고 있으면 말이지."

그야 잊을 만도 하네요, 라고는 말하지 않았다.

이 도시의 안쪽에 있는 미궁은 그야말로 인외마경(人外魔境)이었다. 점점 지하로 내려가는 그 미궁에 끝이 있을지 어떨지조차 알 수 없다고 했다. 지금 이 순간에도 모험가들이 앞으로 나아가는 길을 찾고 있다고 했다. 상상할 수도 없는 흉악한 마물이나 괴이한 생물들과 싸우고 있는 것이니, 그야 평범함과는 동떨어질 것이다.

"최근에 조금 바빠서 말이지. 마술학원 측에서 미궁에서 실전수업을 하고 싶다는 얘기를 하고 있어."

"아아. 연례행사라는 그것 말인가요?"

"그래. 맞아."

우리는 얼굴을 마주보며 동시에 쓴웃음을 지었다.

이 도시의 중심구에 있는 마술학원에서는 고학년이 되면 미궁에서의 실전수업이라는 것이 있는 모양이었다. 문자 그대로, 비교적 위험도가 낮은 계층에서 마물을 실제로 상대하는 것이었다. 그런 수업에는 장래 모험가가 되고 싶다든가 마술 아카데미에 진학하고 싶다는 사람들이 참가한다. 때문에 스스로에게 약간 자신이 있는 사람이 많다고 했다.

"바쁘다는 건, 올해는 혹시……."

"그래. 우리 파티가 담당이 되었다."

"그거, 고생이 많으십니다."

스스로에 대해 자신감이 넘치는 미숙자만큼 손이 많이 가는 인간은 없었다. 자신의 역량조차 객관시할 수 없는 인간이 몇십 명이나 미궁에 가는 것이다. 얕은 계층이라도 안전이 반드시 약속돼 있는 것은 아니었다.

"실전수업에는 미궁을 몇 번 경험한 상급생이 참가하게 되어 있기는 해. 하지만, 그래도 예측불허의 사태가 발생했을 때에는 대응할 수 없으니까 말이지. 역시 모험가가 서포터로서 같이 갈 필요가 있지."

아르벨 씨가 손가락으로 머리카락 끝을 뱅글뱅글 감으면서 말했다.

"역시, 힘든 일인가요?"

"그야, 뭐."

아르벨 씨의 눈이, 알아서 헤아려 달라고 호소하고 있었다.

"어느 정도인가요?"

하지만 신경이 쓰였기 때문에 나는 거듭 질문을 던졌다. 그 질문에 아르벨 씨는 고개를 절레절레 저었다. 아르벨 씨로서는 보기 드물게 지친 것 같은 얼굴이었다.

"나한테는 맞지 않아. 남에게 뭔가를 가르친달까, 사람의 위에 선다는 일이. 굳이 고르라면 나는 철검 한 자루로 오우거와 싸우는 쪽을 선택하겠어."

"그것 또한 힘든 일이네요."

오우거란 코볼트의 상위종 마물이었다. 크기는 인간과 비슷했지만, 그 힘은 터무니없을 정도로 강했다. 그런 상대에게, 혼자서, 그것도 철검 한 자루를 들고 도전하는 쪽이 낫다고 하면, 그 고달픔은 가히 짐작할 수 있었다.

"게다가, 책상 위에서 아무리 얘기를 들어봤자 그들은 미궁의 위험성을 이해하지 못해. 책에 쓰인 정보를 그대로 믿고 그걸로 다 안다고 생각하고 있지. 책이 공부가 된다는 건 알지만, 현실은 언제나 책에 쓰인 대로만은 되지 않아. 그들은 그걸 알지 못해. 당일 죽은 사람이 나오지 않을까 걱정돼."

고학년이라고 하면, 나와 비슷한 고등학생 정도일 터였다. 사물을 객관적으로 보는 일이나 자신의 한계를 아는 일, 그리고 그것을 이해하고 행동하는 일은 나처럼 경험도 지식도 없는 젊은이에게는 무척 어려운 일인 것 같았다.

"뭐, 아직 젊으니까 말이죠. 우리 또래라면 다들 그렇겠죠."

나는 솔직하게 그렇게 말했다. 그 말에 아르벨 씨는 눈을 크게 뜨고 살짝 놀라움을 표시했다.

"뭔가요, 그 눈은?"

나는 그 반응이 눈에 거슬린다는 듯이 반쯤 감은 눈으로 아르벨 씨를 쳐다보았다. 그러자 아르벨 씨는 후후 하고 웃었다.

"아니. 네가 자신을 너무 과소평가하는 것이 의외라서."

"과소평가라니. 저는 단순한 카페의 마스터라고요. 극히 평범한 일반인이란 말입니다."

"설마. 적어도 난 너를 높이 사고 있어. 학원의 아이들과 동류일 리 없잖아?"

"그거야말로 설마예요. 저는 겁 많고 나약한 인간인 데다, 지식도 없습니다. 게다가, 봐요. 빈약하잖아요?"

자. 나의 이 허약함을 보라. 그렇게 말하는 것처럼 나는 두 팔을 벌렸다. 아르벨 씨는 턱에 손을 갖다 대고 흠 하고 나를 바라보았다. 아…… 뭘까, 이 느낌. 아름다운 누님이 내 몸을 바라보다니. 가슴 속 깊은 곳에서 끓어오르는 이 감정은…… 설마, 이게 사랑?

"뭐, 확실히 근육은 부족하군."

"그렇죠?"

"검을 휘두를 만한 손도 아니고."

"그렇겠죠."

"피부도 깨끗해."

"그 착안점은 좀 이상하네요."

"손가락도 길고, 속눈썹도 길어."

"네? 그런가요?"

"으음…… 너는 대체 뭐지? 정말로 남자인가? 연약하달까, 여자애 같다. 치장을 하면 못 알아볼지도 모르겠어."

"아뇨아뇨아뇨. 그런 얘기가 아니라니까요."

으으으, 하고 신음하던 아르벨 씨는 내 말에 이야기를 원래대로 되돌렸다.

"그렇지. 뭐, 모험가가 되기에는 너무 가냘프지만, 인간의 본질이란 것은 특별히 힘의 강약으로 결정되는 건 아니잖아?"

그건 그렇죠. 나는 고개를 끄덕였다.

"게다가, 너는 뭐랄까, 연륜이 느껴져."

"연륜?"

그 그루터기 같은 것에서 볼 수 있다는 나무의 성장기록 같은 그것을 말하는 걸까.

"마치 이미 한 30년은 산 것 같은 침착함이 느껴져."

"그런가요?"

그런 말을 들어도 나는 잘 알 수가 없었다. 그렇지만, 아르벨 씨는 힘차게 고개를 끄덕였다.

"네 또래의 인간과 얼굴을 마주할 기회는 적지 않아. 하지만 너 같은 인간은 만난 적이 없어. 어째서 그렇게 무례하지 않은 거지?"

그 에두른 표현에 나는 그만 웃고 말았다.

"어째서, 라고 물으셔도, 성장한 환경 탓……일까요."

"전부터 신경이 쓰이긴 했지만, 네게는 수수께끼가 많아. 머리카락과 눈동자 색도 그렇지만, 애초에 얼굴 생김새가 이국적이야. 산술을 할 줄 아는 점이나 어조, 언동의 구석구석에서 교양이 느껴지는데, 세간의 상식에는 놀랄 정도로 어두운 면이 있어. 그래서 이국의 귀족이나 상인의 아이라고 생각하고 있었는데……."

아르벨 씨는 스윽 하고 눈을 가늘게 떴다. 그 눈초리가 날카로워서 나는 뒷덜미가 서늘해졌다. 아르벨 씨가 조금 진지해진 것만으로도 이렇게까지 박력이 느껴지는데, 미궁에서 싸우는 그녀는 대체 얼마나 무시무시할까.

내가 아르벨 씨의 눈빛과 추리에 겁을 먹고 있으려니, 문득 압박감이 사라졌다.

"아아, 미안. 버릇이라서 말이지, 그만……. 누구에게나 사정은 있지. 그걸 파헤칠 생각은 아니었어."

"아뇨. 괜찮습니다."

"하지만, 역시 넌 신경 쓰이는 존재야."

아르벨 씨는 그렇게 말하면서 커피를 마셨다.

"뭣보다, 이렇게 맛있는 것을 만들어 낼 수 있는 것이 놀라워."

그리고 내게 고혹적인 미소를 보내왔다. 그런 미소를 접하고 냉정함을 유지할 수 있는 인간이 과연 있을 것인가. 아니, 있을 리 없었다. 내가 그 자리에서 프러포즈를 하지 않고 끝날 수 있던 것은 딸랑딸랑 하고 도어벨이 울렸기 때문이었다. 그 소리에 깜짝 놀라 문으로 시선을 주니, 작은 그림자 하나가 미끄러지듯 안으로 들어오는 것이 보였다.

노르토리였다.

바깥은 눈부실 정도로 쾌청했건만, 노르토리의 주변만큼은 조금 어둡고 탁해 보였다. 비를 응축시킨 것 같은 푸른색의 긴 머리카락은 대충 묶여 있었고, 머리에서 불쑥 솟아오른 고양이 귀는 여느 때처럼 나른하다는 듯이 축 늘어져 있었다. 눈은 졸린 듯이 멍했고, 새우등을 하고 느릿느릿 걷는 모습에서는 살아가는 것에 지친 노인과도 같은 풍격조차 느껴졌다.

노르토리는 창가의 안쪽에서 두 번째인 자신의 지정석에 앉더니, 카운터에 찰싹하고 뺨을 붙였다.

"유우…… 늘 마시는 거……."

"안녕, 노르토리. 오늘도 나른해 보이는구나."

나는 무심코 미소를 지었다. 노르토리는 이 가게의 작은 단골이었다. 열 살에 그렇게 무기력해서야 과연 괜찮을까 걱정도 됐지만, 이러니저러니 해도 생명력이 넘치는 믿음직스러운 아이였다.

아르벨 씨를 내버려두는 것이 미안했지만, 나는 다시 일을 하기 시작했다. 노르토리가 좋아하는 카페오레를 완전 미지근하게 내놓는다는 몹시 힘든 일이었다.

가게를 연 뒤로 셀 수 없을 정도로 반복해 온 내 손재주는 실로 대단해서, 눈 깜짝할 사이에 커피 추출 작업을 마치고 뜨거운 우유를 섞은 뒤 설탕으로 맛을 조절했다.

축 늘어진 노르토리 앞에 카페오레를 내놓자, 노르토리는 잠시 물끄러미 그릇을 바라보았다. 그러더니 무겁다는 듯이 고개만을 들어 후~ 후~ 하고 입김을 불어 카페오레를 식혔다. 그리고 마시나 생각했더니, 또다시 카운터 위에 축 늘어졌다. 그녀는 매우 자유로운 영혼이었다.

피부색은 눈처럼 하얗고, 얼굴은 주먹만 했다. 눈동자에 활기찬 빛이 어린다면 누구도 그냥 내버려두지 않을 정도로 매력적일 것임에는 틀림없었다. 하지만, 노르토리는 모든 일에 의욕이 없으니까 그런 모습을 보는 일은 없을지도 몰라, 라고 나는 생각했다. 그래도 그런 부분이 노르토리다운 점이었으며, 그녀의 진짜 매력이기도 했다.

"노르토리. 학원은 어떻게 된 거야? 이미 수업이 시작했을 시간인데."

나는 노르토리에게 물었다. 그러자 노르토리가 고개를 들었다.

"학……원……?"

"그런 단어, 처음 들었습니다, 라는 얼굴을 하지 마세요."

"수업……은…… 없어."

"없을 리 없잖아. 교복을 입은 아이들이 가게 앞을 달려가는 걸 봤다고."

"다른, 학원…… 애들……이야."

"이 도시에 학원은 하나밖에 없다고 생각하는데?"

노르토리는 이마에서 진땀을 흘리며 입술을 꼭 깨물었다. 내 빈틈없는 추궁에 얼버무릴 여유를 잃어버리고 있었다. 나는 카페오레가 든 그릇을 들어 올려 손을 부채질해 노르토리에게 뜨거운 김을 날려 보냈다. 노리토리는 「흐윽……」 하고 괴로워하더니, 결국 함락되었다.

"땡땡이쳤어……."

"음. 좋아."

"좋은 거냐?"

문득 옆에서 나지막하게 태클을 걸어오는 목소리가 들려왔다. 소리가 난 쪽을 쳐다보자, 아르벨 씨가 이쪽을 보며 쓴웃음을 짓고 있었다. 나는 아르벨 씨에게 손을 흔드는 것으로 대답을 대신했다.

"그래서, 점심이라도 먹을래?"

나는 다시 노르토리에게 물었다. 그러자 그녀는 느릿느릿하게 고개를 저었다. 배는 고프지 않은 것 같았다. 그때, 시야의 끄트머리에서 뭔가가 움직였다. 그것을 발견한 나는 그쪽으로 시선을 주었다.

아르벨 씨가 작은 동작으로 머뭇머뭇 손을 흔들고 있었다. 부르는 건가. 그렇게 생각해 아르벨 씨에게 가까이 다가가자, 아르벨 씨는 희미하게 뺨을 붉히고 입을 열었다.

"나는, 점심밥, 먹고 싶어."

몸을 작게 움츠리고 시선을 내리깐 채로 소극적으로 그렇게 말하는 통에, 나는 어떻게 해야 할지 알 수가 없어졌다. 이세계에는 이렇게 귀여운 생물이 있는 것인가, 그런 생각에 온몸으로 전율이 내달렸다. 나는 후우, 하고 한숨을 토해내며 마음을 가다듬은 뒤, 웃는 얼굴로 고개를 끄덕였다.

"뭔가 먹고 싶은 게 있으신가요?"

"신선한 재료를 먹을 수 있다면 뭐든. 어제까지 맛이 없는 휴대식이나 보존식만 먹었으니까."

아르벨 씨는 미소를 지으며 고개를 한쪽으로 살짝 기울여 나를 시험하듯이 말했다. 그 눈동자에는 장난꾸러기 같은 빛이 감돌고 있었다.

나는 팔짱을 끼고 생각에 잠겼다.

신선한 식재료라면 샐러드를……이라는 것은 너무 안이한 결론이었다. 휴대식, 보존식만 먹었다는 것에서 생각하건대, 정성들여 만든 식사는 하지 못했다는 것이리라. 미궁 안에서는 영양보급을 가장 우선으로 하니까, 어쨌든 간이 강한 음식이 많았을 터다. 그리고 휴대식이라는 것은 보존성을 높이기 위해 단단한 것이 일반적이었다. 비스킷이라든가, 말린 고기라든가.

역시 그게 가장 좋겠군. 그렇게 생각한 나는 아르벨 씨에게 도전하듯이 웃어 보였다.

"비장의 메뉴를 먹게 해 드리죠."

나는 주방의 안쪽으로 들어가 냉장고에 보관하고 있던 비장의 재료를 꺼냈다. 쟁반 위에 단 두 개만 놓인, 정말로 비장의 재료였다. 아직 시식 단계였기 때문에 많이 만들어놓지 않은 것이다.

아르벨 씨는 카운터 너머로 내가 무엇을 꺼내는지 보고자 목을 길게 빼고 있었다. 귀여워라. 나는 아무 말도 하지 않고, 프라이팬을 불 위에 올렸다. 그리고 선반과 냉장고, 보관고에서 각각 필요한 재료와 조미료를 꺼내 늘어놓았다.

코르레오네 씨가 가져 와 준 토마토 덕분에, 요즘 내 식생활은 토마토 요리 일색이었다. 매일 토마토를 사용한 새로운 메뉴를 연구하는 중이었던 것이다. 때문에, 이 비장의 메뉴에도 당연히 토마토가 들어갔다.

하지만, 우선은 미궁버섯 몇 종류를 불에 볶기로 했다. 이 버섯들은 실로 신기해서, 가열하면 내부에서 수분이 빠져나왔다. 그것이 풍미와 감칠맛이 응축된 천연 육수가 되었다.

미궁에서는 버섯이 잘 자란다는 것 같았다. 덕분에 그 종류도 산더미처럼 많았다. 버섯만으로 시장의 한 구역을 통째로 차지하고 있을 정도였다. 그 생김새가 명백히 먹어서는 안 된다고 주장하고 있는 것도 있었고, 버섯이라기보다는 과일에 가깝다고 생각되는 것도 있어서 보고 있어도 질리지 않았다. 그러나 그 수가 너무 많았기 때문에, 어떻게 먹어야 맛있게 먹을 수 있을지 그 방법이 아직 널리 알려져 있지 않은 것이 대부분이었다.

예를 들어, 지금 사용하고 있는 버섯은 생김새는 새송이버섯이나 표고버섯과 가까웠다. 하지만 색은 새카맣거나 자홍색이어서 먹는 것에는 용기를 필요로 했다. 그래도 이렇게 가열하면 버섯이 품고 있던 육즙이 흘러나와, 그것만으로도 스프를 해 먹을 수 있을 정도였다.

보통이라면 고급 식재료가 될 것 같을 정도로 맛있는 버섯이었지만, 대량으로 채취할 수 있다는 이유에 염가로 팔리는 것이 훌륭했다.

이런, 나도 모르게 버섯에 대해 너무 열변을 토하고 말았군.

프라이팬에는 딱 좋은 정도로 버섯에서 육수가 배어나와 있었다. 나는 버섯을 프라이팬의 한쪽으로 살짝 밀어두고, 버섯의 육즙이 얕은 웅덩이를 이루고 있는 프라이팬에 비장의 재료를 살짝 집어넣었다. 그리고 뜨거운 물에 데쳐 껍질을 벗긴 뒤 완전히 으스러뜨린 토마토를 추가한 뒤, 거기에

적포도주를 콸콸 쏟아 부었다. 이제 조미료와 냄새를 잡기 위한 허브를 넣으면, 한동안 푹 끓이는 일만 남았다.

"놀랐는걸. 이 가게는 요리에 그렇게나 여러모로 품을 들이는구나. 혹시 고급 요리도 취급하고 있는 건가?"

아르벨 씨가 눈을 동그랗게 뜨며 그렇게 물었다. 그 말을 들은 나는 무심코 웃고 말았다.

"그럴 리가요. 제 취미 같은 겁니다."

이 비장의 메뉴도 사실은 내가 저녁밥으로 먹을까 하고 생각했던 것이었으니까 말이다. 완전히 나만을 위한 요리였다. 미궁에서 향신료나 식재료가 산처럼 산출되는 덕분에, 이 도시의 식생활 수준은 현대인인 내가 불만을 갖지 않을 정도로 놀라우리만큼 높았다. 하지만, 그렇기 때문일까, 요리라는 기술은 별로 발전하지 않았다.

원래의 식재료가 좋기 때문에 창의, 궁리를 해서 어떻게든 맛있게 먹는다든가, 다른 것과 조합해서 먹는 방법을 바꿔본다든가, 그런 의식이 낮은 것일지도 몰랐다.

고기는 호쾌하게 조미료를 뿌려서 굽거나 푹 끓인다. 그것에 질리면 다른 조미료를 사용한다. 그런 느낌이었다. 애초에 모험가가 많은 도시이다 보니, 음식점에서 내놓는 음식은 간이 강하고 술에 잘 어울리며, 양이 많고 싼 것이 많았다. 수고를 많이 들여 만들어도, 그것을 바라는 사람이 적은 것이다. 요리 기술은 왕도에서 발전하고 있다고 소문으로 들은 적이 있었다. 그것은 왕도가 왕족이니 귀족이니 하는 특권 계층의 대다수가 사는 도시이기 때문이리라.

나는 때때로 비장의 재료를 뒤집으면서 바짝 졸아든 소스의 맛을 확인했다. 음, 딱 좋았다. 마무리로 벽돌처럼 커다란 치즈 덩어리를 얇게 저며 그 위에 올리고, 뚜껑을 덮은 뒤 잠시 그대로 두었다.

아르벨 씨는 커피를 완전히 다 마시고 요리가 완성되는 것을 좀이 쑤신다는 듯이 기다리고 있었다. 그런 아르벨 씨의 모습에 저절로 미소가 나왔다. 이미 바게트를 얇게 자른 것과 간단한 샐러드를 먼저 내놓았지만, 아르벨 씨는 그것에는 시선조차 주지 않고 프라이팬에서 피어오르는 김에만 집중하고 있었다.

나는 마술을 선보이는 마술사의 기분으로 뚜껑을 천천히 열었다. 프라이팬 안에 갇혀 있던 대량의 수증기와 응축된 향기가 작게 폭발을 일으킨 것처럼 피어올랐다. 토마토의 새콤달콤함과 푹 익은 고기, 버섯에서 흘러나온 감칠맛, 그 모든 것이 꽉꽉 채워진, 위장을 두들겨 대는 것 같은 맛있는 냄새가 가게 전체에 퍼졌다.

늘 앉는 자리에 앉아 있던 엘프 누님이 힐끗 이쪽을 쳐다보았다. 안쪽 자리에서 보석을 감정하고 있던 드워프 아저씨도 코를 킁킁 움직였다. 그리고, 노르토리는 자고 있었다.

나는 걸쭉하게 녹은 치즈의 노란색이 선명한 그것을 접시에 옮겨 담았다. 감칠맛이 응축된 소스도 함께 듬뿍 담았다.

접시를 손에 들자, 등줄기가 저절로 펴졌다. 맛있는 요리를 나르는 인간이 칠칠치 못하다면 분위기가 깨진다. 나는 살짝 점잖은 척하면서 아르벨 씨 앞에 접시를 내려놓았다.

"드세요. 토마토와 각종 버섯을 넣고 푹 찐 햄버그 스테이크입니다. 그 맛이 아주, 각별하답니다."

아르벨 씨는 아무 말도 하지 않고 눈앞에 놓인 햄버그 스테이크를 바라보았다. 그러다가, 이윽고 각오를 다진 것처럼 나이프와 포크를 손에 들고 고기를 자르기 위해 손을 뻗었다.

포크로 찌른 순간 도톰하게 부풀어 오른 햄버그 스테이크의 감촉과, 나이프를 밀어내는 고기의 탄력에 아르벨 씨는 놀란 것 같았다. 그녀는 한순간 손을 멈췄다가 한입 크기로 자른 덩어리를 입으로 가져갔다.

"……아아, 맛있어."

아르벨 씨가 작은 목소리로 그렇게 중얼거렸다.

그것을 끝으로 말은 없어지고, 아르벨 씨는 푹 찐 햄버그 스테이크를 계속 먹었다. 한 입, 한 입조차 소중히 여기는 것처럼 작게 잘라서 씹을 때마다 눈을 감고 맛을 보았다.

그 모습을 보는 것만으로 나는 매우 만족스러웠다.

누군가를 위해 요리를 만들고, 상대방이 그것을 맛있게 먹어주는 기쁨은 어떤 말로도 표현하기 어려울 정도였다. 나는 잠시 아르벨 씨의 입가에 떠오른 미소와 햄버그 스테이크를 먹는 모습을 바라보았다.

그 뒤, 나는 엘프 누님과 드워프 아저씨가 늘 먹는 점심메뉴 준비에 들어갔다. 이 두 사람도 이제는 완전히 단골이 되어서, 늘 같은 메뉴를 먹곤 했다.

엘프 누님은 특제 샐러드에 고기를 뺀 핫 샌드위치, 그리고 모둠과일. 드워프 아저씨는 매운 향신료를 듬뿍 뿌려 잘 구운 고기 요리. 노르토리는 아직도 쿨쿨 자고 있었다.

엘프 누님에게 특제 핫 샌드위치를 가져가자, 그녀는 시선만으로 아르벨 씨 쪽을 가리키며 저 요리는 없느냐고 물어왔다.

“저거, 고기예요.”

내가 그렇게 대답하자, 엘프 누님은 어깨를 늘어뜨리며 시무룩해졌다. 그녀는 고기를 먹지 못했던 것이다.

드워프 아저씨에게 잘 구운, 매콤한 고기 요리를 가져가자, 그는 코의 움직임으로 아르벨 씨 쪽을 가리키며 저 요리는 없느냐고 물어왔다.

“저거, 많이 부드러워요.”

내가 그렇게 대답하자, 드워프 아저씨는 괴롭다는 듯이 신음했다. 그는 씹는 맛이 있는 고기가 아니면 먹은 느낌이 들지 않는다고 호언하던 사람이었던 것이다.

내가 카운터로 돌아왔을 무렵, 아르벨 씨는 햄버그 스테이크를 다 먹어 가고 있었다. 빵도 샐러드도 이미 다 없어졌다.

"이렇게 부드럽고 맛이 진하면서 맛있는 고기는 처음이야."

아르벨 씨가 다 먹고 소스만 남은 접시를 아쉽다는 듯이 바라보며 마음속 깊은 곳에서 그렇게 생각하는 것처럼 말했다.

"그거 다행이네요."

나는 아르벨 씨 앞에 놓인 접시를 회수했다. 그러자 「앗!」 하고 애절한 목소리가 들려왔다. 물론, 버리는 것이 아니었다. 이 요리에는 또 한 가지 먹는 방법이 있었다.

나는 접시에 남은 소스를 다시 프라이팬에 넣고 끓였다. 소스가 보글보글 끓어오르자, 거기에 버터를 한 조각 던져 넣었다. 이 버터는 향이 상당히 강해서 햄버그 스테이크에 뿌리는 소스에 넣으면, 고기 본래의 맛이나 버섯의 섬세한 풍미를 방해했다. 하지만, 남은 소스를 주역으로 쓰는 데에는 안성맞춤이었다. 마지막으로, 미궁산 소금을 뿌려 맛을 조절한 뒤 다시 속이 깊은 접시에 담아 아르벨 씨 앞에 내놓았다. 그리고 바게뜨도 새롭게 잘라 내놓았다.

"바게뜨에 찍어서 드셔보세요. 이쪽도 맛있답니다."

"……!"

그것은 마치 소녀와도 같은 만면의 미소였다. 나는 그 미소에 반하고 말았다. 결혼반지를 마련해 놓지 않은 나 자신의 소홀한 사전준비를 후회했다. 생글생글 웃으며 식사를 하는, 행복해 보이는 아르벨 씨를 볼 수 있던 것만으로 내 저녁밥이 없어졌다는 사실조차 아무 문제로도 느껴지지 않았다.

밤이 깊어지면 우리 가게는 한산해졌다. 밤에는 도시 곳곳에서 주점이 문을 열고 모험가나 일을 끝내고 돌아가는 사람들로 떠들썩한 주연이 시작되기 때문이었다. 손님이 완전히 없어진 가게에서, 나는 뒷정리를 하고 있었다.

마지막 설거지를 마치자, 딱 적당한 시간이 되었다.

나는 냉장고에 남은 마지막 햄버그 반죽을 꺼내 요리를 만들 준비를 시작했다. 먹는 사람을 생각해, 이쪽은 좀 크게 만들어 두었다.

멀리 가게 밖에서 들려오는 떠들썩한 소리를 들으며 나는 재빨리 요리를 해나갔다.

프라이팬에 뚜껑을 닫고 고기를 익히고 있으려니, 도어벨이 울렸다. 그 소리에 문으로 시선을 주자, 예상했던 손님이 와 있었다.

"아, 리나리아. 어서 와."

"응. 지금 들어가도 돼?"

"물론이지."

학원교복 차림에 빨간 머리카락을 포니테일로 묶은 리나리아는 의자에 앉아 깊이 숨을 토해냈다. 지기 싫어하는 눈매도 약간 졸려 보이는 것이 피곤한 것 같았다.

"피곤한 것 같네."

"음. 시험이 가까워졌으니까. 밥을 다 먹으면 도서실에서 좀 더 공부를 해야 해."

"……부지런하구나."

"그래. 부지런해. 뭐 잘못됐어?"

리나리아가 생긋 미소를 지었기 때문에 나는 고개를 저었다. 그 미소는 박력이 넘쳤다. 시험 때문에 신경이 곤두서 있는 것이 틀림없었다.

보글보글 고기가 익어가는 소리를 들으며 나는 달달한 카페오레를 준비했다.

"자, 고생했어. 따뜻하니까 마음이 좀 차분해질 거야."

"고마워."

리나리아가 카페오레에 입김을 부는 소리, 고기가 익어가는 소리, 멀리서 들려오는 거리의 소음. 그것들에 가만히 귀를 기울이고 있자, 신기하게도 왠지 웃음이 나왔다.

"왜 그래? 갑자기 웃고."

리나리아가 의아하다는 듯이 말했다.

"왠지 그리운 느낌이 들어서."

"그리워? 뭐가?"

"아니. 아무것도 아니야."

눈썹을 찌푸리는 리나리아에게 미소를 지어보인 나는 푹 익은 햄버그 스테이크를 접시에 담았다.

그것을 리나리아의 앞에 내려놓자, 그녀가 미소를 지었다. 맛있는 음식은 언제나 사람의 마음을 평온하게 하고, 미소를 짓게 만들었다. 사람은 음식으로 이루어져 있는 것이다. 때문에 식생활의 균형이 깨지면 몸이 안 좋아지고, 맛없는 것을 먹으면 마음이 빈곤해졌다.

리나리아가 들어올 때와는 180도 달라져서 기분 좋게 식사를 하는 모습을 보며, 나는 샌드위치를 만들었다.

완성된 샌드위치를 도시락 통에 다 담았을 무렵에는 리나리아도 식사를 마쳤다.

"잘 먹었습니다. 맛있었어."

"리나리아. 이거."

나는 도시락 통을 천 주머니에 넣어 리나리아에게 내밀었다.

"야식으로라도 먹어."

"……너, 대체 어디의 주부인 거니?"

"엄마라고 불러도 돼."

"완전 싫어."

리나리아는 불쾌한 눈으로 나를 쳐다봤다. 아마도 여자의 자존심상 그럴 수는 없다고 생각하는 것이리라.

"그럼, 난 이만 갈게."

"그래. 열심히 해."

포니테일을 흔들면서 리나리아는 가게를 나섰다.

언제 다 먹었지? 샐러드도 빵도, 접시의 소스까지 모두 깨끗하게 없어져 있었다. 나는 접시를 회수해 재빨리 씻었다. 인적이 없어진 가게 안에서 문득 리나리아의 뒷모습이 뇌리에 떠올랐다.

5. 잠들지 못하는 밤에

우리 카페는 밤늦게까지 문을 연다.

이 세계 사람들의 생활은 그야말로 일찍 자고 일찍 일어나는 것이기 때문에, 밤 9시가 지나면 주점 이외에는 불이 켜진 가게가 적었다. 물론 큰길이나 환락가에 가면 휘황찬란하게 야시시한 불을 켠 가게들과 야한 차림을 한 수인 누님들을 볼 수 있다. 하지만, 그곳은 발을 들여놓기에는 배짱이 필요한 영역이었기 때문에 그다지 가까이 한 적은 없다.

그런 시간에도 영업을 하고 있는 『주점 이외의 뭔가』의 부류에 해당하는 우리 가게에는 단순한 흥미로 찾아오는 사람도 많았다. 주정뱅이라든가, 미궁에서 돌아가는 길의 모험가라든가, 종류는 다양했다. 그중에서도 특히 별난 부류에 들어가는 판타지 세계의 주민이 오늘은 카페에 앉아 있었다.

"좋은 향이다."

컵에서 피어오르는 김을 호쾌하게 들이마시며 파르바 씨가 말했다.

내가 두 손으로 들어야 하는 특대 머그컵도 파르바 씨가 드니 보통의 커피잔 같았다. 파르바 씨의 입은 컵 형태의 용기로 음료를 마시는 데 알맞지 않아서 처음에는 걱정했는데, 그것은 기우였다. 웬걸, 뜨거운 커피를 한 입에 털어 넣는 것이다.

목을 타고 흘러내리는 커피를 음미하는 것이리라. 파르바 씨는 얼굴을 천장으로 향한 채 늘 움직임을 멈추었다. 의자에 앉아 있을 때에도 나보다 덩치가 큰 몸이 턱 하니 그곳에 있는 것은 꽤나 압권이었다. 인간과는 다른, 말로는 표현할 수 없는 종족의 차이가 느껴지기 때문일지도 몰랐다. 두르고 있는 분위기부터가 달랐다.

무엇보다 이 사람, 용족이고 말이지. 얼굴도 용 그 자체이고, 등에도 커다란 날개가 달려 있었다.

새 커피를 끓이면서 나는 고개를 모로 꼬았다. 잘 생각해 보니, 이 상황은 조금 이상하지 않을까.

그게, 용족은 그거잖아. 왜, 사황이라고 불리는, 수많은 종족 중에서도 각별히 뛰어난 종의 하나잖아? 이야기에 따르면.

엄청 강하지만, 그 수가 압도적으로 적잖아? 이야기에 따르면.

화산의 고원이라든가, 비경의 벽지라든가, 사람이 찾아낼 수 없을 것 같은 곳에서 살잖아? 이야기에 따르면.

동화 같은 것에서는 용사가 용족을 찾아 대모험을 한 끝에 전설의 무기를 손에 넣잖아? 이야기에 따르면.

다시 말해, 엄청나게 희귀한 종족인 거잖아? 이야기를 종합하면.

나는 카운터 건너편의 거대한 그림자를 드리우는 칠흑의 거체를 바라보았다.

얼굴을 정면으로 되돌린 파르바 씨는 지성으로 가득 찬 온화한 눈으로 나를 바라보며 머그컵을 내밀었다.

"유우. 한 잔 더 다오. 이번에는 아까보다 조금 더 진하게 부탁한다. 쓴맛을 맛보고 싶어."

그 희귀한 용족이 내 눈앞에서 평범하게 커피를 마시고 있는데요. 게다가 단골 비슷하게 되어 가고 있는데요.

동화 속의 용사가 필사적으로 찾아 헤매는 상대가 평범하게 도시의 카페에서 커피를 마시고 있다. 용사로서는 수고를 덜게 되어 좋겠지만, 동화로서는 과연 어떨까.

용사는 카페에서 편안히 쉬고 있는 용족을 발견해 전설의 아이템을 받았습니다.

꿈이고 나발이고 개뿔 없지만, 원래 현실이란 그런 것인지도 몰랐다. 또 하나, 쓸쓸한 현실을 알게 된 나였다.

분명 사람은 이렇게 어른이 되어 가는 것이리라. 진화라든가 퇴화라고 말하기에는 너무 작은 변화일지도 모른다. 하지만, 확실히 우리는 이제 어린아이일 때 그리던 세계로는 돌아갈 수 없다. 성장이라는 단어를 얻은 대신, 우리는 무엇을 잃어버린 것일까.

보글보글 떠올랐다가 사라지는 거품과 함께 추출되는 커

피를 바라보면서, 나는 그런 생각을 했다. 사춘기에는 의미도 없이 이런 생각을 하지. 인생을 사는 법이라든가, 이 세상의 무상이라든가. 누구나 한 번은 지나가는 길임이 틀림없었다.

"최근, 가게 상황은 어떤가?"

"그럭저럭 돌아가고 있어요."

나는 머그컵에 새 커피를 따르며 대답했다. 파르바 씨의 목 언저리에서 우레와도 같은 소리가 들려왔다. 크게 찢어진 입이 일그러지면서 내 팔 따위는 가볍게 물어뜯을 수 있을 것 같을 정도로 날카로운 이빨이 보였다. 딱히 위협을 하고 있는 것이 아니라, 이래 봬도 웃고 있는 것이었다.

"그런가. 그럭저럭인가. 그거 잘 됐군."

철판과도 같은 둔탁한 광택을 지닌 팔이 움직이고, 날카로운 손톱이 섬세한 움직임으로 컵을 들어올렸다. 파르바 씨는 역시나 또 한 입에 커피를 다 들이켰다.

나는 또다시 새로운 커피를 한 잔 더 따랐다. 파르바 씨는 또다시 곧바로 컵을 들어, 이번에는 얼굴을 가까이 갖다 대고 향기를 즐겼다.

그 동작에서는 멋진 어른이 곧잘 지니고 있는 여유가 묻어나오고 있었다. 시간의 흐름을 무시하는 것도 아니었고, 시간에 쫓기는 것도 아니었다. 이 사람 주위의 시간은 느릿하게 흐르고 있는 것이리라. 파르바 씨가 있음으로써 이 가게에 흐르는 시간도 어딘가 느긋해진 것 같은 느낌이 들었다.

"나는 낮에 올 수는 없기에 잘 모른다만, 이 가게는 번성하고 있는 것이냐?"

문득, 가게를 둘러보며 파르바 씨가 그런 질문을 해 왔다.

"그쪽도 그럭저럭, 이네요."

"과연. 그럭저럭인가. 이 맛과 향을 알지 못하는 자가 아직 있다니 불행한 일이로다."

파르바 씨는 긴 얼굴과 목을 가로저었다. 파르바 씨는『초(超)』자가 붙을 정도의 커피 애호가였다.

누구에게나 좋아하는 것이 하나둘 정도는 있지만, 파르바 씨는 그것이 커피였다는 것 같았다. 어느 날 가게를 찾은 파르바 씨는 커피를 마신 순간, 카운터 위에 주먹만 한 보석을 꺼내놓고「제조법과 재료를 팔아 달라」라고 말했을 정도였다. 그러고 보니, 그 때에는 인간 모습이었군.

"아아…… 맛있다. 최근에는 이것을 마시지 않으면 컨디션이 나쁠 정도라서 말이지."

파르바 씨는 뜨거운 김이 피어오르는 커피를 물처럼 목안에 흘려 넣고는 황홀한 목소리를 흘렸다. 그와 함께 등뒤의 검은 날개가 부르르 떨렸다.

잠깐만. 이 사람, 커피중독 증상일지도 몰랐다. 곤란한걸. 금단증상이 나오기 시작하면 어쩌지? 금주법이 아니라, 금커피법이 생길지도 몰랐다. 그렇게 되면 지하로 숨어들어 커피를 팔자.

“어이쿠. 잊고 있었군. 오늘은 비용을 정산하러 왔지.”

내가 기대감에 살짝 가슴을 두근거리고 있으려니, 파르바 씨가 손가락으로 허공에 원을 그리며 그렇게 말했다. 파르바 씨의 손가락이 원을 완성시키자, 그곳에 검은 구멍이 뻥 뚫렸다. 파르바 씨는 망설임 없이 그곳에 팔을 찔러 넣고 부스럭부스럭 뭔가를 찾았다.

이미 몇 번이나 본 광경이었지만, 나는 여전히 익숙해지지가 않았다. 이것이 마법인 것이다. 과학이 발전한 세계에서 살던 내가 보기에는 「와아~」 하고 감탄이 나오는 것이었다.

파르바 씨의 팔이 허공의 구멍에서 나왔을 때에는 그 손에 커다란 회색 천주머니가 쥐어져 있었다. 그 주머니는 장보기를 마치고 돌아가는 주부처럼, 안에 든 내용물을 알 수 있을 정도로 빵빵하게 차 있었다.

“어제, 고스팡의 고기가 손에 들어와서 말이지. 마침 딱 좋아서 가져왔다. 이쪽에서는 진귀한 것이지?”

“진귀하다고 할까, 본 적도, 들은 적도 없습니다만.”

“그런 걸 진귀하다고 하는 것이다, 소년.”

파르바 씨가 천주머니를 카운터 위에 턱 내려놓으며 그렇게 말했다.

지당하신 말씀. 나는 고개를 끄덕였다.

천주머니를 열자, 정말로 장을 보고 돌아가는 것이 아닐까 싶을 정도로 다양한 것들이 들어 있었다. 아마도 이것이 고스팡의 고기인 것이리라. 쇠고기를 파랗게 물들인 것 같은 신기한 색의 고깃덩어리가 눈에 띄었다. 그리고, 사각형의 쿠키처럼 생긴 나무열매에 새빨간 약초. 이쪽에서는 좀처럼 손에 넣을 수 없는 향신료. 그 외에도 여러 가지가 들어 있었다.

"늘 감사해요. 귀중한 것들인데……."

그 어느 것도 이 도시에서조차 쉽게 손에 넣을 수 없었다.

"귀중하기는. 우리에게는 전혀 그렇지 않다. 마을 주변을 찾아보면 얼마든지 발견할 수 있으니까 말이다. 이 커피 쪽이 훨씬 더 귀중하고 근사하다."

파르바 씨는 로트 안에서 추출되고 있는 새 커피를 좀이 쑤신다는 듯이 바라보며 말했다. 그는 커피를 한 번에 대량으로 마시기 때문에 새 커피를 만드는 데 시간이 걸렸다. 이제나저제나 커피가 다 끓여지기를 기다리는 모습은 어딘가 어린아이 같은 느낌을 주어서, 나는 살짝 웃고 말았다.

이틈에 고기 같은 것은 냉장고에 넣어두자. 그렇게 생각한 나는 주머니를 들어 올리려고 주머니로 시선을 떨어뜨렸다. 그러자, 문득 주머니 안에서 뭔가가 반짝 하고 빛을 반사하는 것이 보였다. 나는 의아해하면서 주머니에 손을 넣고 대나무 잎 같은 것에 싸인 푸른 고기를 옆으로 치웠다.

빛을 반사한 것은 그 밑에 감춰진 커다란 원석이었다. 내

주먹보다 더 컸다. 시멘트와 같은 탁한 회색 덩어리의 틈새로 불타오르는 태양과도 같은 붉은색의 투명한 광채가 엿보였다. 그것을 집어든 나는 깜짝 놀랐다.

"파르바 씨, 이건 뭐죠?"

나는 무심코 그렇게 물었다.

사이폰을 물끄러미 바라보고 있던 파르바 씨가 눈길만 내게로 향했다.

"아아, 그것 말이냐? 이전에 우연히 발견해서 말이다. 잘은 모르겠지만, 피느가 가져가라고 해서 가져왔다. 우리에게는 단순한 돌이지만, 인간에게는 가치가 있지 않느냐. 좋을 대로 써라. 그나저나 유우여, 슬슬 다 되지 않았느냐. 빨리 새 커피를 다오."

파르바 씨가 너무나도 태연하게 그렇게 말했기 때문에, 나도 살짝 그러고 싶은 마음이 들었다. 그래? 그럼 받아둘까?

"아니, 그게 아니라, 이거 틀림없이 비쌀 거잖아요. 돌려드릴게요."

이 세계에서의 보석의 가치는 잘 알지 못하지만, 설마 애들 용돈으로 살 수 있는 것은 아니리라. 이 정도 크기의 원석쯤 된다면, 가격이 꽤 비싸질 것 같은 느낌이 들었다.

그러나 파르바 씨는 나를 내려다보며 고개를 갸웃거렸다.

"네게는 가치가 없는 것이냐?"

"아뇨. 그런 게 아니라……."

"그렇다면, 대체 무엇이 문제인 것이냐."

"그러니까, 이런 작은 카페에서 커피값 대신으로 하기에는 너무 비싸다구요."

"네게는 가치가 없다는 것이냐?"

"글쎄, 그게 아니고요. 좀 더 유용하게 활용하자는 거죠."

"대체 뭔가 문제인 것이냐."

"아, 틀렸어. 이 용, 말이 안 통해."

나는 카운터에 손을 짚고 고개를 떨궜다. 젠장. 가치관의 차이가 이렇게까지 성가실 줄이야.

"잘은 모르겠다만, 내가 다루고 싶은 것은 금전의 문제가 아니다. 커피는 근사하고 굉장한 것이다. 내가 사는 보람이라 해도 좋아. 이 한 잔이 있기 때문에 나는 마누라에게 턱짓으로 부려 먹히든, 잡일을 강요당하든 매일을 열심히 살 수 있는 것이다."

파르바 씨를 어떻게 설득해야 하나 머리를 쥐어짜고 있으려니, 나와 마찬가지로 고개를 모로 꼬고 있던 파르바 씨가 그렇게 입을 열었다.

용족은 여성이 강한 걸까…… 아니, 그게 아니라―.

"가치가 있는 것에는 가치가 있는 것으로 보답해야 하지 않은가. 그 돌은 우리에게는 아무 가치가 없는 것이다. 하지만 인간은 그것을 가치 있는 것으로 여긴다고 피느에게 들었다. 하여 가져온 것이다. 허나, 너는 그것을 받으려 하지 않는다. 그것은 가치가 없는 것이었느냐?"

파르바 씨가 나를 똑바로 응시했다. 그 시선에 나는 대답이 조금 궁해졌다. 분명 틀린 말은 아니었다. 나는 으으음, 하고 고개를 모로 꼬았다.

"가치는 있습니다. 오히려 가치가 너무 있어요. 가치가 있는 것에는 가치가 있는 것으로 보답해야 한다는 파르바 씨의 말씀처럼, 제게는 이 원석의 가치에 보답할 방법이 없습니다. 원석 쪽이 훨씬 가치가 있으니까요. 그러니까 받을 수 없다고 할까, 황송하다고 할까……."

"음. 그렇군."

내 말을 들은 파르바 씨는 잠시 침묵했다.

카운터 위에 놓인 원석을 보고 나는 조금 아깝다고 생각했다. 하지만, 이런 것을 쉽게 받았다가는 나중에 성가셔진다는 것이 내 지론이었다. 분수에 넘치는 것은 변변치 못한 일만을 불러들일 뿐이었다. 돈이나 지위, 처지 같은 불필요한 것이 따라붙지 않는 쪽이 마음 편하고 좋은 것이다.

"그렇다면, 그래. 미래에의 투자라고 해 두지 않겠는가."

"미래에의 투자요?"

파르바 씨의 말에 나는 무심코 그렇게 되물었다. 음. 내 질문에 파르바 씨는 고개를 끄덕이고는 말했다.

"나는 미래에의 투자라는 말을 믿는다. 그것은 내 아버지가 쓰신 말이기 때문이지."

파르바 씨는 먼 옛날을 떠올리듯이 얼굴을 들어 천장을 쳐다보았다.

"아주 오래 전, 내가 아직 어린아이였을 때의 일이다. 마을에 다섯 명의 이방인이 찾아왔다. 이 무렵, 언어는 신에 의해 갈라지고, 각 종족들은 서로 싸웠지. 그자들은 싸움을 멈추기 위해 여행을 하고 있다고 했다. 그것을 위해 우리 마을에 전해지는 신기(神器)를 빌리고 싶다고도 했지. 마을의 장로였던 아버지는 그 부탁을 한 번은 거절했으나, 한 인간이 아버지에게 말을 걸었다. 우리로서는 이해할 수 없는 언어였지."

갑작스러운 옛날이야기에 나는 조금 당황했다. 당황하면서도 나무주걱으로 로트 안에서 추출되는 커피를 저었다. 설령 한창 이야기하고 있는 중이라고 해도, 이것이 나의 일이었다.

"아버지가 말씀하시길, 그것은 신이 빼앗아 간 진정한 언어, 『신의 언어』로, 그것을 이해할 수 있는 자는 신의 사자임이 틀림없다고 하셨다. 뭐, 그것에 대해서는 차치하고, 교섭의 결과, 아버지는 그자들에게 가능성을 보셨다고 하며 우리에게 매우 가치가 있는 것이던 신기를 내주셨다. 그때, 아버지는 말씀하셨다. 이것은 미래에의 투자라고. 그리고 지금, 언어는 다시 하나가 되었고, 각 종족은 크게 싸우는 일도 없어졌다. 미래에의 투자는 옳았던 것이다."

"예……."

난데없는 웅장한 스토리에 나는 맥이 빠진 대답밖에 할 수 없었다. 다만, 알 수 있던 점도 있었다. 마치 신화와도 같은 그 이야기는 실화이며, 파르바 씨는 엄청 오래 살았다는 점이었다. 어느 시대의 이야기인 걸까, 그거.

내 대답을 듣고 파르바 씨는 말하고 싶었던 점이 제대로 전해지지 않았다고 생각한 모양이었다. 그는 그르르 하고 목을 울리더니, 크흠 하고 헛기침을 했다.

"다시 말해, 이 가게의 미래에 기대를 하고 있다는 것이다. 맛있는 커피의 가능성을 위해서라면, 나는 미래에의 투자를 주저하지 않을 것이다. 그리하니, 너 또한 사양 않고 받도록 하여라."

아니, 하지만……. 그렇게 입을 열려던 나는 파르바 씨의 눈을 보고 반론을 포기했다. 내가 무슨 말을 해도 소용없을 것 같은 눈이었다. 용족이란 매우 긍지 높은 종족이라고 하니, 한번 내놓은 물건을 다시 돌려받는 일은 할 수 없는 것일지도 몰랐다. 자신만의 고집을 갖고 있는 것일까.

한숨을 쉰 나는 원석을 받기로 했다. 분에 넘치는 것은 알고 있었지만, 받지 않고는 이야기가 진전되지 않으리라는 것도 잘 이해하고 있었다.

"음."

머리를 감싸 쥐고 고민하는 나를 보며 파르바 씨는 만족스럽다는 듯이 고개를 끄덕였다.

"헌데, 유우여. 빨리 새 커피를 주지 않겠나. 나는 더 기다릴 수 없을 것 같다."

파르바 씨가 날개를 들썩거리면서 말했다.

나는 추출이 끝난 커피를 컵에 따라 내주었다. 파르바 씨는 그것을 단번에 마셨다. 그리고 또 새 커피를 요구하고, 내가 사이폰으로 커피를 추출하는 사이, 몸을 들썩거리며 재촉을 했다. 그렇게 나는 커피를 여러 번 더 끓이게 되었다. 늘 있는 일이었다.

열심히 추출한 커피를 몇 초 만에 다 마셔버리는 것은 가슴이 아팠지만, 나는 그에 지지 않고자 계속해서 커피를 끓였다.

그렇게, 이제 몇 잔째였는지 세는 일마저도 그만둔 무렵이었다.

파르바 씨가 갑자기 문 쪽을 쳐다보았다. 내가 그 시선을 따라가는 것보다도 먼저, 검은 어둠이 파르바 씨의 몸을 뒤덮었다. 마치 지면에서 솟아오른 무수한 검은 띠가 휘감는 것 같은 신기한 광경이었다.

그리고 다음 순간, 그곳에는 덩치가 좋은 남성이 앉아 있었다. 놀랄 정도로 체격이 좋았지만, 틀림없는 인간이었다. 짧은 검은머리에 이목구비가 뚜렷한 얼굴. 내가 처음 만났을 때의, 인간으로서의 파르바 씨였다.

그 순간적인 변화에 나는 입을 다물지 못했다. 잠시 그러고 있으려니, 도어벨이 울렸다. 손님이었다.

"아직 영업하고 있으려나?"

백은색 머리카락을 휘날리며 들어온 것은 장신의 미인, 아르벨 씨였다. 푸른색 계통으로 통일된 복장은 무척 경쾌해서, 평소보다 더 부드러운 분위기가 느껴졌다.

"예. 괜찮아요. 들어오세요."

내가 고개를 끄덕이자, 아르벨 씨는 안도한 표정으로 가게 안으로 들어왔다. 사복 차림이었지만, 허리에는 빈틈없이 검을 늘어뜨리고 있었다. 역시 모험가는 무기를 손에서 놓을 수 없는 것일까.

아르벨 씨는 이쪽으로 걸어오면서 카운터석에 앉은 파르바 씨에게 시선을 주었다. 공기가 차갑게 식는 느낌이 들었다.

"실례."

아르벨 씨는 파르바 씨에게서 한 자리 떨어진 곳에 앉았다. 그런데 그 표정도, 어조도 방금 전보다 어딘지 딱딱했다. 마치, 그래. 파르바 씨를 경계하는 것 같았다. 파르바 씨도 아르벨 씨를 힐끗 보았지만, 이내 관심 없다는 듯 커피를 마셨다.

"커피면 될까요?"

나는 일부러 평소보다 밝은 목소리로 그렇게 물었다. 그러자 아르벨 씨는 퍼뜩 제정신을 차린 것처럼 나를 보았다.

“아아, 그래. 부탁해.”

커피란 단어에 반응한 것일까. 파르바 씨가 움찔 하고 한 쪽 눈썹을 치켜 올렸다.

“당신도 커피를 마시는 건가?”

파르바 씨가 시선만 움직여 아르벨 씨에게 그렇게 물었다. 그러자 아르벨 씨도 역시 시선만 그에게 향한 채 고개를 끄덕였다.

“커피는 내 혈액과도 같은 것이어서 말이죠.”

아르벨 씨의 농담 어린 말에 파르바 씨가 코웃음을 쳤다. 농담에 대한 호의적인 웃음이라기보다는 비웃음에 가까운 웃음이었다.

“……내 말이, 이상한가요?”

“아니. 꽤나 멋을 부린 말이라고 생각한 것뿐이다. 혈액이라니, 꽤 거창하군.”

꿈틀. 아르벨 씨의 관자놀이가 실룩대는 것을 나는 분명히 본 것 같았다.

“자랑은 아니지만, 나만큼 커피를 많이 마시는 사람은 별로 없을 겁니다. 그렇지? 마스터.”

아르벨 씨의 시선에 나는 어색하게 고개를 끄덕이는 수밖에 없었다. 뭐냐. 왜 갑자기 이 두 사람 사이에 긴장된 분위기가 감도는 거냐. 두 사람은 초면일 터인데.

“그런 시시한 논리로 사물을 판단하니 인간은 좁은 식견

밖에 갖지 못하는 것이다. 정말 재미있군. 어떤가, 마스터. 나보다 잘 마시는 자가 있는가?"

파르바 씨의 여유에 넘치는 시선을 받고 나는 고개를 저었다. 파르바 씨, 당신은 커피를 특대 머그컵으로 마시는 사람이잖아요. 당신보다 많이 마시는 사람 따위 없을뿐더러, 애초에 마시는 양 자체가 틀리다고요.

물론, 그렇게 말을 할 수 있을 리가 없었기 때문에 나는 입을 다물었다. 그러자, 그것을 어떻게 받아들인 것인지 아르벨 씨가 카운터 위에 올린 손을 주먹 쥐고 미간에 주름을 잡았다.

"나는 일주일에 최소한 이틀, 그 외에도 시간이 있으면 그 때마다 이곳을 찾는데, 당신은 처음 보는군요. 이곳에는 어느 정도의 빈도로 오시는지?"

이번에는 파르바 씨의 코가 움찔 하고 움직였다.

"……그렇군. 날이 열 번을 지날 때마다, 일까."

"이런. 그런가요. 그것 참 괴롭겠군요. 열흘이나 커피를 마시지 못한다면, 나라면 무척 고통스러울 겁니다. 도저히 참을 수가 없겠지."

아르벨 씨는 턱을 치켜들고 마치 새로운 장난감을 자랑하는 것 같은 오만함을 내보이면서 천천히 말했다.

이건 대체 무슨 경쟁이냐…….

나는 그 가시 돋친 대화에 끼어들 배짱이 없어서 잠자코 아르벨 씨를 위한 커피를 준비했다. 플라스크에서 잔에 옮겨 담은 그것을 아르벨 씨 앞에 내놓자, 그녀는 곧바로 잔을 들어 우아하다고밖에 말할 수 없는 동작으로 입에 갖다 댔다.

"맛있어. 역시 이 맛이야."

"흥. 커피의 향을 즐기지도 않고 곧바로 입에 갖다 대다니, 풍류가 없는 인간이로군."

"나는 입 안에 머금은 그 순간에 코로 빠져나가는 풍미를 좋아합니다. 마물도 아니고, 공기와 뒤섞인 흐릿한 향에 만족스러워하는 그런 인간은 되고 싶지 않군요."

"호오…… 말 한번 잘하는군."

"그쪽이야말로."

두 사람은 커피를 손에 들고 서로를 노려보았다. 양쪽 모두 틀림없이 미소를 띠고 있었으나 눈만큼은 매서웠다.

견원지간이라는 말이 있듯이, 아무리 해도 궁합이 나쁜 조합이라는 것이 있었다. 특히, 이유도 없이 묘하게 신경이 곤두선다든지, 결코 친해질 수가 없는 상대가 그런 경우였다. 설마 이런 곳에서 그런 조합을 보게 될 줄은 생각도 하지 못했다.

한쪽은 2미터를 넘는 장신에 우락부락한 얼굴을 하고 있으나 사실은 용족인 파르바 씨. 또 한쪽은 마치 모델처럼 늘씬하면서 차가운 미모를 자랑하는 누님, 아르벨 씨.

두 사람은 마치 초등학생들의 다툼 수준의 싸움을 하고

있었다. 그 모습을 보고 있자니, 쓴웃음보다 차라리 한숨이 나올 것 같았다.

"유우. 한 잔 더 줄 수 있겠는가."

파르바 씨가 잔에 남은 커피를 다 마시고 내게 말했다.

"나도 부탁해."

거의 방금 끓여서 내놓은 참이었는데도 아르벨 씨 역시 자신의 커피를 다 마시고 내게 말했다.

그리고, 두 사람은 시선을 마주치고는 찌릿찌릿하고 눈에 보이지 않는 불꽃을 튀겼다. 나는 뭐라고 한마디 해야 할지, 잠자코 있어야 할지 고민이 되었다. 하지만 손님들 사이의 일에 그렇게까지 참견하는 것도 이상한 것 같아서, 결국 아무 말도 하지 않기로 했다.

나는 플라스크의 한계 용량에 가깝게 뜨거운 물을 넣고 두 사람 몫의 커피를 한꺼번에 끓일 준비를 했다. 어차피 이 두 사람, 앞으로도 한참 더 마실 것 같다는 예감이 들었다.

"역시 이 가게는 좋군. 언제 와도 차분해지는 것 같아. ……오늘은 좀 다른 것 같지만."

문득 아르벨 씨가 진지하게 그런 말을 늘어놓았다. 그 말에 공기가 긴장되었다.

"아아, 그 말에는 나도 동감이다."

파르바 씨가 팔짱을 끼며 고개를 주억거렸다.

"밤에 이 가게를 찾아와 마스터와 대화를 주고받으며 맛있는 커피를 마신다. 그 시간이 얼마나 근사한지는 쉽게 이야기할 수 없을 정도다. ……오늘은 좀 다른 것 같지만."

어라? 뭐지……. 왠지 배 주변이 아픈걸……. 어제 뭘 잘못 먹었나.

나는 커피가 보글보글 추출되는 것에만 주목하고자 집중했지만, 눈앞에서 벌어지는 광경은 싫어도 눈에 들어왔다. 두 사람이 서로를 바라보며 활짝 웃고 있는 광경이 말이다. 참고로 이 상황에서의 『활짝』이라는 것은 『육식동물이 위협하듯이』라는 의미였다.

나는 그쪽에는 되도록 신경을 쓰지 않으려고 애쓰면서 커피를 잔에 따라 두 사람에게 내밀었다. 파르바 씨는 우선 향기를 즐기고, 아르벨 씨는 첫 한 모금을 머금었다.

"가슴 깊은 곳에까지 번지는 이 구수한 향기, 멋지다."

"입안에서 코로 빠져나가는 이 깊이 있는 풍미, 최고다."

그리고, 두 사람은 서로 시선을 주고받으며 웃었다. 그 미소는 아주 근사했지만, 눈만은 전혀 웃고 있지 않았다. 이상하네. 여기서는 커피를 좋아하는 사람들끼리 의기투합해서 불타올라야 하지 않을까.

"저기, 두 분 모두 왜 그렇게 서로 경쟁하고 있는 거죠?"

나는 참지 못하고 결국 그렇게 묻고 말았다. 그 질문에 파르바 씨와 아르벨 씨의 시선이 내게 날아와 박혔다.

"경쟁 같은 것은 하지 않고 있다. 그렇군. 말하자면 장난을 쳐 오는 어린아이를 달래고 있는 것이다."

"경쟁 같은 건 하고 있지 않아. 굳이 말하자면 제멋대로인 어린아이와 놀아주고 있는 것뿐이야."

두 사람이 거의 동시에 그런 말을 하는 통에 나는 관자놀이를 손가락으로 눌렀다. 머리가 아파왔다. 뭐냐, 이 두 사람…….

그 사이에도 두 사람은 계속 벌컥벌컥 커피를 들이켜며 내게 새 커피를 요구했다. 명백히 서로를 의식하고 있는 것이 틀림없었다.

"나만큼 커피를 사랑하는 자는 없을 것이다."

"나만큼 커피를 즐기는 사람은 없을 거야."

서로 그렇게 말하면서 커피를 벌컥벌컥 마셔대니, 이제 좀 참아줬으면 했다. 차례로 새 커피를 요구하는 통에 나는 끊임없이 커피를 준비해야 하는 신세가 되었다. 커피콩을 갈고, 뜨거운 물을 끓이고, 플라스크에 묻은 물기를 닦았다.

드립 방식이면 몰라도, 사이폰으로 커피를 추출하는 일은 수고가 많이 들었다. 그나마도 이것 한 대밖에 없어서 시간도 오래 걸렸다. 커피 한 잔을 만들어도 추출 시간이나 뜨거운 물의 온도 등 신경을 써야 하는 일이 많았다. 그러나, 그렇게 끓인 커피는, 대단히 음미되는 일도 없이 소비되고 있었다.

벌써 몇 잔째인지 모를 정도로 커피를 따르는 사이, 나는 슬슬 화를 내도 괜찮지 않을까 하는 마음이 들기 시작했다.

하지만 이 두 사람, 내가 화를 낸다고 그것을 계기로 사이가 좋아질까. 아니, 좋아질 리가 없었다. 그렇다면 뭔가 교묘하게 결판을 내게 만들 수 없을까.

그렇게 생각하고 있는 참에 또다시 도어벨이 울렸다. 이번에 들어온 사람은 리나리아였다.

리나리아는 카운터석에 앉은 거구와 미인을 보고 눈을 동그랗게 떴다. 그러더니 내게 가볍게 손을 올리는 것으로 인사를 대신하고는 재빨리 테이블석으로 향하려고 했다.

마침 좋을 때 와 주었다. 리나리아가 와 준 덕분에 좋은 생각이 떠오른 나는 리나리아를 손으로 불렀다.

그러나 리나리아는 고개를 저었다. 젠장. 감이 좋군…….

그래도 나는 포기하지 않고 몇 번이나 손짓을 했다. 끝내는 두 손을 마주하면서 사정사정을 하자, 겨우 리나리아가 이쪽으로 와 주었다.

그것에 한시름 놓은 나는, 이제는 서로 노려보고 있다고 해도 과언이 아닌 파르바 씨와 아르벨 씨에게로 돌아섰다.

"아르벨 씨, 파르바 씨. 서로에게 시비 거는 것처럼 언쟁을 벌이는 건 이제 그만 둬 주시면 안 될까요?"

"시비를 걸다니."

"그렇지 않아."

왜 거기서는 호흡이 맞는 것일까. 나는 그렇게 추궁하고 싶었지만 일단 꾹 참았다.

"그럼, 하지 않는다는 걸로 해 두죠. 하지만 맛이나 향도 제대로 음미하지 않고 경쟁하기 위해서만 마시는 사람들에게 이 이상 커피를 드리는 것은 사양하고 싶습니다."

내 말에 두 사람은 겸연쩍은 얼굴을 했다. 서로 경쟁하고 있던 것은 인정하는 모양이었다.

나는 팔짱을 끼고 두 사람에게 당당하게 말했다.

"무슨 일이 있어도 우열을 가리고 싶다면, 테이스팅 승부를 하지 않으실래요?"

"테이스팅?"

파르바 씨와 아르벨 씨가 의아한 얼굴을 했다. 그런 두 사람에게 나는 설명을 했다.

"지금부터 두 종류의 커피를 끓일 겁니다. 그것을 마신 후 비교해서 어느 쪽이 더 좋은 콩을 썼는지 맞추는 거예요."

"과연. 맛의 차이를 아는지 어떤지 시험하는 것인가."

파르바 씨의 말에 나는 고개를 끄덕였다.

"알기 쉬워서 좋죠?"

"그래. 좋아. 나는 불만이 없어. 무엇보다 이 덩치만 큰 사내가 맛의 차이를 알 수 있을지 모르겠지만."

"자신이 없는 자일수록 말이 많은 법이지."

어허, 어허. 왜 그렇게 곧바로 말다툼을 하는 걸까, 참나.

그때, 카운터 옆에서 무료하다는 듯이 서 있던 리나리아가 나를 노려보았다.

"나를 끌어들이지 말아줬으면 하는데."

"미안, 미안. 조금만 도와주지 않을래?"

"도와주다니, 뭘. 난 여기 위험해 보이는 두 사람을 상대로는 아무것도 할 수 없어."

리나리아는 힐끗 두 사람에게 시선을 준 뒤, 진심으로 싫다는 얼굴로 내게 말했다.

"그런 얼굴 하지 말라니까. 조금도 위험하지 않아. 다 좋은 사람들이야. 다만, 지금은 그게, 좀 거시기한 상태지만."

리나리아는 깊게 한숨을 쉬고는 어깨를 늘어뜨렸다. 뒤에서 하나로 올려 묶은, 석양과도 같은 선명한 붉은색 머리카락이 사락 하고 어깨에서 흘러내렸다.

"조금만이야. 이상한 일이라면 협력하지 않을 거야."

"고마워. 덕분에 살았어."

역시 가져야 할 것은 친구였다. 나는 리나리아에게 의자에 앉아서 잠시 기다려 달라고 한 뒤, 준비에 착수했다.

자, 여기서부터는 조금 집중을 해야 했다.

그렇다고는 해도, 하는 일 자체는 평소와 크게 다르지 않았다. 카페 마스터로서의 내 일, 즉, 맛있는 커피를 끓이는 것뿐이었다. 뭔가 특별한 작업을 하는 일도 없이 추출이 끝난 첫 번째 커피를 잔에 담았다. 다만, 이번에는 잔이 세 개였고, 그것을 세 사람 앞에 놓았다.

아르벨 씨와 파르바 씨는 방금 전보다도 신중하게 커피를 마셨다. 향을 맡거나 눈을 감고 맛에 집중을 하는 등, 맛을 비교해 본다는 것을 제대로 이해하고 있는 듯 했다.

그리고, 리나리아는 물론 떨떠름한 얼굴을 했다. 너무나도 노골적으로 싫다는 얼굴을 했기 때문에 나는 웃음을 억누를 수가 없었다.

"왜 내 몫까지 있는 거야."

"그게 부탁이니까. 리나리아도 마시고 맛을 비교해 줬으면 해."

리나리아는 고개를 저었다.

"내가 커피 맛의 좋고 나쁨을 알 수 있을 리 없잖아."

"생각한 점을 그대로 말해주는 것만으로도 돼. 게다가, 봐. 딱 한 입 마실 만큼밖에 안 담았어."

나는 잠시 동안 물끄러미 리나리아를 쳐다보았다. 그러자, 리나리아는 곧 한숨과 함께 고개를 끄덕여 주었다.

다행이다. 이걸로 안심하고 두 번째 커피를 끓일 수 있겠어.

세 사람이 커피를 마시는 동안, 나는 평소보다 신중하게 두 번째 커피를 준비했다. 그리고 그것을 첫 번째와 똑같이 세 사람에게 제공했다. 파르바 씨와 아르벨 씨는 두 잔을 번갈아 마시며 맛을 비교해 보고는 팔짱을 끼며 응응 하고 고개를 주억거렸다.

"어떤가요?"

나는 세 사람의 모습을 바라보다가 적당한 때를 노려 우선 파르바 씨에게 감상을 물었다.

"첫 번째는 맛이 개운했다. 쓴맛이 약하고 신맛이 강하게 느껴졌다. 두 번째 잔은 쓴맛이 강했다. 커피 향도 확실했고……. 그걸 보면 두 번째 쪽이 더 좋은 콩을 쓴 것이 틀림없겠지."

과연. 나는 고개를 끄덕이고는 아르벨 씨에게로 돌아섰다.

"아르벨 씨는 어떻게 생각하시나요?"

"두 번째 잔은 쓴맛이 너무 강한 것 같아. 마셨을 때 느껴지는 쓴맛 때문에 코를 빠져나가는 풍미가 방해를 받았어. 그것과 비교해 첫 번째 잔은 적당히 억제된 쓴맛 뒤에 산뜻한 향기가 느껴졌지. 나는 첫 번째 잔이 더 좋은 콩을 썼다고 생각해."

그렇게 말을 마친 아르벨 씨는 파르바 씨와 호전적인 시선을 주고받았다. 예상한 대로, 두 사람의 의견은 완전히 대립했다.

그때 문득 두 사람이 동시에 나를 쳐다보며 입을 열었다.

"그런데, 유우여. 이 두 번째 잔은 늘 내가 마시는 커피이지?"

"마스터. 이 첫 번째 잔은 늘 내가 마시는 커피 맞지?"

그렇게 말한 두 사람은 또다시 얼굴을 마주보았다. 이쯤 되면 오히려 역으로 상성이 엄청 좋은 것이 아닐까, 하는 생각마저 들었다.

나는 두 사람의 의견에는 대답하지 않고 리나리아 쪽으로 몸을 돌렸다.

"그래서, 리나리아는 어떻게 생각해?"

아르벨 씨도, 파르바 씨도 리나리아를 응시했다. 갑자기 대화에 참가하게 된 리나리아에게 의문을 품기보다, 그녀가 내놓을 의견 쪽에 더 흥미를 느낀 모양이었다. 설명할 수고를 덜게 된 것은 기쁜 일이었지만, 왜 그 뛰어난 적응력으로 서로 사이좋게 지내주지 못하는 것일까.

리나리아는 나와 두 사람을 번갈아 쳐다보면서 잠시 망설였다. 하지만 곧 작게 중얼거렸다.

"둘 다 똑같은 거 아냐?"

그 말이 끝나기 무섭게, 아르벨 씨도 파르바 씨도 어이가 없다는 얼굴을 했다. 「이런 명확한 차이를 모르다니, 이래서 초보는 곤란해」라고 말하고 싶은 것 같은 얼굴이었다. 그래서 나는 리나리아에게 미소를 지어보이며 말했다.

"정답."

그 순간의 파르바 씨와 아르벨 씨의 표정이 압권이었다. 가능하다면 사진으로 남겨놓고 싶을 정도였다. 그야말로 어안이 벙벙하다는 표현이 딱 어울리는 두 사람의 얼굴은 약간 얼빠져 보이면서도 사랑스러웠다.

"설마, 그럴 리가. 이렇게 맛이 다른데…… 아니, 애초에 그래서는 비교가 되지 않잖아? 똑같은 콩이라면."

아르벨 씨는 당황한 것 같은 기색이었다. 나는 그런 그녀에게 생긋 웃어 보였다.

"자주 쓰이는 낚시문제예요. 하지만, 이 정도는 꿰뚫어 봐줬으면 했어요. 실제로, 여기 이렇게 정답을 맞힌 아이가 있으니까."

그러면서 나는 리나리아를 가리켜 보였다. 그러자 아르벨 씨는「큭……!」하고 이를 악물었다.

"한 방 먹었군. 설마 같은 콩이었다니."

파르바 씨는 팔짱을 낀 채 무뚝뚝한 얼굴로 턱을 당겼다.

"허나, 유우여. 그렇다면 가르쳐 주지 않겠는가. 왜 이리도 맛이 다른 것이냐. 내게는 다른 커피로밖에 생각되지 않는다. 내가 늘 마시는 커피와 이 첫 번째 커피가 같은 것에서 나왔다는 것이 믿기지 않아."

그 질문에 나는 고개를 끄덕였다.

"양쪽 모두 틀림없이 같은 콩을 사용했답니다."

"그렇지만 맛이 달라."

아르벨 씨도 진지한 눈으로 나를 쳐다보았다.

나는 허리에 두 손을 얹고 카페 마스터로서의 작은 기업비밀을 밝히기로 했다.

"커피를 끓일 때 뜨거운 물의 온도를 다르게 했기 때문입니다."

"뜨거운 물의 온도?"

의아해하는 아르벨 씨와 파르바 씨의 마음을 대변한 것은 조금 떨어진 자리에 앉아있던 리나리아였다. 적절한 타이밍에 들어온 장단에 나는 기분 좋게 해설을 했다.

"커피라는 건 엄청 섬세합니다. 설령 같은 콩을 쓴다고 해도 추출할 때의 온도가 달라지는 것만으로도 맛과 향이 달라지죠."

"뭐……라……."

파르바 씨가 신음하듯이 중얼거렸다.

"그렇다면 평소 나와 이 남자가 마시는 커피는 똑같은 콩을 쓴 것이란 말이야? 같은 콩에서 만들어진 것인데 서로 다른 맛을 즐기고 있었다고?"

아르벨 씨가 얼굴에서 식은땀을 흘리면서 갈라진 목소리를 냈다.

"그 말대로입니다. 아르벨 씨는 쓴맛과 감칠맛보다는 신맛에 따른 산뜻한 풍미를 즐기는 분이니까, 평소에는 저온에서 추출하고 있습니다. 반대로 파르바 씨는 신맛보다도 강한 감칠맛과 쓴맛을 좋아하시니까 고온에서 추출하고 있고요."

"손님에 맞춰서 일일이 온도를 바꾸는 거야?"

리나리아가 기가 차다는 듯이 중얼거렸다. 그 말에 나는 가슴을 펴며 대답했다.

"물론이지."

어쨌든 단골이었다. 그쯤이면 맛의 취향도 알 수 있었다. 파르바 씨와 아르벨 씨는 두 사람 모두 깜짝 놀란 얼굴을 했다. 겨우 커피라는 세계의 심오함을 알아차린 것 같았다.

"나는, 스스로가 부끄러워."

아르벨 씨가 말했다.

"정말로 시야가 좁았어. 커피라는 것은 한 종류뿐이며, 그것이 내 취향에 딱 맞는, 나를 위한 음료라고 생각하고 있었어."

"동감이다. 나 역시 그렇게 생각하고 있었다. 허나, 그런가……. 나를 위해 조정돼 있던 것인가. 확실히 돌이켜 보면, 처음 마셨을 때의 커피는 첫 번째처럼 강렬한 맛은 느껴지지 않았던 것 같다."

"우리는 아직 한참 미숙했던 것 같군요."

"아아."

아르벨 씨와 파르바 씨는 서로의 얼굴을 마주보았다. 그 모습에 나는 고개를 주억거렸다. 그래, 이걸로 된 거다. 커피로 싸울 필요는 없었다. 커피는 모든 것을 포용했다. 커피는 세계를 구하는 것이다.

그때, 아르벨 씨와 파르바 씨가 퍼뜩 생각이 났다는 표정으로 리나리아를 쳐다보았다.

"그런데, 어떻게 이 아이는 정답을 맞힌 거지?"

"아, 어, 저기……."

물끄러미 응시하는 두 사람의 시선에 리나리아는 말을 잇지 못했다. 나는 후우 하고 한숨을 내쉰 뒤, 진심으로 어처구니가 없다고 말하는 것처럼 천천히 고개를 좌우로 저어보이기까지 했다.

"그런 간단한 것도 모르시는 건가요?"

"뭐라?"

파르바 씨가 미간을 찌푸렸다.

"저는 커피 맛이나 끓이는 방법에서 시행착오를 거듭할 때면 그녀에게 맛을 봐 달라고 부탁하곤 합니다. 그녀는, 그래요. 말하자면 커피 마스터예요."

아르벨 씨와 파르바 씨의 얼굴이 경악으로 물들었다. 두 사람은 눈을 크게 뜬 채 입을 딱 벌렸다.

한편 리나리아는 나를 보고 이 녀석, 무슨 소리를 하는 거야, 하고 기막혀 하고 있었다.

그러나, 이미 커피의 깊은 경지에 발을 들여놓은 아르벨 씨와 파르바 씨는 놀랄 정도로 쉽게 이 상황에 적응했다. 두 사람은 그 자리에서 바로 앉은 자세를 고치더니 리나리아에게 고개를 숙였다.

"부디."

"스승님이라고 부를 수 있게 해주길 바란다."

"절대로 싫어요."

사이좋은 모습은 아름답구나. 나는 몇 번이나 힘차게 고개를 끄덕였다.

비밀은 공개하자면 간단한 것인데, 사실 이런 방식의 비교는 이전에 리나리아에게 부탁해서 해본 적이 있었다. 같은 콩이라도 이렇게나 맛이 달라진다는 연구와 경험을 통해 얻은 지식을 리나리아는 한 귀로 듣고 한 귀로 흘렸고, 커피의 맛도 잘 알지 못한다고 말했다. 그런데 그것이 설마 이런 형태로 도움이 되는 날이 올 줄은 생각도 하지 못했다.

얼마 지나지 않아 아르벨 씨와 파르바 씨는 어깨를 나란히 하고 커피에 대해 뜨겁게 토론을 하며 가게를 떠났다. 아르벨 씨는 내일도 일이 있다고 했고, 파르바 씨는 통금시간이 엄격하다고 했다. 시간 맞춰 돌아가지 않으면 부인이 무서운 모양이었다.

두 사람이 가버리자, 가게 안에는 나와 리나리아만이 남게 되었다. 슬슬 가게 문을 닫을 시간이기도 했다.

"정말 언제 와도 이상한 사람들밖에 없구나, 이 가게."

리나리아가 카운터 위에 팔꿈치를 세우고 턱을 괸 채 진지하게 그렇게 말했다.

"그렇게 따지면 리나리아도 똑같이 이상한 사람이라는 거네."

"그만해 줄래?"

리나리아가 생긋 웃는 얼굴로 협박을 해 왔다. 나는 두 손을 들고 항복했다.

"그건 그렇다 치고, 오늘은 어떻게 된 거야? 꽤 늦은 시간인데."

리나리아는 마술학원의 기숙사에서 살고 있을 터였다. 기숙사라면 통금시간도 있을 텐데.

"오늘은 좀 그럴 일이 있어서. 외출허가를 받았으니까 괜잖아."

우리의 대화는 거기서 끊어졌다. 가게 안은 잠시 정적에 휩싸였다.

나는 쌓이고 쌓인 설거지거리를 씻고, 물기를 닦아 식기선반에 정리했다. 그 동안, 리나리아는 어딘지 안절부절못하는 기색으로 카페오레가 담긴 머그컵을 손가락으로 찌르거나, 가장자리를 매만지고 있었다.

"후우."

문득 크게 한숨을 내쉬며 리나리아가 고개를 들었다.

"있지, 다음 주에 시간 있어?"

"다음 주? 가게는 열 건데."

"아니, 그게 아니라, 어, 음……."

리나리아는 쉽게 말을 잇지 못했다. 늘 거리낌 없이 말을 하는 리나리아로서는 보기 드문 일이었다. 오른손을 이마에 댄 채 우물우물 말을 찾는가 싶더니, 곧 기세 좋게 나를 쳐다보았다.

"성탄제 때 예정이 있느냐고 묻는 거야!"

리나리아의 눈꼬리가 살짝 치켜 올라간 눈이 나를 똑바로 쏘아보았다. 뺨이 발갛게 물들어 있는 것을 보건대, 상당한 결의와 용기를 갖고 한 발언 같았다. 나는 조금 면목이 없어졌다.

"미안. 성탄제가 뭐야?"

"뭐?"

내 질문에 리나리아는 입을 딱 벌렸다. 믿을 수 없는 것을 본 것처럼 눈을 동그랗게 떴다. 그런 미확인생물을 발견한 것 같은 얼굴은 하지 말아 줬으면 좋겠는데.

"성탄제를 몰라? 성탄제야, 그 성탄제."

"어떤 성탄제인지는 모르겠지만, 아마도 모를 거야."

"성 엘레미느의 성탄제라고. 도시 전체에서 준비 중이잖아?"

그 말을 듣고 나는 고개를 갸우뚱했다.

"그래?"

"그래! 왜, 길 여기저기에 끈으로 만든 장식이 걸려 있고, 포장마차도 평소보다 많이 나와 있잖아. 도시 밖에서 오는 사람들도 많고!"

리나리아는 예를 몇 개 들어 주었다. 하지만 그 어느 것도 내게는 확 와 닿지 않았다.

"미안. 밖에는 별로 안 나가서."

"……그럴 수가."

완전히 이상한 것이라도 보는 것 같은 눈이었다. 그런 눈으로 나를 보지 마.

"안 나가는 거야? 가게 밖으로?"

"별로 안 나가."

"가게에서 쓰는 식자재들은 어떻게 하고 있어?"

"기본적으로는 배달 받고 있어."

"쇼핑 같은 건 안 해?"
"필요한 물건이 있을 때만."
"그렇구나……."
리나리아의 시선은 어느새 비참하고 가련한 생물을 보는 것 같은 눈빛이 되어 있었다. 그녀는 오른손을 꼭 쥐고 이마를 톡톡 두드렸다. 의식을 전환하고 있는 모양이었다.
"성 엘레미느는? 그것도 몰라?"
"응. 그냥 유명인이겠구나, 라고는 생각하고 있어."
"이 세계에서 가장 유명한 사람이라고 생각하는데 말이지."
"아하하!"
나는 일단 웃어 보았다. 틀렸나.
하지만 나는 이 세계에서 나고 자란 사람이 아니다. 알고 있는 것이 당연한 유명인이 됐든, 상식이 됐든, 나로서는 모르는 것투성이였다.
"뭐, 됐어. 어쨌든, 다음 주는 성 엘레미느의 탄생제야. 쉽게 말하면 축제인 거지. 전국에서 축하를 하는 거야."
"과연."
나는 고개를 끄덕여 보였다.
"그래서, 내가 다니는 학원에서도 축제를 해."
"즐거울 것 같네."
학원제 비슷한 것일까.
"무술대회라든가, 마술을 선보인다든가, 그런 것이 메인이지만 말이야."

아니었다. 체육제 쪽이 가까울 것 같았다.

"하지만, 밤에는 무도회를 열어."

"무도(武道)?"

"아마도 네가 생각하는 건 아닐 거야."

모처럼 멍청한 소리를 한번 해 봤는데, 차가운 시선이 되돌아왔을 뿐이었다.

"나도 알아. 다들 춤을 추는 거잖아?"

"그래. 춤을 추거나, 선 채로 음식을 먹거나 얘기를 나누거나 하는 건데……."

아마도 파티 같은 것이리라. 듣는 것만으로는 즐거울 것 같은데, 리나리아의 표정은 조금도 즐거운 것 같지가 않았다.

"기대되지 않아?"

"그야 뭐. 그게, 오는 사람들은 모두 귀족이거나 높으신 분들뿐인걸."

"귀족? 왜?"

"성탄제 때에는 학생이 가족이나 친구를 초대할 수 있어. 그리고, 학원의 학생들은 대부분 귀족이나 부자들이야."

나는 사정을 파악하고는 가만히 고개를 끄덕였다.

분명 영화에서밖에 본 적이 없을 법한 현란한 광경이 펼쳐지는 것이 틀림없었다. 학생을 위한 것이라기보다는 귀족들의 접대가 목적인 모임인 것이 아닐까.

"드레스도 입어?"

하지만, 나와는 관계없는 일이었기 때문에 나는 무심코 호기심에 그렇게 묻고 말았다.

"……일단은."

리나리아는 몹시 싫다는 듯이 말했다.

드레스! 정말 감미로운 울림이었다. 원래 세계에서 귀여운 여자아이의 드레스 차림을 볼 기회가 몇 번이나 있을까.

"춤도 춰?"

"……어쩌면."

댄스! 정말 신기한 울림이었다. 원래 세계에서 과연 댄스를 출 기회가 있을까. 시험해 본 적도 없었다. 사교댄스를 포함해도 괜찮을까.

나는 멍하니 천장을 올려다보며 드레스와 댄스와 식사에 대해 생각했다. 본 적이 없는 장소에서 열리는, 경험해 본 적이 없는 댄스파티를 상상하는 것은 쉽지 않았다.

"있지, 괜찮으면, 너도 오지 않을래?"

그 말에 나는 리나리아에게 얼굴을 돌렸다. 리나리아는 머그컵으로 시선을 떨어뜨리고 있었다.

"학원의 무도회에?"

"……응."

"난 외부인인데?"

"방금 말했잖아. 성탄제 날에는 특별히 학생이 가족이나 친구를 초대할 수 있어. 무도회에도 말이야. 그러니까, 괜찮으면, 같이, 그, 가면 어떨까 해서."

과연. 나는 고개를 끄덕였다.

"그건 분명 즐거울 것 같지만……."

무도회. 마술과 무술을 배우는 학원에서, 귀족이라고 하는 사람들이 모여 춤을 추고 이야기를 하고 식사를 한다.

상상도 되지 않았다. 그런 장소에 가서 내가 잘 녹아들 수 없으리라는 사실은 잘 알고 있었다.

"이번엔 관둘래. 초대해줘서 고마워."

나는 미소를 지어 보였다. 어색하지 않게 잘 웃었을까.

내 말에 리나리아는 무슨 말을 하려는 것처럼 입을 몇 번 달싹였다. 하지만 결국 아무 말도 하지 않고 시선을 떨어뜨렸다.

"……그렇구나. 응. 알았어."

"엄청 즐거울 것 같긴 하지만 말이야. 난 댄스도 못 추고, 또 정장도 없으니까."

나는 농담으로 얼버무리듯이 그렇게 말하고는, 과장되게 웃어 보이기까지 했다. 하지만 그 모든 것은 다 변명에 지나지 않았다.

"아니야. 괜찮아. 갑자기 미안해."

리나리아는 자리에서 일어나 내게 웃어 보였다. 전에 없던 완벽하게 꾸며낸 미소였다.

"그럼 잘 자."

가게를 나가는 리나리아를 불러 세우는 일은 간단했다. 하지만 나는 그러지 못했다.

도어벨이 울리고, 리나리아가 가게를 나갔다. 나는 잠시 움직이지 못했다. 그 자리에 선 채로 리나리아가 남기고 간 머그컵을 바라보았다.

그러다가, 폐점 준비에 들어갔다. 문에 『금일 폐점』라는 팻말을 걸어두고, 창문도 잠갔다. 빗자루를 들고 가게 안의 쓰레기를 모은 뒤, 젖은 행주로 테이블과 카운터 위를 닦았다.

남은 것은 주방 바닥을 닦고, 내일을 쓸 식재료를 준비하고, 그리고, 어, 음…….

갑자기 모든 것이 귀찮게 느껴져서 카운터를 닦던 손을 멈췄다. 앞치마를 벗어 의자 등받이에 걸쳐놓고, 그대로 의자에 주저앉자 몸이 훅 하고 무거워졌다.

리나리아의 초대를 거절한 것이 미안했다.

나는 왜 그 초대를 거절했을까. 무도회, 즐거울 것 같잖아?

귀족, 드레스, 성탄제. 머릿속에서 그런 말들이 뱅글뱅글 맴돌았다.

귀족, 드레스, 성탄제. 뭐냐, 이 세계. 현실인가?

모든 것이 영문을 알 수 없었다.

이곳은 어디일까. 나는 왜 이곳에 있는 것일까. 왜 돌아갈 수 없는 것일까. 우리 집이 그리웠다. 할아버지와 아버지,

어머니의 얼굴이 그리웠다. 흐릿하게밖에 떠오르지 않는 것이 슬펐다.

나는 가게 안을 둘러보았다.

내 가게였다. 카페였다. 다른 세계에 있는 본가를 떠올릴 수 있게 해주는 유일한 연결고리였다.

이 장소라면, 괜찮았다. 나는 나로 있을 수 있었다. 하지만, 가게 밖은?

내가 이해할 수 없는 세계만이 펼쳐져 있었다. 나는, 그 점이, 그저 두려웠다.

내 세계는 이 작은 카페 안이 최대였다.

그 이상은, 무리였다.

6. 그녀가 없는 카페

일상이라는 것은 아무것도 아닌 매일의 반복으로 이루어진다.

평소와 똑같다는 것이 일상이며, 평소와 다른 일이 일어나면 그것은 비일상이다. 나로서는 일상이 대환영이고, 아무것도 아닌 매일이 가장 좋다. 파란도, 아무 일도 일어나지 않고, 성가신 일도 찾아오지 않기를 바랐다.

그러나, 때때로 우리는 뭔가가 찾아오는 것에 의해서만 일상이 무너지리라는 법은 없다는 사실을 알게 된다. 매일같이 있던 것이 갑자기 없어짐으로써 비일상에 빠지게 되는 일도 있다.

늘 있던 것이 부족한, 일상이 결여된 그런 비일상은 어딘가 구슬프다.

"유우여."

"……예?"

나를 부르는 목소리에 나는 퍼뜩 정신을 차리고 카운터로 시선을 주었다. 그곳에서는 고르 할아버지가 편안히 쉬고 있었다.

"고민이 있는 것 같구나."

고르 할아버지가 진지하게 건네는 그 말을 나는 웃음으로 얼버무렸다.

"그렇지 않아요. 생각을 좀 하고 있던 것뿐이에요."

"그렇지만, 아까부터 줄곧 같은 컵만 닦고 있다만?"

그 말을 듣고 나는 내 손을 보았다. 손에는 완전히 깨끗해진 컵이 들려 있었다. 눈앞에는 방금 씻어서 아직 물기가 묻어 있는 컵들이 여러 개 늘어져 있었다. 컵 닦는 작업이 조금도 진전이 없었다는 사실을 알 수 있었다.

나는 쓴웃음을 짓고는 들고 있던 컵을 찬장에 넣었다.

"리나리아 양 일이지?"

등 뒤에서 들려온 고르 할아버지의 말에 나는 움직임을 멈추고 말았다. 머리보다 몸이 먼저 멋대로 반응했다. 나는 얼굴에 미소를 띠려고 노력했다. 그렇지만, 평소와 같은 영업용 미소를 잘 지었는지는 알 수 없었다.

"예. 뭐……."

나는 뒤로 돌아서서 고르 할아버지를 보았다. 고르 할아버지는 카운터에 팔꿈치를 세우고 턱을 괸 채 몸 전체를 창문 쪽으로 향하고 있었다. 이쪽에는 시선조차 주지 않았다. 창문 밖에 흥미를 끄는 것이 나타나기를 기다리는 것처럼, 물끄러미 창밖을 바라보고 있을 뿐이었다. 그 모습에 나는 살짝 안도하며 새로운 컵을 집어 들었다.

"뭣이냐. 싸우기라도 한 게냐?"

"글쎄요. 원인이 저인 것만은 틀림없지만요."

"그렇다면 얼른 사과해라. 남자가 아무리 고집을 부려도 여자에게는 이기지 못한다."

고르 할아버지는 능글맞게 웃으면서 그렇게 말했다. 나도 미소를 지었다. 노인의 말대로라고 생각했지만, 리나리아가 가게에 와 주지 않는 이상 사과를 할 방법이 없었다.

"모처럼 리나리아 양을 만날 수 있을 거라 생각했는데 말이다. 한가하구나."

고르 할아버지가 진지하게 말하는 것처럼, 요 며칠 리나리아는 카페에 전혀 오지 않았다. 아침에도 저녁에도, 매일같이 와 주던 만큼 갑자기 모습이 보이지 않게 되자, 역시 진정이 되지 않았다. 그것도, 성탄제의 초대를 거절한 다음 날부터 오지 않게 되었다면, 원인은 명확하게 나였다.

리나리아는 어느샌가 이 가게에 녹아들어 있었다. 그래서 갑자기 모습을 보이지 않게 되자, 고르 할아버지 이외의 단골들도 질문을 해 오는 일이 많았다.

「그 아이는 어떻게 됐어? 왜, 빨간 머리에 눈초리가 날카로운 아이」라든가, 「마스터가 작업을 걸던 그 아이는 안 보이네? 그 늘 기분이 나빠 보이던 그 아이. 아, 드디어 차인 건가?」라든가, 「화나게 한 거야? 그럼 안 돼. 빨리 사과하도록 해. 뭣하면 따라가 줄까?」 등등.

평소에는 대화조차 나눈 적이 없는 사람들이라도 같은 가게 안에서 늘 얼굴을 보면 의식은 하게 되는 법이었다. 그 사람, 자주 저 자리에 앉는구나, 라는 식으로. 그 모습이 보이지 않게 되면 나도 모르게 걱정하게 되는 것이 단골가게의 분위기였다. 서로 이야기를 나눈 적은 없어도 동료의식이라는 것이 싹 트는 것이다.

그리고, 내가 원인으로 그 동료가 떠났다는 사실을 알게 되자, 그들은 가만히 내 어깨를 두드리며 위로해 주었다. 배려는 고마웠지만, 그중에는 꽤 가슴이 아픈 위안도 있었다.

후우. 나는 무심결에 한숨을 쉬었다. 그러자 고르 하아버지가 큭큭큭 하고 웃음소리를 냈다.

"……뭔가요."

"아니아니. 그 나이에 맞게 고민하는 네 얼굴이 신기해서 말이지."

"무슨 말인지 모르겠네요."

나는 노르토리의 흉내를 내 반쯤 내리깐 눈으로 고르 할아버지를 노려보았다. 하지만 고르 할아버지는 한층 더 즐겁다는 듯이 얼굴을 주름투성이로 만들며 웃어 보였다.

"평소에는 무슨 일이든 유연하게 받아들이는 것처럼 행동하지 않느냐. 차분하다고도 할 수 있지만, 내게는 마음이 다른 곳에 있는 것처럼 보였느니라. 무슨 일이 있어도 마음으로 받아들이지 않고, 감정을 움직이지 않고 타인의 일처럼 여기고 있는 것처럼 말이지."

나는 헉 하고 숨을 삼켰다. 자각이 있었기 때문이다. 의식적으로 그렇게 하고 있었다고 해도 좋았다. 고르 할아버지가 그것을 눈치 채고 있었다는 사실에 왠지 마음이 불편해졌다.

“자, 자, 그런 얼굴 하지 말거라. 쓸데없이 세상일을 이해한다는 것 같은 얼굴을 하고 있는 것보다, 지금 얼굴 쪽이 더 귀엽구나. 홋홋홋.”

노인네에게 칭찬을 받아도 조금도 기쁘지 않았다. 하지만 어딘지 안도를 한 것도 사실이었다.

나는 어깨의 힘을 뺐다. 이상하게 어깨에 힘이 들어가 있다는 것을 알아차렸기 때문이었다. 나는 손에 들고 있던 컵을 내려놓고, 행주를 접었다.

“어떻게 하면 좋을까요.”

그리고, 솔직히 물어보았다. 놀림을 당할 것이라고도 생각했지만, 고르 할아버지는 아무 말도 하지 않고 음, 하고 턱에 손을 갖다 대었다.

“역시 응석을 부릴 수 있는 상대를 찾아야겠지. 강한 척만 하고 있으면 지칠 것 아니냐. 나는 포용력이 있는 연상을 추천하느니.”

“아뇨. 제가 고집불통이라서 어떻게 해야 할까요, 하는 얘기가 아니라…….”

“농담이니라. 리나리아 양과 화해하고 싶은 것이지?”

그걸 알면 괜한 멍청한 소리는 하지 마세요. 나는 그렇게 말하고 싶은 것을 꿀꺽 삼켰다.

"일단, 무슨 일이 있었는지 말해보아라. 그것을 들으면 조언을 할 수 있을지도 모르지. 이 몸이 이래 봬도 여심킬러이니까 말이다. 여자의 마음 같은 것은 완벽하게 파악하고 있느니라."

"엄청 수상쩍은데요."

여 보란 듯이 찡긋찡긋 윙크를 하는 노인네를 앞에 두고 나는 급격하게 불안해졌다. 괜찮을까. 상담할 상대를 잘못 고른 것은 아닐까.

아니, 하지만 분명 혼자서 끙끙 앓는 것보다는 건설적일 터였다. 나는 그런 식으로 그럭저럭 자신을 납득시키고, 우선 무엇부터 이야기해야 할지 고민했다. 그때, 고르 할아버지가 갑자기 자리에서 일어나더니 카운터를 뛰어넘어 안으로 들어왔다.

"잠깐, 뭐하시는 거예요, 노인네!"

"누가 노인네냐! 나는 여기 없는 게다! 알겠지?!"

그 말을 남기고 고르 할아버지는 재빨리 안쪽으로 통하는 통로로 들어가 버렸다. 갑작스러운 일에 놀라면서도 나는 할아버지를 쫓아가려고 했다. 그랬는데, 그때 갑자기 가게문이 세차게 열렸다. 도어벨이 그 기세를 못 이기고 땡그랑 하고 비명을 질렀다.

"이봐요, 소시민 씨!"

누군가가 쏟아져 들어오는 햇빛을 등지며 허리에 양손을 올리고 떡 버티고 서 있었다. 불어오는 바람에 그 사람의 짧은 머리카락이 흔들렸다. 그 머리카락은 하얀 모래톱과 함께 펼쳐진 바다와도 같은 깊은 푸른색이었다. 마술학원의 교복을 입고 있었으며, 그 단정한 용모는 눈이 부실 정도였다. 다만, 나를 소시민이라고 부르지만 않는다면 더욱 좋을 것 같았다.

"……아이나? 아, 어, 음. 어서 와."

"네, 이렇게 행차했어요!"

아이나는 품위 있게 고개를 끄덕이고는 열어젖힌 문을 가만히 닫고 내 쪽으로 성큼성큼 걸어왔다. 등줄기를 똑바로 펴고 걷는 모습은 마치 모델처럼 세련되었다. 걷는다는 지극히 당연하고 기본적인 동작에서조차 좋은 집에서 제대로 교육 받으며 자랐다는 사실이 엿보였다. 그녀는, 그래, 귀족이라는 존재였다. 하지만 나는 아직도 귀족이라는 것이 무엇인지 잘 알 수 없었다.

"소시민 씨."

적어도 일반적인 귀족은 타인을 소시민이라고 부르지는 않을 것 같았다.

"예예. 무슨 일인가요."

아이나는 카운터 너머 내 앞까지 와서 서서 팔짱을 꼈다.

"지금부터 저는 당신을 야단칠 겁니다. 왜인지는 알고 있겠죠?"

"몰라. 그런 터무니없는 소리 하지 마."

대체 무슨 선언이냐, 그건.

아이나는 불만스럽다는 듯이 뾰로통한 얼굴을 했다.

"뭔가요, 그 말투는! 무례하군요!"

"갑자기 사람을 야단치는 게 더 무례하다고 생각합니다만."

"당신에게 잘못이 있으니까 어쩔 수 없잖아요! 저도 당신을 야단치고 싶은 건 아니에요!"

그녀는 양손을 들어 올려 기세 좋게 카운터를 내리쳤다.

"잘 들어요! 당신 때문에! 리나리아 씨가 기운이 없어요!"

앗, 그건 내 탓이야…… 죄송합니다…….

"갑자기 그렇게 풀이 죽어버리면 제가 곤란한데요? 여보세요?"

"살아있어서 죄송합니다……."

"심각해! 풀 죽는 방식이 너무 심해요! 갑자기 그렇게 풀 죽지 말아요!"

이렇게 당황하는 모습을 보면 역시 나쁜 아이는 아니구나, 라는 생각이 들었다. 근본은 솔직하고 올곧은 아이인 것이리라. 리나리아의 스토커이지만.

"네가 그렇게까지 말한다면야, 그럴게. 자, 앉아. 지금 커피를 끓일 테니까."

"……저를 속였군요?"

아이나가 나를 찌릿 노려보았다. 나는 그것이 보이지 않는 척을 하며 커피를 끓이기 위한 준비를 시작했다. 잠시 찌르는 것 같은 시선이 느껴졌지만, 이윽고 아이나는 카운터석에 자리를 잡았다.

"그래서, 당신. 리나리아 씨에게 무슨 짓을 한 건가요. 빨리 얘기해 보세요. 이야기의 내용에 따라서는 없애버릴 겁니다."

나는 커피밀을 버걱버걱 돌리던 손을 멈췄다.

"없애버리다니, 뭘?"

"당신을요."

"어디에서?"

"사회에서."

나는 떨리는 손을 얼버무리면서 커피밀을 돌렸다. 실제로 그럴 수 있을 것 같아서 무서웠다. 리나리아에게 그렇게까지 집착하는 점도 무서웠다. 결론적으로, 귀족은 무서웠다.

그녀는 리나리아를 쫓아 이 가게에 와서, 리나리아가 먹는 것과 같은 메뉴를 요구하는 그런 아이였다. 무엇이 그녀에게 그렇게까지 하게 하는지는 알 수 없었지만, 어쨌든, 그녀는 리나리아를 매우 좋아했다. 그런 그녀가 리나리아의 이변을 눈치채지 못할 리가 없었다.

"어떻게 내가 원인이라는 걸 알았어?"

나는 아이나에게 물었다. 그러자 아이나는 후우 하고 한 숨을 쉬어 보였다.

"평소 리나리아 씨는 학원 밖으로 거의 나가지 않아요. 학원 밖으로 나가는 건 산책을 하거나 이 가게에 올 때 정도죠. 학원 안에서는 리나리아 씨에게 영향을 주는 일이 일어나지 않았으니, 있다고 한다면 이 가게 정도밖에 없어요."

"학원 안에서 무슨 일이 있었을 가능성도 있잖아."

"없어요. 학원 안에서의 리나리아 씨에 대해, 제가 파악하지 못하는 일은 없다고 단언할 수 있습니다."

아이나가 너무나도 태연하게 가슴을 펴면서 말했기 때문에, 나는 아아, 그런 건가, 하고 한순간 납득할 뻔했다. 하지만 이내, 어라? 이상한걸? 그렇게 생각하기 시작했고, 이 녀석, 진짜로 위험한데, 라는 결론에 다다르게 되었다.

"그러니까, 어설프게 발뺌하지 말고 순순히 이야기해 주세요."

나는 손의 떨림을 간신히 억누르면서 커피를 끓였다. 확실히 눈앞에 앉아있는 이 아이는 위험했다. 하지만 이 아이라면 외부인은 출입할 수 없는 학원에서 리나리아의 상태를 살피고, 연락까지 취할 수 있었다. 스토커로서 위험한 점을 빼면 리나리아와의 사이를 이어 줄 최적의 인재라고도 할 수 있었다.

오히려 이것은 기회였다. 나는 사정을 설명하기로 했다.

"당신은 바보인가요?"

한 차례 설명을 들은 뒤, 아이나의 감상은 그 한마디였다.

너무나도 기탄없는 말에 나는 소침해졌다. 부정할 수 없었기 때문이다.

"하지만, 그렇게까지 심한 행동이었을까?"

나는 아이나에게 그렇게 물었다. 그러자 아이나의 눈초리가 싸늘해졌다. 그녀는 길가에 떨어져 있는 쓰레기를 보는 듯한 눈으로 나를 보고는 말없이 고개를 좌우로 흔들었다. 얼굴이 단정한 만큼, 오히려 그 태도에서는 등줄기가 오싹오싹해질 것 같을 정도의 박력이 느껴졌다.

"당신 말이죠."

아이나가 말했다.

"네."

"여성이 성탄제에 초대한 것을 그런 같잖은 이유로 거절해놓고 괜찮을 리 없잖아요. 거절한다고 해도 제대로 예의는 지켜야만 해요."

금시초문이었다.

"하물며, 리나리아가 씨가 초대한 것은 학원의 무도회예요. 여성이 무도회에 남성을 초대하는 의미를 아나요? 그건 『나를 에스코트해줬으면 해』라는 뜻이에요."

거기까지 듣자 나도 슬슬 상황이 파악되었다.

나는 이마를 손으로 짚었다. 그런 내게 아이나는 기탄없이 말을 이었다.

"다시 말해서, 당신은 용기를 내어 남성을 초대한 리나리아 씨에게 『너 같은 건 에스코트하지 않을 거야』라고 말한 것과 마찬가지예요. 알았나요?"

나는 머리를 끌어안고 주저앉았다. 카운터 뒤에 숨고 싶었다. 위험해. 이건, 위험해. 완전 실수를 했어.

"진짜냐……."

나도 모르게 그런 말이 새어나왔다.

"그건 상식이잖아요!"

아이나의 목소리가 카운터를 넘어 내 머리 위로 쏟아져 내렸다.

"몰라, 그런 상식은……."

설마, 라는 생각과 이렇게 될 줄이야, 라는 생각이 뇌리를 뱅글뱅글 맴돌았다.

설마, 그런 상식이 있을 줄이야.

내가 상식을 몰라서 언젠가 실수하는 일도 있을 것이라고 생각은 했지만, 이런 때 이런 식으로 문제가 터지다니.

무도회에 초대받는 일이 그렇게나 중요한 일이라고는 생각도 못했던 것이다.

"여성이 남성을 초대하는 것에 얼마만큼의 의미가 있는지 전혀 이해하지 못하고 있는 것 같군요……."

기막혀 하는 것인지 불쌍히 여기는 것인지 구분할 수 없는 목소리가 들려왔다. 나는 아, 라든가, 우…… 하고 신음을 내뱉으며 고민을 했다. 하지만 이대로는 전혀 어떻게도 안 될 것 같았기 때문에 포기하고 자리에서 일어났다.

"알았어. 내가 다 잘못했어. 사과할게. 사과하러 가자."

만회할 수 있을까. 아니, 하는 수밖에 없었다. 내가 얼마나 나쁜 짓을 했는지는 예상하는 수밖에 없지만, 리나리아의 마음을 배려도 없이 거절해 버린 것은 사과해야만 했다. 그 사실은 잘 알 수 있었다.

하지만, 그런 내 선언을 듣고도 아이나는 뚱하니 얼굴을 찌푸렸다.

"……또, 뭔가가, 있는 거야?"

불길한 예감밖에 들지 않았다. 자신이 치명적인 실수를 했다는 사실을 타인에게 지적당할 때의 공기가 가게 안에 가득 차 있었다.

"본인이 말하지 않았는데 제가 말해도 좋을지는 고민이 되지만요."

"가르쳐 주십시오."

나는 나도 모르게 몸을 앞으로 내밀었다. 이렇게 되면 될 대로 되라, 였다. 나는 자신의 죄를 모조리 전부 받아들인 뒤 사과하자고 결심했다. 그런 내 기세에 아이나가 뒤로 몸을 뺐다.

"아, 알았어요! 알았으니까 그렇게 다가오지 말아 주세요!"

"이, 이런, 미안."

나는 자세를 원래대로 되돌렸다. 아이나는 기분 탓인지 얼굴을 빨갛게 물들이고는 헛기침을 몇 번 했다.

"잘 들으세요."

"응."

"성탄제 날은……."

나는 침을 꿀꺽 삼켰다.

"리나리아 씨의, 생일이에요."

—사고 쳤다.

진짜? 아니, 거짓말이지? 정말로? 예상을 초월한 심각한 사태에 내 뇌가 따라가질 못했다.

생일? 누구의? 리나리아의? 나는 손으로 입을 막았다.

역대 최대급의 사고를 쳤다는 감각을 나는 지금 느끼고 있었다.

"그때의 나여. 나가 죽어라."

"자자자자, 진정하세요."

아이나가 나를 달래주었다. 하지만 나는 이미 돌이킬 수 없을 정도의 대미지를 입은 상태였다.

"아니, 이거, 이제 틀린 거 아냐? 생일날, 무도회에 초대했는데, 그걸 그 자리에서 거절했다고, 나. 그야 가게에도 오지 않게 되는 것도 당연하지. 민망한걸!"

마음의 외침이 저절로 입 밖으로 흘러나왔다.

"아아~ 진짜! 글쎄, 진정하라고요!"

아이나가 내 두 뺨을 양손으로 꽉 붙잡았다. 그 동작에 나는 딱 움직임을 멈췄다.

내 정면에 마주보듯이 아이나의 얼굴이 있었다. 하얀 피부와 커다란 눈이 내 시선을 빼앗았다. 봄꽃과도 같은 따뜻한 향기가 났다.

"네……."

나는 무심결에 순순히 대답을 하고 말았다.

"왜 내가 당신까지 돌봐주고 있는 걸까요……."

아이나는 그렇게 말하며 관자놀이를 꾹꾹 눌렀다. 그런 그녀의 모습에 나는 면목이 없다고 생각하면서도 살짝 웃고 말았다. 리나리아의 스토커이기는 했지만, 기본적으로는 상냥하고 좋은 아이라는 것을 알고 있었기 때문이다.

한 차례 패닉을 일으킨 덕분에 내 머리도 꽤나 냉정함을 되찾았다. 나는 몇 번 더 심호흡을 했다.

"그래, 좋아. 아직 당황할 때가 아니야. 이제 어쩐담……. 그래, 지금부터 각오를 다지고 리나리아와 무도회에 가면 돼."

"그거 말인데요."

아이나의 말에 나는 그녀를 쳐다보았다. 그런 내게 아이나는 이런이런 하고 고개를 절레절레 저어 보였다.

"리나리아 씨는 무도회에 참석하지 않을 거라네요."

―끝났다. 나는 가만히 머리를 감싸 쥐고 카운터 위에 엎드렸다.

"내 탓에 무도회까지 안 나가게 됐잖아!"

"그렇게까지 의기소침해하면 제가 꾸짖을 수가 없잖아요. 진짜, 대체 뭔가요. 이 사람은."

아이나는 어처구니가 없다는 목소리로 그렇게 말했다.

"이거, 완전히 늦은 거 아냐?"

"몰라요. 다 당신이 하기 나름입니다. 무엇보다, 포기한다면 그걸로 끝이겠지만요."

약간 냉정하게 내치는 것 같은 어조에 나는 자세를 바로 했다. 확실히 이러쿵저러쿵 하면서 언제까지고 풀이 죽어 있을 때가 아니었다.

"알았어. 해볼게."

"좋아요."

아이나는 만족스럽다는 듯이 고개를 끄덕였다.

"그럼, 저는 일단 학원으로 돌아가겠어요."

"어라? 그러고 보니……."

시간은 아직 한낮이었고, 거기에 오늘은 또 평일이었다. 학원에서는 수업이 진행되고 있을 터였다.

아이나는 생긋 하고 만면에 미소를 지었다.

"가끔은 수업을 빼먹고 학원을 빠져나오는 것도 즐거운

일이네요."

고지식한 귀족 영애라고 생각했는데, 비교적 나쁜 짓도 할 수 있는 유연한 사고의 소유자였나 보다.

아이나는 잔에 남은 커피를 다 들이켜더니, 품에서 작지만 고급스러운 주머니를 꺼내들었다. 아이나의 머리카락 색과 똑같은 짙은 청색 천에, 금실로 아름다운 자수가 놓아져 있었다. 아이나는 그 안에서 동전을 꺼내 카운터 위에 올려놓았다.

"잘 마셨어요. 방과 후에 다시 올 테니, 그때까지 뭔가 계획을 세워 두세요."

그렇게 말한 아이나는 내가 잔돈을 준비하는 것보다도 빨리 가게 밖으로 나갔다. 처음에 왔을 때 돈이 부족했던 것을 의식한 것일지도 몰랐다. 오늘은 커피 값보다 좀 더 넉넉하게 돈을 지불했다.

도어벨의 여운이 없어질 즈음, 고르 할아버지가 가게 안에서 불쑥 모습을 나타냈다.

"어이쿠. 위험했다."

"뭐가 위험했다는 건가요. 갑자기 숨어서 깜짝 놀랐잖아요."

"비밀이니라."

대체 무슨 일인지 전혀 알 수 없었지만, 고르 할아버지가 하는 일을 진지하게 생각해봤자 소용없었다. 나는 더 이상 추궁하는 것을 포기하기로 했다.

"대략적인 이야기는 다 들었느니라."

아이나의 컵을 싱크대에 갖다놓는데, 원래 자리로 돌아온 고르 할아버지가 긴 수염을 매만지며 내게 말했다.

"아, 아아. 예."

그러고 보니 고르 할아버지에게 사정을 설명하려던 참에 아이나가 찾아온 것이었다. 원래부터 말을 할 생각이긴 했지만, 내 실수가 알려졌다는 것이 부끄럽기도 했다.

"자자, 그리 의기소침할 일도 아니다! 어떻게든 될 게다!"

고르 할아버지가 밝게 그렇게 말했다.

"어떻게든 될까요?"

"바람피우다가 들킨 것도 아니고, 숨겨둔 아이가 발각된 것도 아니다. 그 정도면 애교수준이니라."

"그거, 실제 경험담인가요?"

"비밀이니라."

고르 할아버지는 휙 하고 시선을 바깥으로 돌렸다. 그런 고르 할아버지의 모습에 나는 조금 불안해졌다. 괜찮은가, 이 할아버지…….

그런 생각에 내가 고르 할아버지를 물끄러미 쳐다보자, 고르 할아버지는 크흠 하고 여 보란 듯이 헛기침을 했다.

"그것보다 말이다!"

고르 할아버지가 야무진 얼굴로 나를 쳐다보았다.

"문제는 유우, 너이니라."

"하아, 뭐가 문제인가요."

고르 할아버지와 비교한다면 내 문제는 전부 사소한 것 같은 느낌이 들었다.

"유우는 어째서 리나리아 양의 초대를 거절한 게냐?"

"왜냐고 해도, 무도회 같은 곳에 가본 적도 없고 해서요. 좀, 뭐라고 할까, 무서웠다고 할까요?"

"과연."

고르 할아버지는 고개를 주억거렸다.

"하지만, 그것뿐이더냐?"

고르 할아버지가 나를 힐끗 쳐다보았다. 고르 할아버지의 눈은 평소와 달리 매우 진지했다.

"분명 무도회라는 것은 선뜻 참가하기 어려운 것이지. 아는 사람이 없다면 참석한다는 선택지는 고르기가 쉽지 않을 게다. 하지만, 그것만이 이유라기에는 조금 이상하다. 유우여, 너는 즉단하는 인간이 아니다. 반드시 사물에 대해 곰곰이 생각할 시간을 갖지. 헌데, 리나리아의 초대는 바로 거절했다고 했다. 그것이 잘 납득이 안 돼서 말이다."

나는 고르 할아버지의 눈에서 시선을 뗄 수 없었다. 고르 할아버지의 말대로였기 때문이다. 할아버지는 완전히 나를 꿰뚫어 보고 있었다.

"리나리아 양처럼 용모가 매우 뛰어난 여자아이에게 초대받았다는 것은 남자로서는 정말이지 기쁜 일이니라. 그것을 잠깐조차 생각하지 않고 거절한다는 것은 남자로서 이상한 일이다. 절대로 있을 수 없는 일이야. 나하고 바꿔줬으면 할 정도다. 내가 리나리아 양과 무도회에 가고 싶다."

얘기가 좀 이상해졌군.

"그럼에도 단칼에 거절했다는 것은 순간적으로 그렇게 할 만한 이유가 있었다고 생각하는 편이 자연스럽겠지?"

"……예에, 뭐, 그러네요."

나는 순순히 인정했다. 고르 할아버지는 속사정을 완전히 다 꿰뚫어보고 있어서, 그것을 부정할 수 있을 정도의 변명이 생각나지 않았다.

"자, 그것이 무슨 이유인지 물어도 될까? 싫다면 나는 잊어버리도록 하마. 요즘에는 건망증도 심해져서 말이다."

고르 할아버지가 찡긋 윙크를 했다. 그 행동에 나는 나도 모르게 웃고 말았다. 평소에는 장난만 치는 이상한 노인네였지만, 이래 봬도 남에게 꽤 마음을 잘 써 주는 사람이라는 것을 나는 잘 알고 있었다.

어깨의 힘이 쭉 빠졌다. 지금까지 줄곧 내 안에서 소용돌이치던 것이, 꾹 참고 있던 것이 놀랄 정도로 간단하게 입에서 흘러나왔다.

"집에, 돌아가고 싶어요."

그것은 내 마음속 가장 깊은 곳에 꾹 눌러 담고 있던 감정이었다. 그 감정은 누구에게도 보일 수 없으며, 누구도 이해해 주지 않을 것이라고 여기고 있었다. 하지만, 누군가가 들어 줬으면 한다, 그렇게 생각하고 있었다는 사실을 지금 깨달았다.

"집인가. 이곳은, 아닌 것이겠지."

고르 할아버지의 목소리는 부드러웠다.

"한참 먼 곳이에요, 아마도. 돌아갈 방법도 알 수 없을 정도로."

"그런가. 그것 참 어려운 일이로고."

나는 고개를 끄덕였다.

"하지만 언젠가, 불쑥 돌아갈 수 있을지도 모른다, 어느 날, 돌아갈 수 있는 방법을 알 수 있을지도 모른다, 계속 그렇게 생각하게 돼요."

"가족이 있는 게냐."

"부모님과, 할아버지가……. 그리고 가까이에 생활능력이 부족한 사촌이 살고 있어요. 친구들도 있고요."

머릿속에 한 사람, 한 사람의 얼굴이 떠올랐다. 신기하게도 모두 웃고 있었다.

왜 내가 이 세계에 오게 됐는지 아무도 설명해 주지 않았다. 눈을 떴을 때 나는 미궁 안에 있었다. 미궁 안에서의 공간의 일그러짐 때문이라든가, 누군가의 소환술에 의한 것이라든가, 억지로 갖다 붙인 가설은 수도 없이 세워졌다. 하지만, 내가 원래 세계로 돌아갈 수 있는 방법과는 무엇 하나

이어지지 않았다. 무엇을 하면 좋을지조차도 알 수 없었다.

결국, 나는 이 세계에서 나를 보호해 준 괴팍한 할아버지의 신세를 지게 되어, 주점이었던 이 건물을 이어받아 카페를 하고 있었다.

내 카페는 되도록 본가의 낯익은 카페를 흉내 냈다. 내부 장식도, 가게 물품도, 분위기도 전부. 이 가게만큼은 내 기억 속에 있는, 우리 집에 가장 가까운 장소였다. 이 가게만큼은 이세계 같은 것이 아니었다. 이 가게만큼은, 가게에서 만큼은 나는 평온하게 있을 수 있었다. 이세계라는 낯선 세계에서 외톨이라고 울지 않고 있을 수 있었다.

내가 있을 장소는 이곳밖에 없었다. 이 세계에서 나는 미아일 뿐이었다.

어디로 가면 좋을지도 알 수 없었고, 원래 세계로 돌아갈 길도 몰랐다. 때문에 이제 어디에도 가지 않겠다고 결심하고 그 자리에 주저앉아 있는 것뿐이었다.

섣불리 돌아다니다가, 만약 돌아가는 길과 정반대쪽으로 가 버린다면?

그렇게 생각하는 것만으로도, 어딘가에 가는 일마저도 너무 무서워져서 어쩔 수가 없었다.

"유우여, 넌 이 도시에 익숙해지는 것이 무서운 게냐?"

나는 무심코 고르 할아버지를 쳐다보고 말았다. 그 말대로였기 때문이다.

"어떻게 해서든 돌아가고 싶은 곳이 있다. 그렇지만 이 도시에서의 생활에 익숙해져 버리면, 돌아가고 싶은 곳에 대한 추억이 옅어져 버릴 것 같다. 그렇게 되면 두 번 다시 돌아갈 수 없게 돼 버리지는 않을까 불안해진다."

나는 아무 말도 하지 못했다. 안에서 치밀어 오른 것 때문에 가슴이 미어졌다. 고르 할아버지의 말 한 마디, 한 마디가 내 마음을 두들겼다.

"네 기분은 안다, 라고는 말하지 않으마. 나도 말이다, 좀 옛날에, 비슷한 기분이 된 적이 있어서 말이다. 나이를 먹는 것도 나쁘지만은 않은 일이다. 경험만큼은 쌓여가니 말이다. 그래서 이렇게 누군가의 마음을 조금은 헤아릴 수도 있게 됐지."

고르 할아버지는 상냥한 미소를 지어 보였다.

"이보아라, 유우여. 집이란 무엇일까?"

"집, 말인가요?"

"다들, 집에 돌아간다고 말하지."

고르 할아버지는 창밖으로 얼굴을 돌렸다. 창밖에는 거리를 오가는 사람들이 있었다. 다들 어딘가에 가거나 혹은 돌아가는 도중이리라.

"태어난 장소는, 집이겠지. 기다려야 할 존재가 있다면 그곳도 집이겠지. 지금 사는 장소도, 집이라 부를 수 있을 게다. 그렇다면 유우가 지금 있는 이 가게도 역시, 집이겠지?"

나는 고개를 끄덕였다.

"하지만, 여기서 한 가지 중요한 사실을 알아차리지 않으면 안 된다. 이보아라, 유우여. 돌아갈 장소가 집뿐만은 아니지 않을까?"

"집뿐만은 아니다……?"

고르 할아버지는 고개를 끄덕였다.

"예를 들면, 나도 그러하느니. 나는 이 가게에 올 때마다 늘 『돌아간다』라고 생각하느니라. 유우가 있는 이곳은 무척 안락하다. 마음이 평온해지지. 마치 집에서 쉬는 것처럼."

나는 고르 할아버지의 말을 머릿속에서 천천히 되뇌었다.

"그리고, 이 가게가 돌아갈 장소가 된 사람은 나뿐만이 아니다. 리나리아 양도 이 가게를, 유우를 어느샌가 자신이 돌아갈 장소로 생각하던 것은 아니었을까. 때문에 유우에게 거절당하고 기운이 없어진 것일지도 모르지."

그런 것일까. 나는 스스로에게 물었다. 대답은 물론 나오지 않았다.

"돌아갈 장소라는 건 어느샌가 생겨 있는 것이니라. 남은 건, 그것을 언제 알아차리느냐 하는 것뿐이지. 리나리아 양은 지금 그것을 알아차렸을지도 모른다. 그렇다면, 돌아가고 싶은 장소에 돌아갈 수 없는 괴로움은, 유우가 잘 알고 있겠지."

나는 그 말에 머리를 얻어맞은 것 같았다. 만약 정말로 그랬다면, 리나리아가 그렇게 생각해 주고 있었다면 그 괴로움은 사무칠 정도로 잘 알았다.

"자, 유우여. 늙은이가 인생의 교훈을 하나 알려주마. 설교 같지만 뭐, 참고 들어 두어라."

나는 고르 할아버지의 얼굴을 바라보았다.

"알겠느냐, 유우여. 여성이 집을 나와 밖에서 쓸쓸하게 기다릴 때, 마중을 가주는 것은 모름지기 남자가 할 일이니라."

나는 잠시 어리둥절했지만, 이내 고개를 끄덕였다.

"자, 리나리아 양을 배웅하러 가야지. 그리고, 생일축하하는 것도 있던가."

"그러네요. 여러모로 할 일이 있어요."

"응? 뭔가 생각난 것이 있는 게냐?"

"예. 아주 좋은 생각이요."

갑자기 떠오른 생각, 이라고 할 만한 것은 아니었다. 아이나에게서 이야기를 들었을 때부터 그 아이디어는 내 머릿속에서 고개를 들고 있었다. 그것은 무척 단순한 것이었다. 하지만, 지금 이 상황에서는 이 이상 없을 정도로 근사한 것처럼 여겨졌다.

"그거 잘 되었구나."

고르 할아버지가 얼굴을 주름투성이로 만들며 웃었다. 그것은, 아주 기쁜 것 같은 얼굴이었다.

7. 누군가가 돌아갈 장소

떠오른 아이디어를 실행에 옮기기 위해서는 해야만 하는 일이 산더미처럼 많았다.

나는 문 옆에 걸려 있던 팻말을 『금일 영업 중』에서 『금일 폐점』으로 뒤집어 일찌감치 가게를 닫았다. 성탄제는 이미 사흘 앞으로 다가와 있었다. 나는 고르 할아버지에게 가게 문을 닫았다는 사실을 전했지만, 고르 할아버지는 움직일 마음이 없는 것 같았다. 방해가 될 것 같지도 않았기 때문에 나는 그냥 놔두기로 했다. 늘 그랬듯이 가게 밖에서 비서 씨가 기다리고 있었기 때문에 감시를 부탁했다.

그 뒤, 나는 시장으로 향했다. 식자재가 필요했던 것이다. 되도록 많이, 그것도 질이 좋은 것들이.

가게에서 제공하는 요리를 위한 재료는 아직 여유가 있었지만, 계획의 실행을 생각하면 질도 양도 좀 염려되었다. 이 시장에는 어떤 식재료든 전부 모이니까, 필요한 것들을 얼추 다 살 수 있을 것이라고 생각했다.

"어라……?"

그러나, 시장에 도착한 나는 이상한 풍경을 목격했다.

평소라면 어디나 산처럼 쌓인 식재료로 가득했을 텐데,

오늘은 그 양이 훨씬 적었다. 가게 자체가 아예 열지 않은 곳도 있었다. 평소라면 손가락을 물고 바라보기만 할 뿐인 최고급 재료들은 아예 팔지를 않았다.

"어? 마스터 아닌가. 한낮부터 별일이군 그래."

너무 놀라서 길에 멍청히 서 있는데, 지나가던 아저씨가 말을 걸었다. 부인과 함께 자주 가게에 와 주는 손님이었다.

"저, 저기, 식재료가……."

나는 주변을 가리키며 질문을 하려고 했다. 하지만 입이 잘 돌아가지 않았다.

"식재료? 아아, 시장의 식재료가 양이 적다고?"

나는 몇 번이고 고개를 끄덕였다.

"그야 그렇지! 성탄제가 가까워졌으니까 말이지. 질 좋은 식재료는 모두 왕도로 보내졌어."

"그게 진짜인가요?!"

"아아, 그래. 성탄제는 음식에 대한 감사를 올리는 날이기도 하니까 말이지. 고급 식재료 같은 건 다 왕도로 보내지고, 남은 건 귀족이나 일류 요리사, 학원이 매점을 해 버려. 우리가 호사를 누릴 수 있는 건 일주일 뒤인 후탄제(後誕祭)지."

뭐야, 그런 얘기 들어본 적 없어. 아니, 내게 상식이 없는 것뿐인가. 젠장.

"저기, 식재료가 꼭 필요할 때에는 어떻게 하면 좋죠?"

"흔한 것이 아니라 고급 식재료 말이야? 으음, 직접 가게 주인과 교섭을 하면 되려나? 하지만, 어지간한 연줄이나 돈이 없으면 무리일 거라고 생각해."

그 말을 듣고 나는 이마를 짚었다. 설마 초장부터 좌절하게 되리라고는 생각도 하지 못했다. 식재료가 없다니…… 연줄과 돈이 없으면 무리라고? 그런 것이 그렇게 내 사정에 좋게 있을 리가…….

있을 리…….

내 사정에 좋게…….

어라?

"아저씨, 고맙습니다!"

"응? 어, 어어. 나중에 또 가게에 갈게."

"기다리고 있을게요~!"

나는 가게를 향해 달렸다. 시장이 글렀다면, 연줄을 사용한다. 과연, 분명 묘안이었다. 내 사정 좋게 연줄이 있다는 사실을 나는 기억해냈다. 그것도 아주 월등히 뛰어난 연줄이.

나는 고르 할아버지와 비서 씨가 아직 있어 주기를 바라며 서둘러 가게로 돌아왔다. 가게에 들어가니, 고르 할아버지는 의자 위에서 양반다리를 하고 앉아 있었고, 비서 씨는 벽 쪽에 서 있었다.

"다행이다! 아직 계셨군요!"

"응? 오, 유우인가. 내게 무슨 볼일이라도 있는 게냐?"

"고르 할아버지는 그냥 주무세요. 비서님을 잠깐 빌리겠습니다!"

"어라? 나에 대한 취급이 지독하지 않으냐?"

고르 할아버지는 제쳐놓고, 나는 비서 씨에게로 향했다.

"비서님!"

"예. 무슨 일이신가요?"

고르 할아버지의 비서 씨는 언제나 딱 부러지는 미인 누님이었지만, 오늘은 또 오늘대로 머리카락 한 올, 한 올에까지 세심하게 주의를 기울인 완벽한 모습이었다.

"길안내를 부탁드리고 싶은데요!"

"길안내, 인가요? 어디까지 말입니까?"

비서 씨가 고개를 갸웃했다. 그 목덜미에서 백금색 머리카락 끝이 살랑살랑 흔들렸다.

"코르레오네 씨의 저택이요. 유명……하죠?"

이것은 도박이었다. 코르레오네라는 이름은 이 주변에서 유명하다고 들었다. 그러나, 반드시 알기 쉽게 저택을 지어놓았을지 어떨지는 알 수 없었다. 어쩌면 늘 있는 곳을 숨기고 있어서 어딘가의 주점에 있는 심복을 통하지 않으면 연락을 취할 수 없다, 라는 일도 있을지 몰랐다.

비서 씨는 내 얼굴을 보고 입가를 희미하게 누그러뜨렸다.

"그것이라면 도움을 드릴 수 있을 것 같습니다."

"정말인가요!"

다행이다. 이걸로도 안 된다면 어떻게 하나 싶었다.

비서 씨는 내게 가볍게 인사를 한 뒤, 고르 할아버지에게로 걸어갔다.

"어르신. 유우 님을 코르레오네 님의 저택까지 안내해 드려도 될까요?"

"쳇, 내게는 볼일이 없다는 느낌이로구만. 괜찮아, 괜찮아. 혼자서 놀면 돼."

"한참 의기소침해하시는 참에 죄송합니다만, 어르신."

"농담이니 그렇게 화내지 말아 주겠나? 다녀오게. 주의는 하고."

"예."

그런 대화를 주고받은 뒤 비서 씨가 나를 돌아봤다.

"그럼 가시죠."

비서 씨는 평소보다 신이 난 것처럼 보였다.

"뭔가 즐거우신 것 같네요."

"예. 뒷골목을 장악하고 있는 코르레오네 가에 단신으로 뛰어들 기회는 좀처럼 없으니까요. 가슴이 두근거립니다."

그렇게 말한 비서 씨는 입가에 미소를 띠고 있었다. 싸움을 걸러 가는 것으로 착각한 것은 아닐까. 가슴이 두근거린다니, 혹시 이 비서 씨도 꽤 위험한 인물이었던 것일까. 나는 입가를 실룩거렸다.

자, 그럼 갈까요, 하고 멋대로 가게를 나가버릴 것 같은 비서 씨를 겨우 제지하고, 나는 가게 안쪽으로 들어갔다. 귀중품 보관용으로 사용하고 있는 숨겨둔 금고에서 필요한 것을 두 개 정도 집어든 뒤, 기합을 넣고 가게를 나섰다.

비서 씨에게 안내를 부탁해서 정말 다행이라고 나는 진심으로 안도했다.

마피아의 수령이라는 얘기를 들었기 때문에, 나는 틀림없이 뒷골목의 수상쩍은 분위기가 감도는 주점 같은 곳에 갈 것이라고 생각하고 있었다. 그러나 웬걸, 비서 씨가 「이쪽입니다」 하고 가리킨 곳은 호화저택이 늘어선 부유층 거리의 한곳이었다. 나는 당장 돌아가고 싶어졌다. 부자의 저택이라는 건 왜 이렇게도 위압감이 드는 것일까.

그래도 비서 씨를 앞에 두고 한심한 모습은 보일 수 없었다.

나는 여러 차례 심호흡을 한 뒤, 내 키의 세 배는 될 것 같은 거대한 철책 대문으로 향했다.

그곳에는 검은 옷을 걸친 체격이 우람한 두 명의 사내가 서 있었다. 이 시점에서 이미 내게는 영화 속의 한 장면 같은 광경이었다. 호화저택, 가드맨, 그리고 소시민인 나.

사내들은 이미 우리의 존재를 눈치채고 있었기 때문에, 우리가 가까이 다가가자 먼저 말을 걸어왔다.

“볼일이 있으십니까.”

가까이 다가가서 보자, 두 사람 모두 올려다봐야 할 정도의 거구였다. 그리고 늑대 계열의 수인이었다. 코르레오네 씨가 늘 데리고 다니는 늑대인간 시종이 떠올랐다. 토끼의 저택에는 늑대 수하들이 잔뜩 있을지도 모른다.

나는 주머니를 뒤졌다. 그런 내 움직임에 두 사내가 슥 하고 자세를 잡는 것을 알 수 있었다. 아, 뭔가 경계를 하고 있다. 나는 당황하면서도 주머니에서 꺼낸 것을 손바닥 위에 얹어 앞으로 내밀었다.

"코르레오네 씨를 뵙고 싶은데요."

"그, 그건……!"

코르레오네 씨가 처음 가게에 왔던 날, 요리의 대가로서 받은 금인장이었다. 이것을 건네주었을 때, 그는 「내게 연락을 취하고 싶을 때에는 그것을 내보이도록 하게」라고 말했다.

그랬기 때문에 이렇게 내보인 것이었는데, 그 효과는 내 예상을 훨씬 뛰어넘었다.

"금인장의 손님을 알아 뵙지 못하고 실례를 범했습니다! 바로 문을 열겠습니다! 어이, 너는 안에 먼저 손님이 오셨다고 알려라!"

"옛! 알겠습니다!"

갑자기 자세를 바로 한 늑대의 선도를 받아 나와 비서 씨는 문 안쪽으로 들어갔다. 너무나도 정중한 대접에 내 쪽이 오히려 마음이 불편해졌다.

늑대는 우리에게 그대로 기다려달라고 말했다. 그래서 잠시 서 있으려니, 이번에는 저택 쪽에서 집사복 차림을 한 사람이 종종걸음으로 달려와 우리를 실내로 안내했다. 마치 내가 대단한 사람이라도 된 것 같은 기분이었다. 왠지 진정이 되지 않았다.

한편 비서 씨는 정말 대단해서, 완전히 평소대로였다. 주변을 두리번두리번 둘러보는 일도 없이, 태연한 얼굴로 걷고 있었다. 명백히 이런 자리에 익숙한 것 같았다.

집사가 우리를 안내한 곳은 응접실이었다. 중앙의 테이블을 사이에 끼고 소파가 놓여 있었다. 조촐한 방이었지만, 내부 물건들은 어느 것이나 화려하지는 않아도 고급스러운 물품들처럼 보였다.

나는 집사가 안내하는 대로 소파에 앉았다. 비서 씨는 내가 앉은 소파의 대각선 뒤에 자리를 잡았다. 나는 뭔가 실수한 것 같은 느낌이 들었지만, 새삼스럽게 자리에서 일어날 수도 없었다.

집사 씨가 퇴실하자, 응접실 안은 물을 뿌린 것처럼 조용해졌다. 왜 비서님은 옆에 앉지 않으실까. 아니, 나는 손님으로 왔으니 이것이 옳은 형태인 것일까. 안 돼, 모르겠어. 하지만, 익숙하지 않은 것은 분명했다. 몸을 뒤로 젖히고 뽐내며 앉을 수도 없어서, 나는 꿔다 놓은 보릿자루라는 표현 그대로 얌전히 앉아서 기다렸다.

이윽고 안쪽 문이 열렸다. 우선 가장 처음 눈에 들어온 것은 언제나 코르레오네 씨와 함께 가게에 찾아오는 늑대였다. 오늘도 덩치가 우람했다. 그리고, 그 발치에는 토끼 한 마리가 오도카니 서 있었다. 하얗고 몽실몽실하며 귀가 늘어져 있었다. 그 토끼가 코르레오네 씨였다.

"이렇게 나를 찾아와 주다니, 참으로 기쁘군. 잘 왔네, 소년."

배 안쪽까지 울릴 것 같은 중저음의 목소리가 울려 퍼졌다. 뒤에 선 비서 씨도 약간이나마 당황한 것을 분위기로 알 수 있었다. 정말이지 멋진 그 목소리는 틀림없이 토끼에게서 발해진 것이었다.

나는 곧바로 일어났다. 그것이 예의라고 생각했기 때문이다.

"안녕하세요, 코르레오네 씨. 갑자기 찾아와서 죄송합니다."

"상관없네. 이렇게 가볍게 찾아와 주니 좋군. 나이를 먹으면 주변에서 쓸데없는 배려만 해서 말이지. 때로는 그것이 싫어지기도 한다네."

겉보기에는 작은 토끼지만, 그 알맹이는 중후한 아저씨인 모양이었다.

"자, 사양 말고 앉게나."

코르레오네 씨는 그렇게 권했지만, 나는 그대로 서 있었다. 늑대의 눈초리가 무서웠기 때문이다. 앉기만 해 봐라, 앉으면 죽여 버린다, 라고 말하고 있는 것 같은 느낌이 들었다.

코르레오네 씨가 가까이 다가와 내 정면에 있는 소파에 뿅 하고 뛰어올랐다. 그제야 비로소 늑대의 눈초리가 누그러지고, 나도 조용히 자리에 앉았다.

뭐지? 이 매너 강좌는. 심장에 심히 안 좋은데 말이지.

"그래서, 오늘은 무슨 일인가. 소년이 내 저택을 찾아왔다는 건, 설마 세상 돌아가는 얘기나 하려고 온 것은 아니겠지?"

코르레오네 씨는 바로 본론으로 들어갔다. 덕분에 나는 안도의 한숨을 쉬었다. 이런 교섭에는 전혀 경험이 없었기 때문에, 어떤 식으로 말을 꺼내면 좋을지 전혀 알지 못했던 것이다.

나는 몇 번 주먹을 쥐었다 펴고는 몸을 앞으로 내밀었다.

"코르레오네 씨는 미식가이시라고 들었습니다."

"틀리지는 않군."

토끼가 고개를 끄덕였다.

"방금 전, 시장에서 가게마다 귀한 식재료가 사라졌다는 사실을 알게 되었습니다. 왕도 사람들과 귀족, 일류 음식점에서 매점을 했다더군요."

"그랬겠지. 성탄제는 얼마나 훌륭한 요리를 내놓을 수 있는지, 얼마나 성 엘레미느에게 바칠 수 있는지를 중요시하는 날이니까. 1년 중 식사가 가장 활발해지는 날이라고도 말할 수 있겠지."

"실은, 가게에서 파티를 열고자 생각하고 있습니다."

"호오?"

"하지만, 재료가 부족합니다. 그래서 말입니다만, 혹시 코르레오네 씨께서 식재료를 나눠주실 수 있을까 하고 이렇게 찾아오게 되었습니다."

늑대가 목을 그르렁거렸다. 아무래도 이것은 해서는 안 되는 발언이었던 것 같았다. 그러나 나도 꺾일 수는 없었다.

"왜 내가 식재료를 갖고 있다고 생각한 겐가?"

"코르레오네 씨는 미식가이십니다. 그리고 미궁에서 불과 얼마 전에 발견된 악마의 열매를 여러 개 손에 넣으셨죠. 누구보다도 먹는다는 행위에 정열을 갖고 있으며, 악마의 열매를 손에 넣을 수 있는 연줄도 있으십니다. 1년 중 가장 식사가 활발해지는 날에, 그런 분이 식재료를 모으지 않을 리가 없지요."

내가 그렇게 말하자, 코르레오네 씨는 나를 물끄러미 바라보았다. 작은 코가 움찔움찔 움직였다.

"나 참, 정답이네. 나를 잘 알아주는 것 같아 기쁘군."

그르르. 늑대가 으르렁거렸다. 어딘지 슬픈 것 같은 목소리였다.

"자네가 말한 대로 나는 식재료를 모으고 있네. 하지만, 성탄제를 좋아하기 때문이 아니야. 맛도 알지 못하는 우민들이 귀중한 식재료로 쓰레기를 만들어 내는 것을 방지하기 위해서네."

겉보기에는 몽실몽실 귀여운 토끼였지만, 그 입에서 나오는 말은 매우 신랄했다.

"성탄제 때에는 대량의 요리가 만들어지고 소비되며 파기되지. 요즘에는 부자들의 오락에 지나지 않는 날이 됐어. 나는 이 날을 끔찍하게 싫어해서 말이야. 여기저기에서 날아오는 시시한 파티의 초대를 거절하고 이렇게 저택에 틀어박혀 있다네."

사태의 흐름이 살짝 불온해지는 것 같은 느낌이 들었다.

"식재료를 나눠주실 수 없다, 라는 말씀이신가요."

"그다지 내키지는 않는군. 자네가 만드는 성탄제 메뉴에는 매우 흥미가 일지만 말이지."

나는 머릿속에서 코르레오네 씨의 말을 되새겼다.

그는 성탄제라는 이벤트에서 대량의 식자재가 무의미하게 낭비되는 것을 참을 수 없다고 했다. 그래서 성탄제를 싫어했다. 때문에 나의 파티에도 협력할 수 없다고 했다.

나는 근본적인 설명을 하지 않았다는 사실을 알아차렸다.

"저, 코르레오네 씨."

"뭔가?"

"제가 계획하는 파티는 성탄제 날에 열기는 합니다만, 성 엘레미느라는 분을 위한 것이 아닙니다."

"호오, 그럼 누구를 위한 것인가?"

코르레오네 씨가 고개를 갸웃거렸다. 그런 그에게 나는 이렇게 말했다.

"지인의 생일을 축하해주려고요."

코르레오네 씨는 잠시 멍한 얼굴을 했다. 그러더니 곧 큭큭 하고 웃기 시작했다.

"소년. 자네는 전국의 사람들이 성 엘레미느를 기리는 가운데, 그 지인의 생일을 축하하기 위해 식재료를 모으려 하고 있다는 건가? 그 때문에 이곳에 왔다고? 그런 건가?"

"예."

나는 순순히 그 말을 긍정했다. 그러자 코르레오네 씨는 배를 끌어안고 뒹굴뒹굴 뒹굴었다. 눌러 죽인 웃음소리가 들려왔다. 어떻게 봐도 귀여운 아기토끼가 놀고 있는 것으로밖에 보이지 않는 광경이었다.

"정말이지, 자네는 내 예상을 배신하는군. 그래서—."

소파 위에 벌렁 드러누운 채로 토끼가 물었다.

"그 지인이라는 자는 여자인가?"

"예."

"미인이고?"

"무척이요."

"그런가."

토끼가 몸을 일으켜 세웠다.

"나는 일류 식재료만 모아놓고 있네. 자네에게 넘긴다고 해도 돈이 들 걸세. 그것도, 엄청 많이."

그 말은 마치 내가 어떻게 대답할 것인지를 즐기는 것 같은, 시험하는 것 같은 어조였다. 그에 맞춰 뭔가 멋진 말을 하면 좋았겠지만, 내가 할 수 있는 것은 한 가지뿐이었다. 나는 반대쪽 주머니에 손을 넣어, 안에 있던 것을 테이블 위에 올려놓았다.

토끼는 뿅 하고 테이블 위로 뛰어올라 그것을 바라보았다.

"호오! 선셋그레이의 원석인가. 이것 참 진귀한 것이로군."

그것은 그날 밤, 파르바 씨에게서 받은 주먹만 한 크기의 회색 원석이었다.

코르레오네 씨는 나를 올려다보았다.

"소년이여, 자네는 이 물건의 가치를 알고 있나?"

"자세히는 모릅니다. 부족한가요?"

"아니, 아니. 충분하네. 지나칠 정도로 충분해."

"그렇다면 이걸로……."

내가 그렇게 말하자, 코르레오네 씨는 또다시 배를 부여잡고 웃었다.

"어이, 셰못타. 성탄제 때 여자의 생일을 축하하고 싶다고 말하면서 선셋그레이를 내미는 남자를 본 적 있나? 그것도, 코르레오네의 집에 쳐들어와서?"

나는 뒤에 대기하고 있던 늑대를 쳐다보았다. 그는 기가 찬다는 얼굴을 하고 나를 바라보았다.

"그런 바보는 본 적이 없습니다."

바보라고 부르는 그 목소리에는 진심이 담겨 있었다.

"하지만, 지금 내 눈앞에 그런 남자가 있다! 셰못타!"

코르레오네 씨는 한바탕 웃어젖혔다. 잠시 뒤, 그는 만족한 듯이 몸을 일으켜 나를 올려다보았다.

"지금까지 소년이라 불러서 미안했네. 자네는 훌륭한 바보 멍청이야. 즉, 한 사람의 남자라는 것이지."

그러고는 후우 하고 한숨을 내쉬었다.

"좋은 술과 맛있는 음식에는 누구나 끌리는 법이지. 하지만 좋은 여자는 각별하네. 시시한 잿빛 인생을 파란으로 가득찬 광채로 물들여 주니까. 여자가 없다면 남자의 일생 따위 논할 가치도 없어."

나는 아무 대답도 하지 않았다. 코르레오네 씨의 말은 너무 깊이가 깊어서 애송이인 나는 어떤 말도 할 수 없었다.

"이거 재미있군. 좋아, 계약 성립이네. 내일 중으로 식재료를 보내지. 좋을 대로 쓰도록 하게. 그런데—."

코르레오네 씨의 수염이 쫑긋쫑긋 움직였다.

"물론 나도 초대해 주겠지? 그런 경사에는 사족을 못 쓴다네."

나는 당연히 고개를 끄덕였다.

코르레오네 씨의 저택을 나오자, 밖은 해 질 녘이 다 되어 시간이 꽤 많이 흘렀음을 깨닫게 해주었다. 그 뒤에도 「어떤 요리를 만들 건가?」, 「그렇다면 우리 집 요리사도 빌려주지」

등 파티에 관한 이야기로 흥이 올랐기 때문이다.

방과 후에 아이나가 카페에 오기로 되어 있었기 때문에, 나와 비서 씨는 그만 작별을 고하고 가게로 향했다.

긴장에서 해방되었기 때문에 나는 어느 정도 홀가분해졌지만, 비서 씨는 여전히 차분했다. 다만, 그녀는 길 한복판에서 작게 「미처 알아보지 못했습니다」라고 말하며 머리를 숙였다. 알아보지 못했다는 말은 상대를 과소평가하고 있었다는 의미였을 터. 코르레오네 씨와의 대화로 나에 대해 뭔가를 다시 보게 된 것일지도 몰랐다. 하지만, 깊이 물을 수도 없었기 때문에, 나는 「아, 예」 하고 느긋한 대답만 했을 뿐이었다.

카페로 돌아오자, 고르 할아버지는 여전히 나른하게 앉아 있었다.

식재료가 문제없이 준비되었기에, 나는 고르 할아버지에게 다시 한 번 성탄제 날에 리나리아의 생일파티를 열겠다고 전했다. 고르 할아버지는 기쁜 듯이 웃으며 반드시 참석하겠노라 말해 주었다.

고르 할아버지가 높으신 분이라는 예상은 하고 있었다. 성탄제 정도쯤 되면 바쁠 것이라고 생각했는데, 비서 씨가 아무 말을 하지 않는 것을 보건대 괜찮은 것일지도 몰랐다.

일이 기다리고 있다며 비서 씨에게 끌려가는 고르 할아버지를 배웅하고, 나는 카운터 의자에 앉아 한숨을 돌렸다.

발상은 단순한 것이었다. 성탄제에 초대받은 것을 거절했으니까, 이번에는 내가 리나리아를 파티에 초대하자고 생각한 것뿐이다. 게다가, 학원의 파티보다 우리 가게에서 하는 편이 마음이 더 편했다.

요리를 위한 식재료가 없었던 것은 예상 밖이었지만, 그래도 코르레오네 씨 덕분에 어떻게든 될 것 같았다. 남은 것은 리나리아에게 사과하고, 파티에 참가하게 하는 방법을 생각하는 것뿐이었다. 하지만, 이것만큼은 나 혼자서 어떻게 할 수 없었다.

그렇게 그녀의 일을 생각하고 있는데, 도어벨이 울렸다. 폐점 팻말을 걸어 놨는데도 들어올 사람은 한 사람밖에 없었다.

"어머나, 있었군요. 대체 어떻게 된 건가요? 폐점 팻말 같은 걸 걸어 놓다니."

깊은 바다색을 띤 쇼트커트에 마술학원의 교복, 투명해 보이는 하얀 피부. 서 있는 것만으로도 어딘가 기품 있는 분위기를 두르고 있는 그녀는 바로 유일하게 믿고 의지할 수 있는 아이나였다.

"방금 전까지 잠깐 외출했었어."

"그렇다면, 화해를 위한 계획이 떠올랐다는 건가요?"

그녀는 성큼성큼 걸어와 내 옆의 의자에 앉았다.

"들어 보도록 하겠어요."

"파티를 열려고 해. 이 가게에서."

"성탄제 파티 말인가요?"

아이나가 고개를 갸우뚱했다.

"아니, 리나리아의, 생일파티 말이야."

"그건, 꽤, 좋은 아이디어네요."

아이나는 고개를 주억거렸다.

"하지만, 식재료는 괜찮은가요? 생일을 축하하려면 보통의 요리로는 부족해요. 게다가, 파티를 한다면 더더욱이요. 그렇다기보다, 왜 파티인가요?"

"이왕 하는 거 화려하게 하고 싶어서 말이지. 학원의 파티보다도 매력적이게 해야지. 그래서 단골손님들한테도 말을 해볼 생각이야. 뭐, 몇 명이나 와 줄지는 모르겠지만. 식자재 쪽도 이미 준비는 끝났어."

나는 아이나에게 그렇게 설명했다. 그러자 아이나는 눈을 동그랗게 떴다.

"이 시기에 식재료를 준비할 수 있었나요? 지금은 어느 곳이나 식재료 확보를 위해 온갖 고생을 다 하는데요?"

"그렇게 고생을 해?"

"예. 코르레오네 가에서 다 매점을 하는걸요. 왕도의 사람들도, 귀족들도 식재료 준비로 눈코 뜰 새 없이 바빠진답니다. 코르레오네 가와 직접 교섭을 하려고 해도 음식에 대해서는 절대로 꺾이지 않는 걸로 유명하니까……."

이번에는 내가 눈을 동그랗게 뜰 차례였다.

"그래?"

"예. 음식에 대해서는 귀족조차도 참견할 수 없는 게 코르레오네예요. 그의 음식에 대한 정열은 보통이 아니랍니다. 『정말로 일류 식재료를 취급하고 싶다면, 코르레오네에게 가 봐라』라는 말이 있을 정도니까요."

나는 겨우 이해할 수 있었다. 비서 씨가 내게 했던 「미처 알아보지 못했습니다」라는 말은 코르레오네 씨로부터 식재료를 사들인 일에 대한 찬사였던 것이리라. 대단한 사람이라고는 알고 있었지만, 설마 그 정도이리라고는 생각하지 못했다.

"그런 상황에서, 대체 누구에게서 식재료를 산 건 가요?"

나는 으음 하고 잠시 생각한 뒤, 솔직하게 말하지 않는 편이 원만하게 이야기가 진행될 것이라고 판단했다.

"비밀."

아이나가 나를 가만히 노려보았다. 하지만 얼마 지나지 않아 포기했다.

"파티를 열 수 있다면야 그건 좋다고 치죠. 리나리아 씨와의 화해는 어떻게 할 생각인가요?"

그것이 문제였다.

"아이나가 이 가게까지 데리고 오는 건?"

"어렵겠죠."

아이나는 그렇게 말하며 입가에 손을 갖다 댔다.

"리나리아 씨는 학원에서는 누구도 가까이 오지 말라는 분위기를 풍기고 있으니까요. 제가 이 가게에 가자고 권유한다고 해도 따라와 줄 리가 없어요. 그, 있잖아요…… 저를 경계하고 있기도 하니까요."

과연. 나는 고개를 끄덕였다. 리나리아로서는 아이나를 스토커 같은 존재로 인식하고 있는 것이다. 거기에, 우리 가게에 오는 일 자체도 거북하게 생각하고 있을 것이다.

"그렇다면, 역시……."

내가 그렇게 말하자, 아이나도 고개를 끄덕였다.

"예. 당신이 직접 만나러 가는 수밖에 없겠네요."

예상은 하고 있었기 때문에 놀라지는 않았다. 다만, 불안하기는 했다.

"하지만, 마술학원은 관계자 이외에는 출입금지잖아?"

"그러네요. 학생도 출입할 때에는 학생증을 제시해야만 하고, 정문에는 늘 수위가 있으니까요."

귀족이나 부잣집 자식들이 많이 다닌다는 점에서, 그것은 당연한 방범 장치일 것이다. 그런 장소에 숨어들어 간다는 것은 꽤 어려울 것 같았다.

"무리가 아닐까?"

"아뇨. 가능해요. 제게, 묘책이 있어요."

아이나는 두 손을 얼굴 높이까지 들더니 박수를 두 번 쳤다. 그것이 신호가 됐는지, 문이 스르륵 열리고 하얀 그림자가 날렵하게 들어오는 것이 보였다. 놀랄 만한 것은 그 과정에서 도어벨이 전혀 울리지 않았다는 점이다. 대체 어떻게 한 거냐.

나는 재빨리 다시 아이나에게로 시선을 되돌렸다. 그러자, 어느 틈엔가 아이나의 등 뒤에 메이드복을 입은 소녀가 서 있었다. 방금 전에 문을 열고 들어온 것은 틀림없는데, 너무 자연스럽게 서 있어서 혹시 처음부터 있던 것이 아니었을까 하는 생각이 들 정도였다.

나는 놀라서 입을 다물지 못했다. 아이나는 그런 내 모습을 만족스럽다는 듯이 바라보았다.

"평상시라면 학원에 잠입하는 것은 거의 불가능해요. 하지만 성탄제의 무도회를 앞두고 있는 지금이라면 가능하죠."

"아니, 저기, 평범하게 이야기를 계속해 나가도 곤란한데…… 그, 뒤의 메이드……."

그러나 아이나는 완벽하게 나를 무시하고 가슴을 펴며 이야기를 계속했다.

"잘 들으세요. 무도회라는 것은 귀족의 자제들에게는 전투의 장소나 마찬가지예요. 학원 안에서 우수하다고 알려진 상대와 친해지고, 인맥을 쌓는 장소인 것이죠. 경우에 따라서는 결혼상대를 고르게 되기도 하겠죠."

나는 이야기를 들으면서 힐끗힐끗 메이드 양을 살폈다. 메이드 양은 배 앞에서 두 손을 모으고 눈을 내리깔고 선 채 미동도 하지 않았다.

"당연히 학생들은 모두 빈틈없이 치장을 합니다. 학원에는 그들이 본가나 장인들에게 주문해서 만든 액세서리가 매일같이 도착하죠. 그리고 그것들을 나르는 건, 바로 학원 밖에 있는 사용인들입니다."

아이나는 왼손을 가볍게 들어올렸다.

"토토. 예의 물건을."

"예. 아가씨."

토토라 불린 메이드 양은 허리 뒤쪽으로 양손을 돌리더니, 하얀 보따리를 꺼내 카운터에 올려놓았다. 나는 일단 메이드 양에 관해서는 잠시 제쳐두기로 하고, 하얀 보따리를 바라보았다. 크기는 의외로 컸는데, 내용물은 부드러운 것 같았다.

"자, 열어 보세요."

아이나가 내게 말했다. 그럼, 사양하지 않고, 라며 나는 손을 뻗어 보따리의 매듭을 풀었다. 그러자 그 안에는 검은색 상의와 바지, 하얀 셔츠 등이 깔끔하게 개어져 있었다.

"이건, 설마……."

이세계이기는 했지만 복식 문화는 원래 세계와 크게 다르지 않았다. 그래서, 나는 이 옷이 무엇인지 바로 예상할 수 있었다.

"맞아요. 집사복이예요."

아이나가 말했다.

"당신은 이 옷을 입고 내 시종으로서 학원에 잠입하는 겁니다."

아이나는 나를 척 가리켰다.

"……왠지, 즐거워 보이는걸."

"아가씨는 이전부터 모험에 강한 동경을 품고 계셨으니까요."

문득 메이드 양이 작은 목소리로 그렇게 대답했다. 그 말에 아이나가 비명과도 같은 소리를 질렀다. 그녀의 뺨은 빨갛게 물들어 있었다.

"토토!"

아이나는 메이드 양 앞에서 손을 마구 흔들어 보이고는 나를 찌릿 노려보았다.

"절대로 그런 게 아니에요."

"좋다고 생각해. 모험. 나도 좋아하니까."

"됐으니까 그만 잊어 주세요!"

아이나는 뾰로통하게 볼을 부풀렸다. 그렇게 토라지는 모습을 토토라고 불린 메이드 소녀가 즐겁다는 듯이 바라보았다. 두 사람의 힘 관계를 잘 알 수 있는 광경이었다.

"어쨌든, 제가 협력해서 당신을 학원 안으로 들여보내 주겠어요! 알았나요? 이번만 특별히 도와주는 거예요. 감사하도록 하세요. 그래서, 제가 얼마나 도움이 되었는지를 리나리아 씨에게 확실히 전하는 거예요. 그리고, 더 말하자면……."

"더 말하자면?"

나는 앵무새처럼 되물었다. 그 말이 떨어지기 무섭게, 아이나는 시선을 내리깔며 두 손의 집게손가락을 톡톡 마주쳤다.

"……파티에 저도 초대해 줬으면 해요."

대답은 물론 정해져 있었다.

계획은 바로 실행에 옮겨지게 되었다.

쇠뿔도 단김에 뺀다고 할까, 내 경우에는 좀 더 절실한 이유가 있었다.

단순히, 시간적 여유가 없었던 것이다. 파티 참가자를 모으기 위해 단골손님들에게 얘기도 하고 싶었고, 내일은 코르레오네 씨에게서 식재료가 도착할 예정이었다. 또, 파티 메뉴도 생각해야 했다.

리나리아에게 사과를 하려면 빠른 편이 좋았다. 물론 파티에 초대하는 것도 당연히 빠른 편이 좋았다. 그랬기에 얼른 학원에 숨어들고자 생각했던 것이다.

그런데 여기서 고백을 하자면, 나는 이 계획에는 무리가 있다고 생각했다. 그게, 그렇지 않은가. 집사복을 입은 것만으로 학원에 들어갈 수 있다면, 범죄자는 아무도 고생하지 않을 것이다.

그렇게 생각하면서도 나는 옷을 갈아입었다. 사이즈가 조금 큰 것은 어쩔 수 없었다. 그러나 착용감은 무척 좋아서 재단과 재봉이 얼마나 잘 된 것인지를 잘 알 수 있었다. 역시 귀족이다.

아이나가 말하기를, 리나리아는 요즘 매일같이 방과 후에는 도서관에 있다고 했다. 시간은 이미 저녁이 되어 가고 있었지만, 지금부터 가면 딱 맞을 것이라고 해서 우리 셋은 학원으로 향했다.

익숙하지 않은 집사복에 불편함을 느끼거나, 학원에 숨어드는 일에 긴장하는 사이, 우리는 학원에 도착했다.

우선, 그 압도적인 위용에 나는 숨을 삼켰다.

이렇게까지 거대한 건물을 이 세계에서 나는 처음 보았다. 그것은 하늘을 향해 뻗어 오른 백악의 성이라고밖에 표현할 수가 없었다.

중앙의 거대한 첨탑을 기준으로 좌우대칭으로 벽과 탑이 연달아 뻗어 있었고, 벽에는 같은 간격으로 무수한 창문이 늘어서 있었다. 또한 하얀 기둥으로 회랑도 만들어져 있었다. 더 나아가, 그 안쪽에는 날카롭게 솟아오른 지붕을 가진 거대한 저택이 지어져 있는 것이 보였다. 어떻게 봐도, 성채 안에 지어진 거대한 서양식 성이었다. 이것의 어디가 학원이라는 말인가. 왕이 살지 않는 것이 더 이상할 정도였다.

눈앞에 열려 있는 성문 역시 장엄해서, 새하얀 성벽이 좌우로 끝없이 내달리고 있었다.

성문에서는 사람들과 화려하게 장식된 마차들이 끊임없이 오가고 있었고, 수위로 보이는 사람들이 짐을 점검하고 있었다. 아이나는 당당하게 성문을 통과했고, 나와 메이드 양은 그 뒤를 따라갔다. 수위는 이쪽을 힐끗 봤을 뿐, 아이나에게 들었던 것처럼 학생증을 제시한다거나 그런 일은 없었다.

"저기, 어떻게 된 거야? 이거."

나는 아이나에게 물었다. 그러자 아이나는 나를 보고 생긋 웃었다.

"학생증을 제시해야 한다고 말했지만, 그건 거짓말이에요."

"뭐……?"

"교복의 구입에는 엄격한 제한이 있어요. 때문에 교복을 입고 있다면 그것만으로도 학원에 자유롭게 출입할 수 있답니다."

"왜 거짓말을 한 거야……."

"어머, 학생증을 제시할 필요는 없지만, 교복이 없으면 들어갈 수 없다는 건 사실이랍니다? 제가 있었기 때문에 집사 차림을 한 당신도 들어올 수 있던 거예요."

그렇게 말하니 납득하는 수밖에 없었다. 혹시 평범하게 신청을 하면 들어올 수 있던 것이 아닐까.

학원은 넓었고, 또 길 전체가 돌로 포장되어 있었다. 커다란 분수와 정원까지 보였다. 시선을 돌리자, 눈에 들어오는 건물은 어느 것이나 다 훌륭하다고 말할 수밖에 없었으며, 역사를 거듭하면서 쌓아 온 중압감이 존재했다. 다만, 높은 벽에 둘러싸여 있는 것 같아서 가슴이 답답해지는 것 같은 폐쇄감도 함께 느껴졌다.

학원 안에서는 많은 학생들이 눈에 띄었다. 모두 나와 비슷한 또래로 교복을 입고 있었다. 그것을 보자마자 나는 마음이 불편해져 기분이 나빠졌다. 내가 명백한 외부인이라는 사실을 재인식하게 되는 것 같았다.

나는 되도록 주변을 보지 않게끔 시선을 아래로 향하고 걸었다.

얼마나 걸었을까. 꽤나 긴 거리를 걸어온 것 같으면서도 그렇지 않은 것 같기도 했다. 정신을 차리고 보니 아이나가 멈춰 서 있었다.

고개를 들자, 짧은 계단이 이어진 길 끝에 회색 건물이 하나 서 있었다. 다른 건물들은 흰색으로 통일되어 있었지만, 이것만은 칙칙한 색을 띠고 있었다. 그것이 한층 더 깊은 역사를 느끼게 했다. 회색 건물은 2층의 장방형으로, 엄청 투박한 인상을 주었다.

"이곳이 도서관이에요. 안에 리나리아 씨가 있을 겁니다. ……괜찮은가요?"

돌아본 아이나의 눈에는 나를 걱정하는 빛이 어려 있었다. 나는 미소를 지어 보였다.

"물론. 그럼, 다녀올게."

나는 머리를 흔들어 쓸데없는 생각을 지우고는 계단에 발을 올렸다. 계단은 한 단, 한 단마다 폭이 넓어서 다음 단에 오를 때까지 두 걸음을 필요로 했다.

도서관의 문은 열려 있었다. 그곳에서는 공공시설만이 갖고 있는 경직된 분위기가 강하게 느껴졌다. 동시에 오랜 역사를 느끼게 하는 냄새도 났다. 곰팡이와 먼지, 오래된 종이 냄새였다.

그곳은 마치 교회의 대성당 같기도 했다.

장방형의 공간은 건너편 끝이 겨우 보일 정도로 거대했다. 좌우에는 책꽂이가 같은 간격으로 늘어서 있었고, 벽은 천장에까지 책으로 메워져 있었다. 통로에 놓인 책꽂이 역시 올려다봐야 할 정도로 높았는데, 그 책꽂이들로 통로 안에 미로가 형성되어 있었다. 책장의 여기저기에는 사다리가 걸려 있었다.

통로의 중앙에는 커다란 긴 책상이 놓여 있었다. 한 책상에 자리는 여덟 석이었는데, 대부분이 학생으로 채워져 있었다.

나는 붉은 머리카락을 표식으로 삼아 천천히 통로를 걸었다.

때때로 책에서 고개를 든 학생들이 나를 보고 고개를 갸우뚱했다. 그야, 집사복을 입은 녀석이 돌아다니고 있으니 이상하게 생각되기도 할 것이다. 나는 되도록 신경 쓰지 않으려고 하면서, 그래도 살짝 걸음을 빨리해 안쪽으로 들어갔다.

한참을 걷다가, 어쩌면 없는 것이 아닐까 하고 생각되기 시작할 즈음, 겨우 그녀를 발견했다. 리나리아는 가장 안쪽 책상의 구석에서 책을 읽고 있었다. 책상에 왼쪽 팔꿈치를 세워 턱을 괴고 몸을 약간 앞으로 기울인 자세로 멍하니 책을 바라보고 있었다.

내가 다가가고 있는 사이에도 페이지는 전혀 넘어가지 않았다. 책을 펼쳐 놓고만 있을 뿐, 읽고 있지 않다는 것은 명백했다.

새삼 심장이 빠르게 뛰면서, 긴장한 나 자신을 깨달을 수 있었다. 나는 왜 이런 장소에 있는 것일까. 그런 생각을 했다. 지금까지 줄곧 나만의 가게에 틀어박혀 있었는데, 어째서 학원 안의 도서관에 있는 것일까. 그것도 집사복 같은 것을 입고.

대답은 어처구니가 없을 정도로 간단했다.

이 소녀를 만나러 온 것이다.

길고양이처럼 불쑥 내 가게에 오기 시작했다가, 그리고 또 다시 없어진 그녀를 찾아 여기까지 왔다.

책으로 떨어뜨리고 있는 시선에, 그 눈가를 장식한 긴 속눈썹, 어깨에서 흘러내리는 선명한 빛깔의 머리카락에 나는 문득 모든 것이 아무래도 좋게 느껴졌다. 집으로 돌아가고 싶다든가, 이 세계에 익숙해지고 싶지 않다든가, 그런 것에

얽매여 있던 스스로가 매우 보잘 것 없는 것처럼 생각되었다. 지금은 그저, 다시 한 번 그녀와 이야기를 하고 싶었다.

내가 바로 눈앞에 있는 자리까지 다가왔어도 리나리아는 고개를 들지 않았다. 나는 의자를 빼서 자리에 앉은 뒤, 양손을 깍지 낀 채 물끄러미 그녀를 바라보았다. 언제 눈치 챌까…….

어딘가에서 누군가가 기침을 했다. 정적으로 가득 찬 가운데, 파문이 일었다. 그에 리나리아가 불현듯 고개를 들었다. 그녀는 나를 보고 놀라 입을 다물지 못했다.

"……왜, 여기 있는 거야?"

그것은 지금까지 본 리나리아의 표정 중 가장 꾸미지 않은 표정이었다. 나는 빙그레 웃었다. 그리고, 그녀의 이름을 불렀다.

"여, 리나리아. 요즘 어떻게 지내?"

리나리아는 입을 몇 번 뻐끔거리더니 주위를 둘러보았다.

"요즘 어떻게 지내냐니, 아니, 그것보다, 어, 음, 왜 여기 있는 거야?"

"왜냐니, 리나리아가 가게에 안 오니까 만나러 온 거지."

"어떻게?"

나는 말없이 양팔을 벌려 보았다.

"……뭐야, 그 옷은."

"어쩔 수 없잖아. 아이나가 이렇게 하지 않으면 못 들어간다고 했어."

내가 그렇게 말하자, 리나리아는 눈썹을 찌푸렸다. 아이나가 어지간히 거북한 모양이었다.

"그런 얼굴 하지 말아 줘. 여러 가지로 협력해줬어."

"……생각해볼게."

긴장하고 있던 것이 거짓말처럼, 여느 때처럼 그녀와 대화를 할 수 있었다. 나는 그 사실이 기뻤다.

"리나리아."

"왜."

나는 머리를 숙였다.

"모처럼 초대해 줬는데, 거절해서 미안."

책상의 나뭇결이 보였다. 리나리아의 대답은 돌아오지 않았다.

몇 초가 지났을까. 나는 견디지 못하고 힐끗 얼굴을 들었다. 그랬더니, 리나리아는 두 손으로 얼굴을 덮고 있었다. 어, 그러니까…….

"저기, 리나리아?"

"무리, 하지 마. 그 얘기는 들추지 마. 부끄러우니까. 죽을 것 같으니까."

리나리아가 분명치 않은 목소리로 하는 말에 나는 안도했다. 그리고 다음 순간에는 웃음이 밀려 올라와 웃고 말았다. 웃는 것은 미안했지만, 그래도 흐뭇하다고 생각이 됐으니 어쩔 수가 없었다.

내가 웃음을 눌러 죽이고 있는 것을 알아차린 모양인지, 리나리아가 두 손의 틈새로 한쪽 눈만을 내보이며 나를 노려보았다. 틈새로 보이는 것만으로도 얼굴이 새빨갛다는 것을 알 수 있었다.

"뭘 웃는 거야. 너 말이야, 여자가 먼저 남자를 초대했는데, 그렇게 딱 잘라 거절당하는 게 얼마나 창피한 일인지 알아?"

"그건 정말로 미안해. 그런 일에는 어두워서 잘 몰랐어."

"이젠 알았으니까 그렇게 느물느물 웃지 마."

이대로 계속 웃다가는 역시나 화를 낼 것 같은 분위기였기 때문에, 나는 겨우 웃음을 삼켰다. 하지만, 그래도 얼굴 근육이 히죽거리는 것은 좀처럼 가라앉질 않아, 리나리아는 나를 계속 노려보았다.

"아, 진짜, 안 되겠어. 페이스가 흐트러져. 너 대체 뭐야? 왜 여기에 있는 거야? 이상한 차림을 하고."

리나리아는 기지개를 켜는 고양이처럼 두 팔을 앞으로 쭉 뻗고는 그 사이에 얼굴을 묻었다.

"실은, 이번에는 내가 널 초대하려고 왔어. 그리고 이상한 차림이라는 말은 쓸데없는 참견이야."

"초대?"

리나리아가 고개를 들었다.

"무슨?"

나는 여러 번 심호흡을 했다. 누군가를 초대하는 일이 꽤나 긴장되는 일이라는 사실을 알게 되었다. 거절당하면 어떻게 하나, 그런 불안이 엄습해왔다. 그래도 나는 리나리아와 시선을 맞추고, 입을 열었다.

"있지, 사흘 뒤에 시간이 있을까. 마침 성탄제 날인데."

리나리아는 움직임을 딱 멈췄다.

"그, 그러, 네. 시간은, 뭐……."

"학원의 무도회에는 결석하기로 했지?"

"……그걸 어떻게 아는 거야?"

"아이나에게서 들었어."

"젠장……."

리나리아는 또다시 팔에 얼굴을 묻었다. 팔 안에서 우물우물 분명치 못한 목소리가 들려왔다.

"시간은, 있어."

"그래? 다행이다."

나는 팔을 쭉 펴고 있는 리나리아의 왼쪽 손등을 집게손가락으로 찔렀다. 콕콕.

"그 날, 가게에서 파티를 열려고 해. 단골손님들을 불러서 요리 대접을 할까 하고."

리나리아의 왼손이 스스슥 도망쳤다. 그래서 이번에는 오른손 손등을 찌르기로 했다.

"……흐응. 괜찮네. 재미있을 것 같아."

"가능하면 리나리아도 와 주면 좋겠어."

리나리아의 대답은 돌아오지 않았다.

"가능하면 리나리아도 와 주면 좋겠어."

나는 다시 한 번 그 말을 반복했다. 그러자 리나리아가 흠칫 하고 어깨를 떨었다. 나는 그대로 리나리아의 대답을 기다렸다. 하지만 아무리 기다려도 리나리아는 어깨를 가늘게 떨 뿐, 도무지 대답을 하지 않았다. 할 수 없이 나는 크게 숨을 들이마셨다. 그리고 접객업에 종사하면서 단련한 발성력을 활용하기 위해 뱃속 깊은 곳에서부터 소리를 냈다.

"가능하면 리나리아도!"

"잠깐! 알았어! 갈게! 갈 테니까 조용히 해줘!"

도서관에 있던 학생들의 시선이 우리에게 날아와 박히는 것을 느낄 수 있었다. 들어올 때에는 그 시선을 최대한 피했지만, 이렇게 리나리아와 다시 만나고 나니 그리 대단한 것이 아니었다. 눈앞에서 당황해서 쩔쩔매는 리나리아가 「응」 하고 말해 준다면, 그래, 그렇게 대단한 것이 아니었다.

"그럼, 사흘 뒤 저녁 때 만나. 아이나가 데리러 갈 테니까."

"데리러 오는 거야? 왜?"

그건 그 파티가 네 생일파티라는 걸, 네게 비밀로 해 두기 위해서야. 준비가 다 되었을 무렵에 아이나에게 데리고 와 달라고 할 거야.

그런 말은 물론 하지 않았다.

에필로그

학원에 숨어들어 갔다 온 뒤부터는 눈코 뜰 새 없이 바빴다.

영업시간에는 단골손님들을 리나리아의 생일파티에 초대했다. 모든 이들에게 말을 걸 수는 없었기 때문에 리나리아와 아는 사람으로 한정했다. 좀 더 시간이 많았다면 말을 해 볼 수 있는 사람들이 많아졌겠지만, 사치스러운 말은 하지 말자. 다행인 것은 성탄제를 앞두고 일을 쉬는 사람이 많았다는 점이다. 가령 모험가라든가.

영업이 끝나면 이제는 식재료를 확인할 차례였다. 코르레오네 씨가 보내온 식재료는 양이 엄청나서, 그 안에는 본 적도 없는 재료들도 많았다. 식재료의 맛을 보고, 어떤 요리를 만들 수 있을까 생각하는 것은 꽤나 고된 일이었다.

그것을 예견했던 것도 아닐 텐데, 식재료와 함께 코르레오네 씨의 저택에서 요리사로 일하고 있다는 아저씨가 도와주러 온 것은 정말 다행스런 일이었다. 그는 파티 요리에도 정통해서, 솔직히 거의 그분에게 맡겨놓았던 것이나 마찬가지였다. 나는 스스로 만들 수 있는 요리를 생각했고, 그 요리에만 전념할 수 있었다.

그 뒤로, 뭐, 쇼핑을 하러 외출했다. 무엇을 위해서인지는 말할 것까지도 없었다. 생일이라는 사람을 앞에 두고 선물이 하나도 없으면 모양이 나지 않는 법이었다. 그것이 가장 고민되었다고 해도 과언은 아니리라.

그렇게 허둥대며 준비를 하고 커피를 끓이다 보니, 어느덧 눈 깜짝할 사이에 성탄제 당일이 찾아왔다.

성탄제의 활기는 어마어마했다. 도시의 건물에는 장식용 끈이 내걸리고, 화려하게 자수가 들어간 포렴이나 형형색색의 장식용 끈목이 선명한 색채를 내보이고 있었다. 고급 식재료는 아니었지만, 지금까지 모아 놓았던 재료를 마음껏 해방한 포장마차들은 대성황이었다. 여기저기에서 사람들이 흘러넘쳐서 길은 앞으로 나아가는 것도 힘겨웠다.

그것은 밤이 가까워지고 있는 지금도 변함이 없었다. 큰북과 피리, 뭔가 신기한 금관악기의 음색이 울려 퍼지고, 사람들의 목소리가 끊이질 않았다. 여기저기에서 화톳불이 켜지고, 집에도, 가게에도 형형하게 불이 밝혀졌다. 잠들지 않는 도시라더니, 오늘만큼은 이 도시 전체에서 밤이 없어질 모양이었다.

그리고, 그것은 우리 가게도 마찬가지였다.

가게 안은 완전히 모습이 바뀌어 있었다.

의자는 벽면이나 창고로 치워져서 가게 안에는 테이블만이 놓여 있었고, 테이블 위에도, 카운터 위에도 커다란 접시에 가득 담긴 몇몇 음식과 각종 다양한 음료들이 차려졌다.

그 대부분은 코르레오네 씨가 보내준 요리사들이 만들어 줘서 내가 할 일은 놀랄 정도로 적었다.

이 모든 게, 예상했던 것보다 손님들이 많이 모여 주었기 때문이었다.

조촐한 파티가 되려나, 하고 생각했는데, 웬걸. 가게가 꽉 찰 정도로 사람이 모여들었다. 덕분에 요리가 부족하다고 해서, 현재 추가 요리를 만들고 있는 중이었다.

"유우 님. 코르레오네 님께 받은 와인 말입니다만, 상당한 고급 와인입니다."

고르 할아버지의 비서 씨가 그렇게 내게 귓속말을 했다.

가게 안은 이미 손님들끼리의 교류가 시작되어 떠들썩했다. 그렇게라도 하지 않으면 말을 알아듣기 힘들었다.

"구석에 놔 주실래요? 마시고 싶은 사람은 알아서 마시겠죠."

"괜찮으신가요? 이 정도의 와인쯤 되면, 귀족이라도 그렇게 쉽게 마실 수 있는 것이 아닙니다만."

"괜찮아요. 제가 받아도 어차피 쓸 곳도 없으니까요. 뭣하면, 비서님이 마시세요."

"……그렇게 괴로운 유혹은 오랜만이군요."

비서 씨는 그렇게 말하며 눈썹을 모았다. 그 모습을 보건대 정말로 고민이 되는 것 같았다. 아무래도 술에는 사족을 못 쓰는 모양이었다.

평소에는 흐트러짐 없는 정장 차림의 비서 씨도 오늘만큼은 달랐다. 드레스라고까지 할 정도는 아니었지만, 사복으로 입기에는 다소 화려한, 정말로 절묘한 의상이었다. 평소 이상으로 어른의 색기가 감도는 모습에 나는 가슴이 두근두근 했다.

"손대면 안 되느니라?"

살짝 넋을 잃고 바라보고 있는데, 뒤에서 그런 목소리가 들려왔다. 뒤를 돌아볼 것도 없이 고르 할아버지라는 것을 알 수 있었다.

"안 대요."

"뭣이냐. 재미없는지고."

약속대로, 고르 할아버지도 와 있었다. 끊임없이 다른 손님들과 대화를 나누고, 살그머니 음식을 집어먹는 등, 현재 가장 이 자리를 즐기고 있는 것은 이 사람임이 틀림없었다.

"어이쿠, 새로운 요리인가! 이것은 맛을 봐야지."

고르 할아버지는 그렇게 외치면서 지금 막 요리사가 새로이 내놓은 요리에 달려들었다.

"저분, 여기 와도 괜찮았던 건가요? 예정이라든가……."

나는 비서 씨에게 그런 질문을 던졌다. 그러자 비서 씨는 고개를 가로저었다.

"언제나처럼 다 내팽개치고 오셨답니다."

"그럼 안 되잖아요."

"시간이 되면 제가 데리고 돌아가겠노라 전해 놓았으니 당분간은 괜찮을 겁니다."

"예?"

나는 비서 씨의 모습을 머리끝에서 발끝까지 살폈다. 완벽하게 파티를 즐기는 차림을 하고 있었다.

그런데 고르 할아버지를 데리고 돌아간다고? 그 차림으로?

"어머, 때로는 저도 마음껏 즐기고 싶을 때가 있답니다. 근사한 가게에서 이렇게나 즐거운 파티가 열린다는 말을 들으면, 참석하고 싶어지기도 하지요. 평소에는 성실하게 지내고 있으니, 오늘은 용서해 주시겠습니까?"

평소에는 냉정하고 무표정한 미인 누님이 부드러운 미소와 함께 윙크를 날리는데, 고개를 좌우로 흔들 남자가 과연 이 세상에 있을 것인가. 있을 리가 없다. 나는 힘차게 고개를 위아래로 끄덕였다.

비서 씨는 손에 든 와인병에 시선을 고정한 채로, 가게 구석에 모아 놓은 음료 코너로 향했다. 정말로 마실까. 보고 싶다.

"유우 씨! 요리는 다 차려 놓았어요!"

그때, 가게 안쪽에서 니나가 종종걸음으로 달려왔다. 어딘가의 귀족 저택에서 일하고 있는 그녀는 늘 저택에서 마실 커피콩을 사러 와 주곤 했다. 그리고, 일을 쉬는 날에는 카페에 놀러와 주는 단골이기도 했다.

"고마워. 그리고 미안해. 쉬는 날인데 돕게 해서."

“아뇨! 일하는 거, 엄청 좋아해요!”

니나는 팔을 들어 알통을 만들어 보였다. 그런 그녀는 훌륭하게도 메이드복 차림이었다. 처음부터 도와줄 마음으로 있었던 모양이다. 그녀는 일찌감치 가게에 와서 회장의 준비부터 음식 세팅, 손님 접대에까지 멋진 활약을 해주고 있었다. 손님으로서 초대를 했을 터인데 너무 일만 해줘서 그 호의에 미안하기도 했다. 하지만, 솔직히 말하자면 그녀가 있어 정말로 살았다.

“니나도 파티를 즐겨 줘.”

“예! 이미 엄청 즐거워요!”

니나는 생글생글 웃고는 탁탁탁탁 어디론가 달려갔다. 그리고 음료가 든 주전자를 들고 손님들의 잔을 다시 채워주러 갔다. 으음, 신기한 아이다.

가게 안에는 이미 많은 사람들이 모여 있었다. 그 모두가 나하고는 면식이 있는 사람들이었다.

사람들의 관심을 받지 못하는 쓸쓸한 카페라고 생각하고 있었는데, 어느샌가 이렇게 많은 손님들이 생겼다는 사실을 깨닫게 해주었다.

창가에서는 평소보다 화사한 색의 옷을 입고 머리카락을 땋은 엘프 누님이 변함없이 책을 읽고 있었고, 드워프 아저씨는 채소가게 아저씨와 뭔가를 뜨겁게 토론하고 있었다. 수인 형제는 그릇에 요리를 고봉으로 담아 서로 나눠먹고 있었고, 늘 식재료나 일용품을 배달해 주는 여자아이는 고르 할아버지가 자아내는 이야기에 눈을 빛내고 있었다.

가게 구석에는 노르토리가 주저앉아 있었다. 그런 그녀의 앞에는 그녀의 어머니가 쪼그리고 앉아서 둘이서 뭔가 얘기를 하고 있었다. 어머니는 생글생글 상냥한 미소를 띠고 있었고, 노르토리는 부끄럽다는 듯이 그녀를 외면하고 있었다. 그것은 왠지 마음이 따뜻해지는 광경이었다.

"안녕하세요."

나는 두 사람에게 인사를 건넸다. 그러자 노르토리는 고개를 홱 돌려버렸다.

"마스터! 우리 아이가 늘 신세를 지네요. 정말 고마워요. 자, 노르?"

"……신세지고 있지, 않아……."

노르토리는 고개를 좌우로 흔들었다.

"지고 있잖니. 집에서 늘 마스터 이야기를 하잖니?"

"하지 않아…… 하지 않아…… 그건 거짓말이야……."

"이 아이도 참~."

어머니는 노르토리의 머리를 벅벅 쓰다듬었다. 노르토리는 필사적으로 도망가려고 했지만, 물론 도망갈 수 있을 리 없었다. 어머니는 웃는 얼굴을 하고 있었고, 노르토리도 이러니저러니 해도 기쁜 것 같았다. 부모자식이란 좋구나. 그렇게 생각하며 나는 살며시 자리를 떴다.

손님들은 너나없이 모두 즐거운 것 같았다.

그러나, 카운터 앞에서는 인간의 모습을 한 파르바 씨와 백은색 머리카락을 땋아서 위로 올린 아르벨 씨가 서로 노려보고 있었다. 험악함을 넘어 일촉즉발의 분위기마저 느껴졌다.

덕분에 두 사람의 주위에는 일종의 공백지대가 형성되어 있었다.

"두 분 모두 왜 그러시나요?"

나는 두 사람에게 다가가 말을 걸었다. 그러자 두 사람은 동시에 나를 돌아보았다.

"마스터! 좋을 때 와 줬어! 이 덩치만 커다란 미각치에게 말을 해주지 않겠어?! 너는 커피 맛을 전혀 모른다고!"

나를 보고 아르벨 씨가 그렇게 외쳤다. 이어, 파르바 씨도 이렇게 외쳤다.

"마스터인가! 이거 잘 되었군! 이 마른 가지와도 같이 껑충한 미각치에게 말을 해주겠는가! 네가 마시는 커피는 낭비라고!

틀림없이 커피에 대한 의견이 나누어진 것뿐일 터였다. 정말이지 아무래도 좋은 내용이었기 때문에, 나는 그냥 내버려두기로 했다.

"마스터! 어디 가는 거야!"

"그렇다, 마스터! 얘기는 아직 안 끝났다!"

아무쪼록 두 사람 모두 사이좋게 지내줬으면 하는 바람이었다.

그리고, 요리를 늘어놓은 테이블 앞에는 커다란 늑대인간과 일심불란하게 입을 움직이고 있는 하얗고 귀가 늘어진 토끼가 있었다.

"코르레오네 씨. 이번에는 정말로 신세를 졌습니다."

나는 하얀 토끼에게 고개를 숙였다. 그러자 그는 입을 우물우물 움직이면서 이쪽을 올려다보았다.

"신경 쓸 것 없네. 그것은 정당한 계약이었으니까. 보수도 제대로 받았고 말이지. 그런데, 이것은 무슨 요리인가? 매우 부드러운데도 탄력이 있어. 육즙도, 소스도 맛이 아주 근사하군."

"그건 푹 찐 햄버그 스테이크예요. 정식 메뉴로 올릴까 생각하고 있습니다."

"으음, 이 가게에 먹으러 올 이유가 또 늘어나 버렸군. 만약 일자리가 곤란해지면 내게 말을 하게. 모쪼록 우리 집에서 고용하고 싶군."

그 말을 들은 나는 나도 모르게 웃고 말았다. 아무래도 이 카페가 망해도 생활비는 어떻게든 마련할 수 있을 것 같았다.

"자, 세못타. 너도 먹어라. 이건 아주 맛이 좋다."

"예. 그런데 보스, 부드러운 고기는 좀……."

"무슨 말을 하는 거냐. 내가 당당하게 고기를 먹고 있다. 육식의 대표 같은 녀석이 떼를 쓰는 게 아니다."

그런 대화를 등 뒤로 들으며 나는 사람들 틈을 빠져나가 입구로 향했다. 이제 와도 좋을 때였다.

이 파티는 원래 좀 더 조용하게 시작될 예정이었다. 그러나 한 성격 하는 사람들만 모인 결과, 이미 놀랄 정도로 분위기가 달아올랐다. 다들 본래의 목적을 잊지는 않았을까. 불안하다.

그렇게 걱정을 하면서 기다리고 있으려니, 문이 스르륵 열렸다. 역시나 도어벨은 울리지 않았다. 그런 신기한 기술로 안에 들어온 사람은 아이나의 전속 메이드인 토토였다.

"곧 오실 겁니다."

"그래? 고마워."

그녀와 아이나에게는 리나리아를 데리러 가달라고 부탁했었다.

그래, 이것은 리나리아의 생일파티였다. 그리고 거기에 더 덧붙이자면, 깜짝 생일파티였다.

나는 짝짝 박수를 쳤다. 손님들의 시선이 내게 집중되었다.

"여러분, 오늘은 성탄제임에도 이렇게 모여 주셔서 감사합니다. 오늘은 경사스러운 성탄제입니다만, 여러분도 아시다시피 좀 더 축하해 주고 싶은 사람이 있습니다. 그렇습니다, 바로 리나리아입니다."

가게 안에서 휘파람과 박수가 날아왔다. 다들 분위기를 잘 타는 사람들이었다.

"오늘은 리나리아의 생일! 이것은 리나리아의 생일을 축하하는 파티입니다. 성탄제는 그 덤! 그리고, 주역인 리나리아가 이제 곧 도착할 예정입니다!"

큰 환성이 일었다. 그 위세에 나는 살짝 기가 죽었다. 나로서는 이 자리를 계속 이끌어 나갈 수 없을 것 같은 예감이 들었다. 그리고, 그런 나의 예감은 잘 들어맞는 편이었다. 특히 이런 상황에서는.

"다들, 잘 알았는가! 긴장을 늦추면 아니되느니라!"

그때, 고르 할아버지가 갑자기 앞으로 튀어나와 손을 높이 쳐들었다.

"우리의 사랑스러운 리나리아 양을 축하하는 자리이니라! 전력을 다해라! 준비!"

그 말이 끝나기가 무섭게, 여기저기에서 빛이 넘쳐흘렀다. 그것은 분명 마방진이라고 하는 녀석이었다.

이봐요. 잠깐, 설마—.

그러나 내가 제지할 틈도 없이 문이 열렸다. 여기저기에서 빛의 입자가 춤을 추었다.

"생일!"

누군가가 외쳤다.

"축하해!"

모두의 목소리가 하나로 합쳐지고, 동시에 가게 안에서 형형색색의 빛줄기가 날아 올랐다. 이것이 이 세계 나름대로의 축하 방법인 것인지, 아니면 폭죽 비슷한 것인지는 나로서는 전혀 알 수 없었다. 다만, 뭐…….

즐거운 것만은 틀림없었다.

그 뒤로 몇 시간이나 지났는데도 가게 안의 소란스러움은 전혀 가라앉을 기색이 없었다.

고르 할아버지가 영문을 알 수 없는 개인기를 선보인 것을 계기로, 지금 가게 안에서는 장기자랑 대회가 열리고 있었다. 너무나도 뜨거운 그 열기를 따라갈 수가 없어서 나는 살며시 가게 밖으로 나왔다.

바깥은 완전히 밤이었다. 도시의 불빛이 어렴풋이 어둠을 밝히고 있었다.

신기한 기분이었다.

이 가게를 처음 시작했을 때에는 손님 같은 건 한 명도 없었다. 가게 안에는 나 혼자뿐이라, 가게가 꽤나 넓게 느껴졌다. 그것이 지금은 어떤가. 나는 자연스럽게 좁다고 생각했다. 사람이 많아서, 가게가 좁다고.

어느 틈에 이렇게 사람이 늘어난 것일까.

어느 틈에 이렇게 많은 사람들이 와 주게 되었던 것일까.

내가 만든 가게 안에서, 수많은 웃음소리가 들려왔다. 그것을 가게 밖에서 듣고 있는 것은 정말로 신기해서, 한마디로 말하자면, 최고였다.

나는 무심코 빙그레 웃었다. 잠시 그러고 있으려니, 문이 열리고 안의 소음이 확 쏟아져 나왔다.

"……뭐하고 있어?"

리나리아였다. 리나리아는 오늘도 변함없이 교복차림이었지만, 늘 묶고 있던 머리카락은 풀어서 늘어뜨리고 있었다.

"잠깐 시원한 바람을 쐬고 있었어."

"흐응."

그렇게 말하며 리나리아도 밖으로 나왔다. 문이 닫히자, 시끌벅적한 소리가 또다시 멀어졌다. 우리는 가게 앞에 나란히 서서 멍하니 하늘을 올려다보았다.

"있지."

"응?"

"고마워. 날 위해, 이런 걸 해 줘서."

"천만에."

쑥스러운 기분도 들었지만, 그것보다는 자랑스러운 마음 쪽이 더 강했다.

"나, 생일을 축하받은 거, 처음이야."

"진짜로?"

나는 깜짝 놀라 리나리아를 쳐다보았다.

"응. 부모님과는 어릴 때 헤어졌으니까. 그래서, 처음으로 이렇게 축하를 받아서 엄청 기뻤어. 지금까지 축하 받지 못한 걸 한 번에 받은 것 같아."

그때, 그녀가 띤 미소를 나는 잊지 못할 것이다. 그것이 얼마나 매력적이었는지를 말로 표현할 수가 없었다.

"정말, 고마워."

나는 마치 초등학생으로 돌아간 것처럼 그저 고개만 끄덕였다. 이제 와서 긴장되기 시작한 것이었다. 그런 미소를 본다면 누구나 그렇게 되리라. 나는 앞치마 주머니에 리나리아에게 줄 생일선물을 감춰두고 있었다. 그것을 건넬 타이밍으로는 지금이 최적이라고 생각했다.

"있지, 아이나랑 친구가 됐어."

내가 어떻게 말을 꺼내야 할지 고민하는 사이, 리나리아가 입을 열었다.

"그래?"

"이상하게 날 따라다니게 하는 것보다 그쪽이 좋을 것 같아서. 나쁜 아이가 아니라는 건 알았으니까."

"그거 잘 됐네."

파티가 시작되고 나서부터 아이나가 몹시 기운이 넘쳤던 것은 그 때문이었던 모양이다. 분명 속으로는 춤을 추고 싶을 정도로 기뻤으리라.

"그래서, 음, 이제는 학원에서도 공부를 할 수 있게 됐는데…….”

리나리아는 그렇게 말하며 뒷짐을 진 채 발밑 근처를 쳐다보았다.

“또, 와도 돼? 여기.”

힐끗 시선만으로 내 얼굴을 살피는 리나리아의 모습에 나는 웃었다.

왠지 문득 전에 고르 할아버지가 했던 말이 떠올랐다.

집만이 돌아갈 장소는 아니다.

만약 내 가게가 누군가에게 그렇게 생각되는 장소가 될 수 있다면, 그 이상 행복한 일은 없을 것 같았다.

이곳은 이세계다. 마법이 존재하고 미궁이 있으며, 수인이라는 인종도 있다. 하지만 이곳에 사는 사람들은 나와 무엇 하나 다르지 않다. 누구든 돌아갈 장소를 갈구하고 있고, 맛있는 음식에는 사족을 쓰지 못하며, 그리고 누군가의 생일에 모여 온 힘을 다해 축하해 주는 그런 사람들이다.

나는 리나리아의 눈을 바라보았다.

“물론. 언제라도 이 가게에서 기다릴게.”

“—응.”

리나리아는 확실하게 고개를 끄덕였다.

나는 그제야 이 세계에 아주 조금 익숙해진 것 같은 기분이 들었다. 내가 무엇을 해야 하는지 알게 된 것 같았다. 나는 용사가 될 수 없고, 미궁에 가는 일도 할 수 없지만, 내가 할 수 있는 일이 분명히 존재한다고, 솔직하게 그렇게 느꼈다.

자, 우선은 리나리아에게 선물을 건넨다는 중대사가 기다리고 있었다. 이 주머니에 들어 있는 그것이었다.

나는 주머니에 손을 찔러 넣었다. 지금이라면 무슨 일이든 할 수 있을 것 같은 느낌이 들었다.

"어이~! 리나리아 양! 어디에 있는 게냐!"

그렇게 내가 막 리나리아의 이름을 부르려는 순간, 가게 안에서 고르 할아버지의 외침이 들려왔다. 나는 단숨에 기운이 빠져 어깨를 축 늘어뜨렸고, 리나리아는 쓴웃음을 지었다.

"무슨 일이지? 난 먼저 들어갈게."

"그래. 나도 바로 갈게."

붉은 머리카락을 휘날리며 리나리아는 가게 안으로 돌아갔다. 중대사는 일단 뒤로 밀린 모양이다. 나는 쓴웃음을 지으며 선물을 다시 주머니에 집어넣었다.

뭐, 잘해 나갈 수 있겠지.

분명, 이 세계에서 살아가는 일도.

그렇게 생각하며 나도 가게로 돌아가려고 했다. 그때, 문 옆에 걸어 둔 팻말이 아직도 『영업 중』이라고 되어 있는 것을 알아차리고, 그것을 뒤집어서 다시 걸었다.

그리고 문을 열었다. 가게 안에서는 질릴 정도로 왁자지껄한 목소리가 흘러넘치고 있었다.

■작가 후기

원래 인터넷 소설이었던 이 작품은 8년의 구상을 거쳐 책이 되었습니다.

이렇게 말하면 뭔가 근사한 대작이라도 되는 것 같습니다만, 실제로는 8년 전에 1화를 소설 투고 게시판에 게재했던 것뿐입니다.

그 뒤로는 반년, 때로는 3년의 간격을 두면서 조금씩 갱신해 나갔습니다. 8년에 걸쳐서 다 쓴 것이 약 20만자, 문고판 책으로 계산하면 약 두 권 분량이었습니다. 얼마나 느긋한 페이스로 갱신했는지 이해하실 수 있을 거라 생각합니다.

어느 미스터리 작가가 이런 이야기를 한 것이 기억납니다. 옛날에 자신이 작품에 등장시켰던 탐정이 지금도 새로운 사건의 의뢰가 오기를 조용히 기다리고 있는 것 같은 느낌이 든다, 라고.

제가 소설에서 손을 놓고 있는 사이에도 유우는 조용히, 아무도 없는 카페에서 잔을 닦고 있던 것처럼 느껴집니다. 처음 첫 화를 투고한 뒤로 8년간 줄곧 말이죠.

이 이야기는 정말로 별 대수로운 것이 없는 이야기입니다.

주인공은 자신의 가게에서 거의 나가지 않고, 멋지게 마물과 싸우는 일도 없습니다. 이야기의 대부분은 낡은 카페에 찾아오는 손님과 그저 대화를 나누는 것뿐입니다. 때문에 화사한 일러스트에 정말 크게 도움을 받았습니다. 멋진 일러스트를 그려주신 u스케 님께는 너무나도 감사해서 말도 나오지가 않습니다. u스케 님의 일러스트가 도착할 때마다 유우와 리나리아도 점점 더 살아 숨 쉬게 되었습니다. 지금도 휴대전화 대기화면으로 해놓고 히죽거리고 있습니다.

그런 『이세계로 날아가 버린 주인공이 평범하게 일상을 보낸다』라는 수수한 설정도 지금은 흔하게 되어 버렸습니다.

그것은 누군가가 꿈꾸는 것 같은 모험만이 아니라, 지극히 흔한 일상적인 힐링조차도 현대의 우리에게는 『판타지』가 되어 가고 있기 때문인지도 모르겠습니다.

이 책을 읽어 주신 분들이 유우의 카페에 찾아온 손님들과 마찬가지로 조금이라도 치유되는 것을 느껴 주셨다면, 그 이상 기쁜 일은 없을 것입니다.

그리고, 여러분. 부디 가까운 곳에 숨어 있는 카페를 찾아봐 주십시오. 그곳에는 당신의 귀가를 기다리는 근사한 마스터가 있을 겁니다.

마지막이 되어 버렸습니다만, 개인적인 이야기를 잠시 하겠습니다.

8년 동안 이 이야기를 읽어 주신 여러분께. 오랜만입니다.

건강하게 지내고 계신가요. 수많은 감상, 정말 감사했습니다. 있을 수 없을 정도로 갱신 빈도는 낮고, 무서울 정도로 공백 기간이 길게 이어졌음에도 여기까지 올 수 있던 것은 전적으로 여러분 덕분입니다.

연재를 시작하고 얼마 지나지 않았을 무렵, 「응모하면 책이 되지 않을까?」라고 말해 주신 분이 계셨죠. 그때, 저는 농담조로 대답을 했습니다만, 지금, 겨우 가슴을 펴고 말할 수 있게 되었습니다.

여러분, 이 이야기, 책이 되었어요.

인터넷이란 매우 신기한 세계입니다 얼굴도, 사는 장소도, 그 목소리조차 모르는 사람들의 격려로 이 책은 태어났습니다. 스쳐 지나가듯이 지나가 이미 이 이야기의 존재를 잊어버린 분들도 계시겠죠. 하지만 저는 잊지 않을 겁니다. 무엇과도 바꿀 수 없는 8년간을 이 책에 담았습니다.

그 무렵의 누군가에게 이 이야기가 닿을 수 있기를 바랍니다.

2017년 3월 카자미도리

■역자 후기

안녕하세요. 역자입니다. 이번에는 커피의 구수한 향과 함께 찾아 뵀습니다. 정작, 커피는 못 마시지만요. 끙. 아, 하지만 카페오레는 자주 마시고 있습니다. 설탕의 열량이 좀 걱정되긴 하지만요.

처음 제목을 들었을 때에는 왠지 요리 의욕을 자극하는 내용 같다고 혼자 킥킥 웃어댔습니다만, 실제로 내용을 보니 정말로 요리 의욕을 자극하더군요. 제 개인적인 식생활과 맞물려서 첫 장에서부터 마지막 장까지 나온 요리들을 다 한 번씩은 해보고 싶어졌습니다.

게다가, 커피.

전에도 말했듯이 저는 커피 특유의 쓴맛을 견디지 못합니다만, 유우가 말하길 커피는 물의 온도에 따라 향과 맛이 달라진다고 하니까요. 흥미가 동하면 직접 해봐야 직성이 풀리는 성격상, 사이폰까지 구비하지는 않아도, 물의 온도를 달리해서 커피를 내려 보고 싶어지기는 했습니다. 혹시 아나요. 그렇게 해서 제 입맛에 맞는 커피를 찾을 수 있을지.

뭐, 그래도 카페인 때문에 많이는 못 마시겠지만요. 카페인에 완전 민감한 체질은 아닌데, 그래도 카페인이 어느 정도 잘 먹히기는 하는 체질인가 봅니다. 에너지 드링크를 마시면 그 날은 불면에 시달리고, 체했을 때 녹차나 커피를 마시면 카페인이 위의 활동을 활성화시켜서 금방 나아집니다. 초콜릿도 같은 이유로 빈 속에 먹으면 위가 꼬입니다. 그 정도로 카페인이 잘 들어서, 차를 마실 때에도 일부러 티백을 사서 첫 잔은 우려내서 버리고 다음 잔부터 마십니다. 첫 잔이 향과 풍미가 제일 강한데도 말이죠.

뭐, 그런 얘기는 그만하고.

이 작품은 잔잔한 일상물입니다. 하지만 이른바 이세계(異世界)가 배경이라서 그런지 판타지적인 요소가 더러 나오죠. 마법, 엘프, 드워프…… 수인도 그중 하나입니다. 작중에는 늑대에 무려 용족까지 나옵니다. 평소 제 성향을 생각해 보면 용족의 아저씨에게 끌렸을 테지만, 이번에는 조금 달랐습니다. 이 작품에서 제 관심을 가장 끈 것은 바로……!

토끼였습니다. 코르레오네 씨!

개인적으로 토끼는 개, 고양이에 이어 좋아하는 동물입니다. 게다가, 요즘에는 모 애니메이션의 영향으로 토끼란 단어를 수시로 보고 듣고 있어서 말입니다. 그 친근감의 정도가 보통이 아닙니다.

그런데 본문에 토끼가 나온 겁니다. 본문의 『兎』라는 한자가 그냥 바로 눈에 콱 날아 들어오더군요. 게다가 이 토끼, 보통 토끼가 아니었습니다. 겉보기에는 몽실몽실하게 귀여운 토끼가 그 알맹이는 신랄하기 짝이 없는 중년 아저씨라니. 거기에, 목소리까지 바닥에 쫙 깔리는 울림 좋은 목소리라니. 처음 등장 장면에서는 토끼, 라는 단어를 보고 놀랐고, 다음에는 그 내면과의 갭에 전율했습니다.

덤으로, 일러스트에 그려진 모습도 정말이지 사랑스러웠습니다. 위에서 말한 모 애니메이션의 영향으로, 예전에는 귀가 쫑긋 선 토끼를 좋아했는데 요즘에는 귀가 축 늘어진 롭이어 종을 더 좋아하게 되었습니다. 그런데 작중묘사를 보면 코르레오네 씨도 그런 롭이어 종인 것 같더군요.

사랑스러운 외모에 의외로 알맹이는 꽉 찼고, 목소리까지 멋져. 거기에 롭이어. 심지어는 이름까지 내가 좋아하는 울림이야. 이건 완전 내 취향이닷!(퍽!)

다만, 늘 보고 접한 단어가 일본어라 「우사기(うさぎ)」라는 발음에 익숙해져 있는데, 원고에 계속 토끼, 토끼라고 쓰려니 뭔가 미묘하게 위화감이 들더군요. 하지만, 역시 저도 토종 한국인인지라 토끼라는 단어 쪽이 그 귀여운 외모가 바로 연상이 되더군요.

나이가 들다보니 호쾌한 액션물도 좋긴 하지만, 좀 더 곤두선 신경을 달래주는 이런 일상적인 이야기도 좋아지더군요. 개성적인 여러 등장인물 덕분에 잔잔한 가운데에서도 재미를 느낄 수 있었습니다. 독자 여러분도 그러셨으면 좋겠다는 생각을 하면서 이만 펜을 놓습니다. 총총총.

방과 후, 이세계 카페에서 커피를 1

초판 1쇄 발행 2019년 9월 10일

지은이_ Kazamidori
일러스트_ u-suke
옮긴이_ 이진주

발행인_ 신현호
편집장_ 김은주
편집진행_ 최은진 · 김기준 · 김승신 · 원현선 · 권세라
편집디자인_ 양우연
국제업무_ 정아라 · 전은지
관리 · 영업_ 김민원 · 조은걸 · 조인희

펴낸곳_ (주)디앤씨미디어
등록_ 2002년 4월 25일 제20-260호
주소_ 서울시 구로구 디지털로 26길 111 JnK디지털타워 503호
전화_ 02-333-2513(대표)
팩시밀리_ 02-333-2514
이메일_ lnovelpiya@naver.com
L노벨 공식 카페_ http://cafe.naver.com/lnovel11

ISBN 979-11-278-5216-0 04830
ISBN 979-11-278-5215-3 (세트)

값 7,000원

L NOVEL

변변찮은 마술강사와 추상일지 1~4권

히츠지 타로 지음 | 미시마 쿠로네 일러스트 | 최승원 옮김

알자노 제국 마술학원에는 학생들도 기가 막혀 하는
한 변변찮은 마술강사가 있었다.
그의 이름은 글렌 레이더스.
수업에 뱀을 가져와서 여학생들이 무서워하는 모습을 감상하려다가
오히려 그 뱀에게 머리를 물리질 않나…….
도서관에서 실종된 여학생을 구하러 갔다가, 오히려 본인이 겁에 질려서
파괴 주문으로 도서관을 날려버리려고 하질 않나…….
수업 참관 일에는 웬일로 성실하게 수업을 하나 싶더니 곧 본색을 드러내고……
그런 마술학원에서 벌어지는 변변찮은 일상.
그리고— "……꺼져라, 꼬마. 죽고 싶지 않으면."
글렌의 스승이자 길러준 부모인 세리카 아르포네아와의
충격적인 만남이 수록된『변변찮은』시리즈 첫 단편집!

본편 TV애니메이션 방영 화제작!!

라이트노벨의 새로운 빛! L노벨의 신간은 매월 10일에 발매됩니다. http://cafe.naver.com/lnovel11

NOVEL